NIÑA WEIJERS

ICH. SIE. DIE FRAU

Roman

Aus dem Niederländischen
von Helga van Beuningen

Suhrkamp

Die Originalausgabe erschien 2019 unter dem Titel
Kamers Antikamers
bei Uitgeverij Atlas Contact, Amsterdam.

Der Verlag dankt der Niederländischen Literaturstiftung für die Förderung der Übersetzung.

Nederlands letterenfonds
dutch foundation for literature

Erste Auflage 2021

Satz: Satz-Offizin Hümmer GmbH, Waldbüttelbrunn
Druck: CPI books GmbH, Leck
Printed in Germany
ISBN 978-3-518-42986-0

ICH. SIE. DIE FRAU

Eine häufig vorkommende Filmszene: Jemand, meist eine Frau, in der Badewanne, das Gesicht dicht unter der Wasseroberfläche. Eine Weile liegt sie da, friedlich, doch dann schießt das Gesicht hoch, aufgerissene Augen, Mund und Nasenlöcher, Einatmen, das wie Zurückspulen klingt. Für einen kurzen Moment treffen der Schmerz des Sauerstoffmangels und der Schmerz der Sauerstoffzufuhr aufeinander. Das Herz schlägt wild, Wasser spritzt über den Rand, auf einmal ist die Rede von einer *Szene*, doch das Einzige, was passiert, ist, dass das Leben weitergeht. Später ist die Frau wieder bekleidet, sie sitzt auf der Bettkante oder in ihrem Auto oder was auch immer, niemand merkt ihr etwas an, und die Lampe auf ihrem Nachttisch verbreitet eine sanftgelbe Glut, bis sie sie ausknipst.

Was wissen wir von der Frau, außer dass sie eine Badewanne besitzt, ein Bett und eine Lampe, die eine sanftgelbe Glut verbreitet? Und nicht einmal das wissen wir. Das Einzige, was wir mit Sicherheit feststellen können, ist, dass das Atemzentrum Teil des vegetativen Nervensystems ist und daher automatisch auf einen zu hohen Kohlendioxidgehalt im Blut reagiert. Hundert Milliarden Nervenzellen, die über Neurotransmitter Panikreize ans Gehirn weiterleiten, mehr als genug, um jeden erdenklichen Widerstand aufzugeben, Hände, die die Wannenränder umklammern,

Kraft aufbieten, Kehlmuskeln angespannt, Kopf vorgebeugt: *Inspiration.*

Was wissen wir von dieser Frau? Was weiß diese Frau von sich selbst?

Es muss was passieren, sagte M. Sie ist fünfunddreißig, trägt ihr Alter aber auf ganz andere Weise als fast jede erwachsene Frau, die ich kenne. Die Jahre existieren in ihr, doch eher als Reihe denn als Summe. Sie hat keine Kinder und will auch keine, und ich denke, das ist ein großes Glück in einem Frauenleben. Wir drehten unsere feste Runde im Park. Das Wetter zeichnete sich durch Abwesenheit aus, eine Nicht-Luft, eine Nicht-Temperatur, lediglich eine feuchte Gleichgültigkeit, die durch den Stoff unserer weder Sommer- noch Winterjacken drang.

Nach M.s Geschmack muss immer etwas passieren, bis so viel passiert ist, dass sie ihr Telefon ausschaltet, aufhört zu trinken und nur noch mit Clarice Lispector im Bett liegen will, zu der sie eine tiefe Zuneigung empfindet, die der Liebe mehr ähnelt als die meisten menschlichen Beziehungen, die dafür durchgehen müssen. Jetzt aber spricht sie von ihrem Buch, und was passieren muss, ist das Folgende: Ich sterbe, und sie nimmt meinen Hund in ihre Obhut, der kein Hund ist, sondern ein Pferd namens Carlo. Das Pferd gibt es wirklich, es läuft auf einem Feld am Rande ihres Heimatdorfs herum und gehört einem Bauern, der weiter nichts mit ihm unternimmt.

Auf die Idee mit meinem Tod kam sie, als sie im Radio von einem Skiunglück in der Schweiz hörte, bei dem eine zweiunddreißigjährige Niederländerin ums Leben gekommen war. Ein paar Tage zuvor hatte ich Theo bei ihr gelassen, um mit zwei befreundeten Paaren in Skiurlaub zu fahren. Einige Stunden lang war sie davon überzeugt gewesen, dass ich diese Frau war. Sie hatte auf meinen schlafenden Hund geschaut, von einer ganz neuen Art von Verantwortungsbewusstsein erfüllt, das sie an der Oberfläche nervös machte, innerlich aber bemerkenswert friedlich.

Aber du weißt doch, dass ich nicht zweiunddreißig bin, sagte ich. Und dass ich nicht in der Schweiz war, sondern in Frankreich.

Klar wusste sie das, aber das konnte journalistische Schludrigkeit sein. Tatsache war, dass ich tot war. Oder eigentlich, und sie hoffte, dass ich das nicht falsch verstehen würde, hatten ihre ersten Gedanken Theo und der großen Veränderung gegolten, die seine Anwesenheit in ihrem Leben bedeuten würde. Sie schaute ihn sehr lange an, aber es passierte nichts, außer dass er von Zeit zu Zeit tief seufzte, als wäre er ungeachtet der Tatsache, dass er schlief, todmüde. Als sie wenig später mit ihm in den Park ging, kam eine Kurznachricht von mir. Einen Moment lang dachte sie an einen üblen Scherz oder einen Geist. Danach hatte alles wieder seine Ordnung. Die verunglückte Frau war wieder eine statistische Größe, der Hund nicht länger ihr Hund, und sie konnte ihr Leben so fortführen, wie es war.

Ich fragte sie, ob sie nicht erleichtert gewesen sei, dass ich noch lebte.

Wahnsinnig, sagte sie. Einen Hund zu erziehen sei etwas, das sie sich nicht zutraue. Es sei ihr wirklich egal, ob sich das Tier hinsetze, wenn sie *sitz* zu ihm sage, und sie könne ihm nur recht geben, wenn es lieber im Flur kacke als draußen im Regen. Zudem wisse sie endlich, wie es mit der Geschichte weitergehe, wenngleich die fiktive Version meiner Person nach einem kurzen, aber traurigen Krankenlager sterben werde.

Ich fragte sie, welche Krankheit sie sich für mich ausgedacht habe.

K natürlich. Ob ich wisse, dass man das auch am Herzen haben könne.

Das kommt mir ein bisschen übertrieben vor, sagte ich, in einem Roman.

Ein Pferd erschien ihr letztendlich besser als ein Hund, weil mehr Aufwand damit verbunden war. Sie würde dafür aufs Land ziehen müssen.

Und ich wohnte also schon auf dem Land, mitsamt meinem Pferd?

Darüber hatte sie noch nicht nachgedacht, und überhaupt gehe es nicht um *mich*, sondern um die prekäre Situation, in die ich sie mit meinem kurzen Krankenlager und unerwarteten Tod gebracht hätte.

Ich meine, sagte sie, vielleicht heißt du letztendlich einfach Henk und bist ein Bauer oder, was weiß ich, der Dorfpoet. Es geht darum, dass ich dieses Pferd am Hals habe.

Und du bist einfach du selbst?

Verrückt, aber danach sieht es tatsächlich aus, ja. Jedenfalls bemühe ich mich nicht, jemand anders zu sein. Ich versuche, mir eine Version meiner selbst auf einer Weide vorzustellen, mit einem Pferd, und wer ich in dieser Situation sein würde. Obwohl es natürlich einen unvorstellbaren Unterschied zwischen meinem jetzigen Bewusstsein, ohne Pferd, gibt und meinem Bewusstsein mit Pferd, nachdem ich außerdem gerade eine meiner besten Freundinnen verloren habe. So viel kann ich aber sagen: Ich bin es selbst, minus die Ereignisse, aber genau die Ereignisse verändern einen ja innerlich, nicht umgekehrt.

Letzteres, das mit dem Bewusstsein und den Ereignissen, ist etwas, was M. auf keinen Fall so sagen würde. Aber egal, irgend so etwas meinte sie schon, denke ich.

Sie war viel kleiner, als ich erwartet hatte, und so zart wie ein Päckchen Kreteks. Ich hatte sie immer in Schwarz vor mir gesehen, in einer abgetragenen Lederjacke und schweren Stiefeln oder so, aber sie trug ein glattes Polyesterkleid mit einem bunten, an Hysterie grenzenden Blumenmuster. Sie stand in einer Bahn Sonnenlicht, die durch ein gekipptes Fenster ins Zimmer fiel. Sie hatte nichts von einer Diva oder einer Berühmtheit. Eher von einem Mädchen, auch wenn sie schon einundsechzig war. Ein Mädchen, das alles mitgemacht hatte und quer durch die Zeit sehen konnte.

Minutenlang hatte ich vergeblich an der angegebenen Adresse geklingelt. Sie hatte kein Hotelzimmer gewollt, und deshalb hatte der Verleger ihr ein Apartment in einer ruhigen, schicken Straße besorgt, nicht weit vom großen Stadtpark. Es waren ziemlich unschuldige Jahre, damals. Airbnb galt noch als praktische und sogar humane Lösung für Reisende und Hausbesitzer. Die vermieteten Apartments und Zimmer waren noch echt, auch wenn das vielleicht eine allzu schwarzweiße Darstellung der Dinge ist, ein Versuch meines Gedächtnisses (das noch nie besonders gut war), im Nachhinein zu glauben, dass am Anfang die Unschuld war und erst danach die Pervertierung.

Nachdem ich minutenlang geklingelt hatte, ging ich auf die andere Straßenseite, um das Haus von etwas weiter weg zu betrachten. Sie müsste sich im dritten Stock befinden, aber es war ein sonniger Nachmittag im Mai, und das grelle Licht ließ alle Häuser dunkel wirken, dunkel und menschenleer, wie verlassene Dorfkneipen im Hochsommer.

Ich überprüfte noch einmal die Adresse, klingelte noch ein paar Mal mit mehr oder weniger höflichen Zwischenpausen, fand mich dann damit ab, dass mir nicht geöffnet werden und ich unverrichteter Dinge nach Hause zurückkehren würde. Zu meiner Überraschung fühlte ich mich eher erleichtert als niedergeschlagen, als wäre etwas gerade noch rechtzeitig abgewendet oder aufgeschoben worden, ein Test oder das Ergebnis eines Tests, als könnte ich mein Leben wieder fortsetzen.

Die Aussicht auf eine Begegnung mit ihr hatte mich den ganzen Vormittag über nervös gemacht. Ich hatte ihre Bücher mit der Gier eines erwachenden Backfischs gelesen, womit ich sagen will, dass sie wirklich wichtig für mich waren, nicht weil ich sie schön oder gut fand (obwohl ich sie gut fand – nicht *schön*, aber das sollten sie auch nicht sein), sondern weil ich geahnt hatte, dass ihre Lektüre nicht folgenlos bleiben konnte. Ich hatte viel zu viele Fragen vorbereitet, seitenweise Fragen, so viele, dass ich schon von vornherein erschöpft war. Vielleicht konnte ich meine Fragenliste in den Briefkasten schieben, nach Hause zurückradeln und mir das ganze Interview aus den Fingern saugen. *In Ihrem neuen Buch schreiben Sie wieder über eine Frau, die …*

Da hörte ich, wie hinter der Tür jemand eine Treppe herunterkam. Im nächsten Augenblick stand ein großer Mann in der offenen Tür, eine längliche Tasche über der Schulter und eine große Kamera um den Hals, der mir hastig zunickte und sich dann davonmachte. Ich stieg drei steile Treppen hinauf, trat durch die offene Tür in das Apartment, und da stand sie, an besagtem Fenster, und drehte sich mit strahlendem Lächeln zu mir um.

Diese Fotografen, sagte sie, gerade wenn man denkt, jetzt ist es geschafft, sehen sie einen Lichteinfall, der alles verändert.

Der Verleger hatte mich bereits informiert, dass sie weitgehend taub war. Man hatte mich instruiert, übertrieben laut und deutlich zu sprechen und ihr dabei das Gesicht zuzuwenden, damit sie meine Lippenbewegungen sehen konnte.

Wir nahmen auf zwei einander zugewandten Stühlen an einem runden Esstisch Platz. Sie hatte den ganzen Tag am laufenden Band Interviews gegeben, ich war die Letzte, danach hatte sie noch einen öffentlichen Auftritt in einem ausverkauften Theater. In den letzten Jahren hatte sie sich von einer obskuren Kultautorin mit einer kleinen, aber treu ergebenen Fangemeinde zu einer Art Rockstar entwickelt – auf den Schild gehoben von einer neuen Schriftsteller-, Künstler- und Musikergeneration, in erster Linie Frauen, übersetzt in neunundzwanzig Sprachen, beweihräuchert und groß herausgebracht in Magazinen wie dem *New Yorker*, der *Vanity Fair* oder der *Vogue*. Ihr berühmtestes Buch war inzwischen vom avantgardistischsten der Mainstream-Regisseure verfilmt worden, und eine ziemlich bekannte Indie-Band hatte großen Erfolg mit einem Song voller Verweise auf ihr Werk gehabt.

Zwanzig Jahre lang hatte sie in relativer Stille an einem kleinen, aber dicht gewobenen Œuvre gearbeitet. Sie hatte über Scheitern und Erniedrigung geschrieben, über Verlangen und Zurückweisung, und obwohl ihr Einsatz ein bedingungsloser war, oft wie die Vivisektion ihres eigenen Lebens und eine gründliche Erforschung der Leben und Realitäten anderer, war das Bestürzende daran, dass alle diese Dinge, die historisch und literarisch betrachtet so ungefähr jede Frau über den Rand des Abgrunds gestoßen hätten, mit Selbstverlust als einzig möglichem Resultat, in ihrem Werk als Auswege eingesetzt wurden, als Routen, die auf der anderen Seite des Abgrunds wieder herauskamen und – glorreich! – weiterführten, wenn auch nur zum nächsten Abgrund.

Geduldig hatten ihre Bücher im Halbdunkel gewartet, bis der Zeitgeist endlich da war, die Vorhänge aufriss und das Licht hereinließ. Die Freiheit, die die Schriftstellerin schon zwei Jahrzehnte zuvor gesucht und gefunden hatte und die mit Hingabe und Kompromisslosigkeit und der Weigerung zu tun hatte, sich im Stillen zu schämen, schien wie eine Landkarte, die man direkt auf das Gebiet des einundzwanzigsten Jahrhunderts legen konnte. Es verlieh ihr die Aura einer Visionärin, eines Orakels, einer Kassandra, die aus der eigenen Asche erstand und der man endlich Glauben schenkte.

Vielleicht erstaunte es mich deshalb, wie achtlos sie über ihr Werk sprach, in jener Stunde, in der wir uns im Wohnzimmer eines Unbekannten gegenübersaßen. Das Werk, sagte sie, komme ihr vor wie ein mehr oder weniger zufällig entstandenes Nebenprodukt ihres Lebens. Eine Möglichkeit, ihre Gedanken zu ordnen und zu formulieren; den Stillstand in Bewegung zu verwandeln, das Leben fortzuführen.

Danach hatte sie noch viel mehr gesagt, und ich könnte nachschauen, was genau, denn ich habe es später Wort für

Wort abgetippt, aber worum es mir jetzt geht, das ist die Art und Weise, wie wir da saßen, die fast taube Schriftstellerin und ich, viel näher beieinander, als es sonst bei zwei Unbekannten üblich ist, die zudem beide arbeiteten, ich, indem ich Fragen stellte, sie, indem sie diese beantwortete.

Jede Frage schien ein ungeheures Gewicht zu tragen, weil sie so laut und langsam ausgesprochen wurde und auch weil ich ihr meine Lippen so unmissverständlich darbot. Sie brauchte nicht nur meine Worte, sondern auch meinen Mund, und den gab ich ihr. Nie zuvor war ich mir der physischen Dimension des Sprechens so bewusst gewesen. Die Situation erforderte meine volle Anwesenheit im Raum, ich konnte nichts nur halb sagen oder murmeln, ich konnte mich hinter nichts verstecken. Stärker noch, je mehr ich sprach – denn aus dem Interview wurde unvermeidlich ein Gespräch, die Schriftstellerin war nicht an vorgefertigten Phrasen zur Bewerbung des Buches interessiert, dessentwegen sie durch Europa reiste, sie war neugierig, grenzenlos neugierig auf die Welt und in diesem Moment auch darauf, wie ich eine Perspektive auf die Welt bieten konnte, die sie noch nicht kannte, so dürftig diese Perspektive in meinen eigenen Augen auch war – ihr Interesse, ihr intensiver Blick auf meine Lippen ermutigten mich, und je mehr ich also sprach, umso mehr bekam ich das Gefühl, mich vor ihren Augen auszuziehen, mich Schicht um Schicht meiner gesamten Kleidung zu entledigen, bis ich nackt war und es bedauerte, dass ich nicht noch mehr ausziehen konnte, meine Haut nicht vom Körper streifen, mein Innerstes nicht vor ihr sezieren konnte.

Das Ende des Interviews fiel mit dem Vibrieren ihres Handys zusammen. Die fast taube Schriftstellerin war weitsichtig und hielt das Ding, ein sehr altes Nokia-Modell, auf Armlänge von sich, um die Nachricht entziffern zu können. Sie las sie mir laut vor. Es war der Verleger, der sie im Apartment abholen sollte, um sie ins Theater zu bringen, jetzt aber in einem Stau steckte und es nicht schaffen würde. Ob sie doch selbst mit dem Taxi hinfahren könne.

Keine von uns beiden hatte auf die Zeit geachtet, und erschrocken konstatierte sie, dass sie in einer halben Stunde an Ort und Stelle sein musste. Mit ihrem kleinen, mageren Körper sprang sie vom Stuhl auf und begann eiligst, ein paar Sachen zusammenzuraffen. Ihr Buch, aus dem sie lesen sollte, war nirgends zu finden. Wenig systematisch und immer schneller durchsuchte sie das Apartment. Sie kippte den Inhalt ihres Koffers auf den Boden, schmiss einen Bücherstapel um, tauchte unters Bett, machte alles noch einmal von vorn, stieß sich den Zeh an einem Tischbein. Schließlich bot ich ihr mein Exemplar an. Darin wimmelte es von Unterstreichungen und Ausrufezeichen, die niemals für fremde Augen bestimmt gewesen waren und, ach du lieber Gott, schon gar nicht für ihre, aber so war es jetzt eben.

Ich bestell dir ein Uber, sagte ich, und ich fahre mit zum Theater.

Ich wunderte mich selbst ein wenig über mein entschiedenes Auftreten, aber sie hatte plötzlich verloren gewirkt, ungeschützt ohne ihr eigenes Buch, seltsamerweise, als hätte seine Essenz in diesem einen Exemplar gesteckt. Außerdem war ich von ihr verzaubert und wollte, dass diese Verzauberung so lange wie möglich anhielt.

Mein ganzes Leben lang hatte ich ein starkes Bedürfnis verspürt, mir Leitfiguren zu suchen, oft in Gestalt von Lehrern, denen ich Opfer brachte, so wie die Katze ihrem Herrchen die Beute stolz zu Füßen legt. Ich verehrte Menschen gern, war porös wie ein Schwamm für Einflüsse und Ideen, lernte leicht, kopierte leicht und litt häufig unter einem tief empfundenen, wortlosen Kummer, den ich mit den Jahren besser unter Kontrolle bekam und an den ich mich gewöhnte, wie man sich an den blinden Bettler auf den Eingangsstufen des Supermarkts gewöhnt.

Wenn ich unter anderen Umständen geboren und aufgewachsen wäre, weniger Mittelschicht/geborgen/gutausgebildet/Fangnetz-falls-ich-falle, dann wäre ich, davon bin ich überzeugt, sehr empfänglich für alle möglichen Gurus und Götzen gewesen. In einem anderen Leben hätte ich ein frommes Nönnchen mit schwieligen Knien sein können, eine in Orangerot gehüllte Bhagwan-Jüngerin mit neuem Namen, eine Moonie, die sich bei einer Massenhochzeit verheiraten ließ.

Vielleicht lag es an diesem vagen, nicht verwurzelten Hang zur Religiosität, weshalb ich an jenem Nachmittag bei der fast tauben Schriftstellerin bleiben wollte. Ich wollte ihr zuhören, ihre Worte als Vorhersage verstehen, ein Glas, das sich über das Ouija-Brett bewegt, eine Antwort der Toten, der Sterne, der Planeten.

Die Wahrheit oder auf jeden Fall eine Wahrheit lautete, dass sich mein Leben in jenen Jahren in einer merkwürdigen Art von Vakuum befand. Es gab keine großen Probleme, ich liebte den Mann, mit dem ich zusammen war, und er mich, auf ruhige Weise. Mit meiner Freundin M. – eher große Liebe als Freundin, so sehr, dass es Leute verwirrte und sogar erboste – ging ich fast täglich durch den Park. M. hatte immer ein paar Anbeterinnen und ein unmögliches Anbetungsobjekt. Hochs und Tiefs wechselten sich ab. Pure Langeweile konnte unversehens in große Verliebtheit umschlagen, die ein paar Monate anhielt, bis sie unhaltbar wurde und eine der beiden Parteien die Sache beendete, wenngleich auch das relativ war und sie im Laufe der Jahre eine ganze Gruppe von Exen und Mehr-oder-weniger-Exen um sich versammelt hatte, die sich bei Gelegenheit in die Haare kriegten oder in die Arme fielen – manchmal beides an ein und demselben Abend, wenn M. eine ihrer Partys feierte. Bei diesen Partys in der Eingangshalle des Hauses, in dem sie hauptsächlich mit halben Künstlern und halben Junkies (oft in derselben Person vereint) wohnte, schien es mitunter, als bewegte man sich durch eine Reihe von Erdschichten: M. konservierte nicht nur alles und jeden, ihre Vergangenheit konnte auch jeden Moment wieder Gegenwart werden, die oberste Schicht bedeckt von einer neuen obersten Schicht, alter Boden vermischt mit frischem Regenwasser. Die Erde steckte voller Funde, und wenn sie die Schatzgräberin war, dann war ich die Archivarin, die alles für sie etikettierte und in die richtige Schublade legte.

Ich erinnerte mich zwar, dass sich mein Leben auch einmal so angefühlt hatte, aber das schien weit weg, ein Echo eines anderen Lebens. Ich spazierte auf meinem Plateau umher, das sicher und eben war und sich so weit erstreckte, wie mein Blick reichte. Mein Liebster und ich führten jeder sein eigenes Leben und betrachteten das als hohe, wenn nicht die höchste Qualität unserer Beziehung. Ich hatte Geheimnisse, natürlich, und er wahrscheinlich auch, obwohl ich damals arrogant genug war zu glauben, dem sei nicht so.

Dennoch steuerten wir in all unserer Ruhe und unserem relativen Stillstand eindeutig auf etwas zu. Manchmal, wenn wir samstagmorgens in seinem Bett Zeitung lasen und dabei heißen Filterkaffee tranken, einen unordentlichen Berg zerschlissener Kissen um uns herum, die uns halbwegs stützten, hatte ich eine glasklare Zukunftsvision: Ich würde eine Frau sein in einer Konstruktion, diese Konstruktion würde bestimmte Teile von mir konservieren und andere zerstören, um die zerstörten Teile würde ich einen Zaun setzen, ich würde Geschichten von früher dazu schreiben, und eines Tages, wenn die Kinder groß wären, würde ich mich lösen, Sand über die Ruinen und auf dem Sand ein schlichtes Holzhaus, in dem nicht mehr stand, als ich brauchte, und obwohl alle denken würden, ich sei verrückt geworden, würde ich frei sein, endlich frei (frei, frei!).

Aber jetzt war ich hier. Ich war so lange vor einer Tür stehen geblieben, bis sie geöffnet wurde, ich war drei steile Treppen hinaufgestiegen, oben durch eine offen stehende Tür getreten und hatte sie dort in dieser Sonnenlichtbahn angetroffen, worauf sie etwas über den Fotografen und das richtige Licht gesagt hatte, was mir merkwürdig vorkam, denn Fotografen hatten meines Wissens ja gerade eine Abneigung gegen hartes, direktes Sonnenlicht. (Eine Woche später sollte tatsächlich ein seltsam überbelichtetes Foto zu dem Interview erscheinen, das Gesicht der Schriftstellerin eine weiße Masse mit kaum erkennbaren Zügen, als hätte der Fotograf ihr Gewalt antun wollen, sie im Dienste der Sonne geopfert.)

Das Uber stand schon da, als wir aus der Tür traten. Wir setzten uns auf die Rückbank. Es hätte eine kurze Fahrt sein sollen, doch überall waren die Straßen aufgerissen und gesperrt, so dass wir von einer Umleitung in die nächste gerieten. Außerdem war es Rushhour.

Wieder saßen wir einander zugewandt da, um reden zu können, jetzt so dicht beisammen, dass unsere Knie sich berührten. Die fast taube Schriftstellerin fragte, wovon mein Buch handelte. Ich erzählte ihr verlegen, dass ich über ein ruhiges Glück zu schreiben versuchte, zwei Menschen, die einfach miteinander weiterlebten, ohne sich gegenseitig schweren Schaden zuzufügen, ohne auseinanderzugehen.

Darüber musste sie schrecklich lachen, ein überraschend tiefes, freimütiges Lachen für eine Frau mit einem so kleinen Körper.

Das könnte möglicherweise revolutionär sein, sagte sie schließlich. Schreibst du in der ersten Person?

In der dritten, sagte ich. Bis jetzt.

Wer hat das gleich noch mal gesagt? Dass man nie in der dritten Person schreiben soll, weil man damit die Ansichten der Bourgeoisie reflektiert. Übrigens eine sehr bürgerliche Aussage, wenn du mich fragst. Ich habe mich immer in James Baldwins Meinung über die erste Person wiedergefunden; er hielt sie für die beängstigendste Perspektive, die es gibt.

Sie schwieg kurz, sah aus dem Fenster zu den Radfahrern, die in großen Scharen die Kreuzung überquerten, vor und hinter den stehenden Autos vorbeiglitten.

Wie ein Fluss, sagte sie. In eurem Land sind sogar die Menschen aus fließendem Wasser gemacht. Ist das wirklich das Buch, das du schreiben willst? Glaubst du, was du Glück nennst, ist nicht eher ein Mangel an Lebenserfahrung?

Ich dachte an einen Mann, der mir gesagt hatte: Wart nur

mal ab, Mädchen. Es hatte mich rasend gemacht, das Herablassende und die Wahrheit dieser Äußerung, ich hätte ihn am liebsten geschlagen und habe es schließlich auch getan.

Aber ich verstehe, sagte die fast taube Schriftstellerin, was du meinst. Es hat eine Zeit gegeben, da kam ich dem ruhigen Glück, im Nachhinein betrachtet, sehr nahe. Ich war jung, sogar noch jünger als du, und wohnte mit meinem ersten Mann eine Weile in West-Berlin. Er war eine Art Jugendliebe von mir, ein gesunder, blühender junger Mann, der das Leben und seine akademische Karriere sehr ernst nahm. Er hatte wunderschöne Hände. Als ich schwanger wurde, musste ich unentwegt an die Reproduktion dieser Hände denken, ich war mir sicher, unser Kind würde die gleichen Hände haben, und beinahe hätte ich es behalten, nur um dieses Wunder in einem anderen Menschen wiederholt zu sehen.

Der Uber-Fahrer hatte sich jetzt bis mitten auf die Kreuzung vorgearbeitet, wo wir eingekeilt hinter einer Straßenbahn standen, die eingekeilt hinter einem Müllwagen stand, der rückwärts in die Straße fuhr.

Aber das war alles erst später. In dem Jahr in Berlin fühlte ich mich sicher und zum ersten Mal in etwas verankert, was ich als Leben bezeichnen könnte. Wir mieteten eine Wohnung in Charlottenburg, er unterrichtete, ich schrieb und machte lange Spaziergänge. Lieber Gott, ich *kochte* sogar. Ich dachte, ich hätte eine Art Endstation erreicht. Dass ich in meinen Zwanzigern viel erlebt hätte und im Übrigen auch schon in allen Jahren davor, und jetzt gegen bestimmte Arten von Unglück gefeit sei.

Die fast taube Schriftstellerin lachte wieder ihr freimütiges Lachen und legte eine Hand auf mein Knie. *How wrong I was, how terribly wrong!*

Unser Fahrer hatte es von der Kreuzung heruntergeschafft, und jetzt rasten wir im Zickzack durch die Straßen. Ihre Hand ließ sie auf meinem Knie liegen, warm und mütterlich und erotisch. Ich wagte mich kaum zu bewegen, geschweige denn zu atmen, ich musste alles so vollständig wie möglich in mich aufnehmen, auch wenn ich wusste, dass ich mich später nur an Fetzen unseres Gesprächs würde erinnern können und vielleicht sogar an noch weniger.

Ruhiges Glück, das zu lange dauert, sagte sie, ihre dunklen Augen eindringlich auf meine gerichtet, ist nicht viel mehr als ein langsamer Tod, fürchte ich, und ehe du dich's versiehst, bist du dabei, ein ganz anderes Buch zu schreiben, als du denkst. Was natürlich auch so sein sollte, sonst wäre das Schreiben dieses Buches auch nicht mehr als das Einbalsamieren einer Leiche. Das Einzige, was du nach meiner Erfahrung brauchst, ist ein roter Faden, möge er auch noch so dünn sein, zu dem du dann und wann zurückkehren kannst. Etwas oder noch besser jemanden, der die Sache zusammenhält. Hast du so jemanden?

M., sagte ich ohne das leiseste Zögern.

M., wiederholte die fast taube Schriftstellerin, ohne weiterzufragen. Sehr gut: M.

Als wir beim Theater ankamen, wartete der Verleger draußen schon auf sie. Herzlich, aber eilig dirigierte er sie hinein, sie war gerade noch rechtzeitig, der Saal war bereits geöffnet, sie musste noch ein Mikrofon angesteckt bekommen und den und den und den backstage begrüßen.

Sie sagte, sie hoffe, mich hinterher noch kurz zu sehen, allein schon um mir mein Exemplar ihres Buches zurückzugeben.

Ich bejahte, obwohl ich wusste, dass aus solchen Dingen nie etwas wird, es war viel los, jeder wollte ein kleines Stück von ihr, Schlangen von Fans, die ihr gesamtes Œuvre mitgeschleppt hatten und in jedem Exemplar ein Autogramm wollten.

Und tatsächlich sollte ich sie an besagtem Abend nicht mehr sehen. Dass ich ihr ein paar Jahre danach noch einmal begegnen würde, konnte ich damals noch nicht wissen. Aber es gab noch viel mehr, das ich nicht wissen konnte, in jenem Moment im Theater, als sie sich vom Verleger mitführen ließ, noch rasch mit meinem Buch – ihrem Buch – in der Hand winkte, sich umdrehte und zu mir sagte: Intensität erleben bedeutet, nicht zu wissen, wie die Dinge enden werden.

F: In Ihrem neuen Buch schreiben Sie wieder über eine Frau, die vollkommen zum Stillstand gekommen zu sein scheint. Sie lebt mit ihrem Hund auf einer Insel vor der Küste von Maine. Sie wurde sowohl von ihrem Ehemann als auch von ihrer Geliebten verlassen, sie ist kinderlos geblieben, hat Jahre ihres Lebens einer Studie gewidmet, deren Bewandtnis nie klar wird oder sich immer wieder ändert, die aber jedenfalls keine konkreten Ergebnisse geliefert hat. Und anstatt weiterzumachen, etwas Neues anzufangen, richtet sie den Blick immer wieder nur auf all die Bruchstücke, aus denen ihr Leben einmal bestanden hat.

A: Chronologie wird überschätzt. Und weil Chronologie überschätzt wird, überschattet sie alle anderen Existenzformen von Zeit. Wir sind besessen vom Fortschritt. Unsere politischen und ökonomischen Systeme sind aus dieser Besessenheit heraus entstanden; unser gesamtes Leben wird davon beherrscht. Dass wir überhaupt von Erfolg und Scheitern sprechen, wie wir es tun, hängt in erster Linie mit diesem Fetisch der linearen, messbaren Zeit zusammen. Wir sprechen von Tagen, Stunden, Minuten, als wären es Dinge. Dinge, die man aufwenden, verteilen, gewinnen kann und vor allem: verlieren.

Wenn du zu einem Therapeuten gehst, und damit solltest du nie anfangen, so wird der versuchen, deine Mechanismen aufzudecken, so dass du siehst, was du immer wieder falsch machst. Muster durchbrechen, auch das ist eine Volksobsession, alles durchbrechen, was nicht Wachstum und nicht Fortschritt ist. Wohingegen ich denke, dass diese Muster, in denen notwendigerweise viel Wiederholung und Stillstand steckt, im Gegenteil gerade eine Lebenskraft besitzen, die … Hast du schon mal was von Parataxe gehört?

F: Etwas Linguistisches, glaube ich, oder? Nebenordnung?

A: Ja, eine Technik des Nebeneinanderstellens. Zu Beginn des Mittelalters entstand eine eigenartige literarische Form, bei der alte epische Erzählungen der Stammesältesten in die Hände von Geschichtenerzählern gelangten. Die vertrauten Heldengeschichten wurden von ihnen fragmentiert und verformt. Anstatt der ziemlich geradlinigen Erzählungen, die sie einmal gewesen waren, entstanden jetzt einander ergänzende, sich gegenseitig aber auch häufig widersprechende plurale Perspektiven. Immer wieder sprangen sie zurück in der Zeit und seitwärts durch den Raum, und schoben damit so etwas wie eine Auflösung endlos hinaus. Es wurde unmöglich, die Geschichte weiterzuerzählen, ohne in die Vergangenheit zurückzukehren, die die Zukunft vorhersagte, sie aber gleichzeitig aufhielt.

Das könnte man als literarische Technik bezeichnen oder als realistische Art zu leben. Ich denke, wenn man lebt und irgendwann ehrlich in Bezug darauf ist, was das bedeutet … dann versteht man, dass man sich als Mensch in einem fort aufspaltet, man könnte auch sagen: auseinanderfällt, aber vielleicht ist das nicht richtig, weil es ja zu keinem Zeitpunkt so etwas wie einen festen Kern gegeben hat. Sogar in der Wiederholung werden wir stets jemand anderes, ich denke, darüber wollte ich schreiben. Wenn man genau hinschaut, tief genug reingeht, gibt es immer Bewegung, auch im größten Stillstand. Und umgekehrt.

F: Der menschliche Körper als Plateau mit verschiedenen Intensitäten …

A: Ja, ja, Deleuze, natürlich. In der Physik, sorry, dass ich jetzt mit Physik ankomme, ist gerade eine Verschiebung in den Auffassungen von Schwerkraft im Gange. Es gibt einen radikalen Physiker, aus deinem Land übrigens, der behauptet, dass Einsteins Relativitätstheorie, die die Schwerkraft als Krümmung in der Raumzeit sieht, überholt sei. Was seine Kolleginnen und Kollegen als dunkle Materie betrachten, ist seiner Ansicht nach in Wirklichkeit gar keine Materie, sondern Information. Von Physik verstehe ich sehr wenig, es gibt fast nichts, wovon ich viel verstehe, aber meiner Meinung nach meint er so etwas wie … Neulich habe ich mit einer jungen Mutter und ihrem kleinen Kind Kaffee getrunken. Irgendwann fiel das Kind rückwärts vom Stuhl. Ich dachte: Ab jetzt spalten sich die Möglichkeiten endlos auf. Es kann auf dem Boden liegen bleiben oder sich eigenständig wieder aufrappeln. Es kann schreien, weinen, lachen, verstummen. Es kann aufwachsen, vom Skateboard fallen, sich das Bein brechen, sich verlieben, ein gebrochenes Herz davontragen. Was ich damit meine: Alle diese Möglichkeiten sind in dem Moment, in dem es von seinem Stuhl fällt, bereits in ihm enthalten, und sogar schon viel früher. Das ist meine Interpretation dessen, was dieser Physiker mit Information meint. Alles ist bereits vorhanden. Die Möglichkeiten ergeben sich immer aus dem, was bereits existiert, und sind gleichzeitig endlos. Was wir als Realität bezeichnen, ist ein Sammelsurium verwirklichter Möglichkeiten. Darunter befindet sich der Rest.

F: Ich sehe jetzt lauter nie geborene Kinder vor mir im Fegefeuer. Mollige Köpfchen auf Engelsflügeln.

A: Ja, sehr gut. Zähl mal gleich die nie befruchteten Eizellen und allen vergeudeten Samen dazu. Und vergiss nicht die Toten unter der Erde, alle zu früh Verstorbenen, die Gedankensplitter aller Menschen, die nie umgesetzten Pläne, die gescheiterten Projekte, die Ehen und Affären, das Bienensterben, Aids, Mao und Pol Pot, den Krieg in Syrien, den Popstar, der in der Badewanne ertrank, den Mann, der dachte, er könne fliegen, alle Frauen, die je gelebt haben und glaubten, sie würden abstürzen.

Der Mann und die Frau saßen einander auf einer Terrasse gegenüber, wobei Terrasse hochgegriffen ist: Der Inhaber hatte zwei wacklige Tische auf die schmale Gasse gestellt, in minimaler Anerkennung der Tatsache, dass das Wetter mild war. Das wahre Leben spielte sich drinnen ab, zwischen den ochsenblutroten Wänden der Kneipe, die historisch genug war, keine Bar zu haben, sondern einen gesonderten Schankraum, ganz hinten, vom Café durch einen schwarzen Vorhang getrennt. Zigarettenrauch hatte den Wänden über Jahrzehnte hinweg ihre einzigartige Farbe verliehen, und daher hatte der Inhaber – der sechste Sohn in einer Familiendynastie – nach dem Rauchverbot beschlossen, die Tapete nicht mehr zu ersetzen. Niemand konnte sich erinnern, wie lange sie da schon hing. Hier und da begann sie sich von der Wand zu lösen, wodurch der Eindruck entstand, man könne sie mühelos abziehen, wie die Kruste von einer Wunde. Und obwohl auch die Holztische so abgenutzt waren, dass die Oberflächen mit großen Wasserflecken übersät waren, machte das Lokal keinen heruntergekommenen Eindruck. Im Gegenteil: Alles war blitzsauber, und die Kellner liefen in blütenweißen Hemden herum. Jeden Tag lagen frisch gekochte Eier auf einer dafür bestimmten Platte aus, fünfzig Cent das Stück, neben einem rot glänzenden Automaten mit knackigen Salzmandeln für einen Euro.

In dieser Zeit ging die Frau oft und gern dorthin. Sie arbeitete um die Ecke und kannte die Kellner, die wussten, was sie trank, und immer ein paar Worte mit ihr wechselten. Den Mann, der ihr gegenübersaß und ihr Liebster werden sollte, sah sie an diesem Nachmittag zum zweiten Mal. Sie hatte Angst gehabt, dass er sich als Enttäuschung entpuppen würde. Von der Nacht, in der sie ihn kennengelernt hatte, von ihm, war ihr kaum etwas in Erinnerung geblieben. Von seinen Gesichtszügen nicht, davon, wie er sprach und worüber, wie er gekleidet war. Das Einzige, was ihr wirklich in Erinnerung geblieben war, war ein unbestimmtes, aber angenehmes Gefühl von Vertrautheit. Mit einer ganzen Gruppe hatten sie in dieser dunklen Bar gestanden, eine zusammengewürfelte Schar von Leuten nach einer Theatervorstellung. Die Frau war mit der Regisseurin befreundet, der Mann mit einem der Techniker, obwohl er selbst kein Techniker war, sondern Politologe. Oder Soziologe. Jedenfalls promovierte er oder hatte gerade promoviert. Ein gemeinsamer Freund hatte sie miteinander bekannt gemacht, und danach war er den ganzen Abend in ihrer Nähe geblieben. Nicht auf die üble Tour, wie manche Männer in der Nähe von Frauen hängenbleiben, sondern ganz ruhig und selbstverständlich, jemand, der darauf vertraute, dass alles wie vorhergesehen laufen würde. Das kannte sie nicht. Die Männer, die sie attraktiv fand, waren meist arrogant und nicht nett; sie machten sie nervös und still oder aber übertrieben scharfsinnig.

Es war noch ein lustiger Abend geworden mit diesen Theaterleuten, und er hatte in einer Karaoke-Bar geendet, wo ein paar Schauspielerinnen halb lässig, aber lupenrein diesen affigen Song von Björk sangen, shh shh, jemand klaute ein Bild von der Wand, draußen auf dem Gehweg hatte der Mann sie geküsst, bedächtig und präzise, eine aufmerksam ausgeführte Arbeit, fast frei von Lust, aber voll von etwas anderem, etwas, was sie noch nicht beschreiben konnte, von dem sie aber zu ihrer eigenen Überraschung mehr wollte.

Am Tag danach hatte er ihr eine Nachricht in einem Ton geschickt, der ihr gefiel – witzig und intelligent, souverän. Er fragte, ob sie ihn noch mal sehen wolle, sie sagte ja, er nannte einen Tag, sie diesen Ort. Sie hatte nicht recht gewusst, was sie erwarten konnte, nicht zuletzt von sich selbst; die paar Male, die sie in der Vergangenheit ähnliche Verabredungen hatte, waren nicht gerade zu ihrem Vorteil ausgefallen. Sie wurde dann steif, formell, als würde sie sich abwechselnd bewerben und in der Bewerbungskommission sitzen, womit sie unbeabsichtigt den Mechanismus dieser Art von Austausch aufdeckte und alle Hoffnung auf einen natürlichen Verlauf der Dinge verfliegen ließ.

Doch sobald sie ihn dort sitzen sah – er war vor ihr da, wie er auch in den darauffolgenden Jahren immer vor ihr da sein würde –, wusste sie, dies hier war anders. Mit der linken Hand hielt er eine Zeitung, die aufgeschlagen vor ihm auf dem Tisch lag, in der rechten achtlos ein Glas Bier. Als sie nur noch wenige Schritte von ihm entfernt war, sah er auf. Er kniff kurz die Augen zu Schlitzen zusammen (wie sich später herausstellte, in hartnäckiger Leugnung der Tatsache, dass er eine Brille brauchte), dann stand er auf, um sie zu begrüßen. Gutaussehend, lieb. Und gleichzeitig: als wäre er der Boss der gesamten Stadt. Er trug eine schwarze Jacke mit rotem Futter und silbernen Knöpfen, eine Tiroler Joppe, erzählte er ihr später am Abend, die er mal spontan in einem Secondhandshop gekauft hatte. Sie passte zu ihm und zugleich auch überhaupt nicht. (Er war es, der ihr verbieten würde, in ihren Texten das Wort *zugleich* so häufig zu verwenden, das er hässlich fand und außerdem faul: Wenn alles zugleich das Eine war und auch das genaue Gegenteil davon, dann war alles nichts und nichts alles, sie müsse spezifisch sein und nicht ständig um den heißen Brei herumreden. Und was *gutaussehend*, *lieb* bedeute? Teenagervokabular. Und sie müsse auch mit diesen Klammern überall aufhören. Man schreibe etwas hin oder eben nicht.)

Er sprach mit eigenartigen Pausen zwischen den Wörtern, als wäre für einen Moment das Signal zwischen seinem Gehirn und dem Mund unterbrochen. Wenn sie ihn etwas fragte, atmete er tief ein, und bevor er zu einer Antwort ansetzte, nickte er kurz. Nach zehn Minuten wusste sie, dass er sie wollte, ganz und gar. Und dass er sie nie verletzen würde.

Jahre später versucht sie, diesen Nachmittag zurückzurufen, doch was sie niedergeschrieben hat, überschattet ihre Erinnerung. In Wirklichkeit saßen sie auf einer anderen Caféterrasse, ein paar Straßen weiter, wo sie gelandet waren, weil das Café, in dem sie sich verabredet hatten – wieder ein anderes – voll war. Doch diese Wirklichkeit wirkt weniger wahr als ihr Eingriff, und das beunruhigt sie irgendwie. Was versucht sie eigentlich zu tun? Was *tun* Menschen, die sich an etwas zu erinnern versuchen?

–

Die Frau unterrichtete Studierende an der Geisteswissenschaftlichen Fakultät, einen Kurs pro Semester, zwei

Stunden die Woche plus Vorbereitungszeit und Korrekturen. Es war ein fakultativer Kurs, der offiziell Lesen wie ein Kritiker hieß, den sie jedoch bei sich Lesen für Einsteiger nannte. Der Job war ganz anständig bezahlt, wenngleich sie vermied, aus dem Gesamtbetrag, der in jedem Frühjahr und Herbst auf ihrem Konto einging, einen Stundensatz zu errechnen.

Eingestellt worden war sie vom Professor für Moderne europäische Literatur, gleichzeitig Leiter eines Fachbereichs mit einem generischen Sammelnamen, den sie sich nie merken konnte. Sprache und Kommunikation. Literatur und Kultur. Kultur und Kommunikation – irgend so was. Was der Fachbereich genau abdeckte, bekam sie nie genau heraus, jedenfalls herrschte ständig Panik über seine mögliche Auflösung.

Sie hatte, als sie begann, nicht nur keinerlei Lehrerfahrung, sondern hatte ihr Studium sogar irgendwann vorzeitig abgebrochen. Ihr ganzes Leben lang war sie das bravste Mädchen der Klasse gewesen, bis sie es plötzlich zu jedermanns und auch ihrer eigenen Überraschung nicht länger war. So ungefähr von einem Tag auf den anderen sagte die Universität ihr nichts mehr. Entfremdet ging sie durch die Gebäude, die ihr im Laufe der Jahre vertraut geworden waren, und ihre Sehnsucht nach Wertschätzung seitens der Dozenten wich einem Widerwillen gegen ebendiese Wertschätzung, die sie in Form ausgezeichneter Noten und der eindeutigen, von ihren Gesichtern abzulesenden Erleichterung erhielt, sobald sie in einer Arbeitsgruppe das Wort ergriff. Plötzlich kam die Universität ihr wie ein geschlossenes System vor, das nichts mit der Welt zu tun hatte. Das Leben, auf das sie mit ihren guten Noten und ihrem guten Benehmen zusteuerte, würde sich in einem kleinen Zimmer mit ihrem Namen an der Tür abspielen, in muffigen oder aber extrem sterilen Unterrichtsräumen, auf fensterlosen Fluren fensterloser Hotels mit bordeauxroten Teppichböden und blutleeren Konferenzräumen. Wände und Türen, darauf lief es hinaus. Doch sie war dreiundzwanzig und wollte grelles, blendendes und notfalls kaltes Licht. Sie wollte Leben, keine abgeleitete Form von Leben. Sie war jung, darauf lief es hinaus.

Der Professor hatte einen Brief an die Redaktion der Zeitschrift geschickt, für die sie regelmäßig Literaturkritiken schrieb. *Ich finde Ihre Artikel gut*, stand da in der winzigen Schrift eines Mannes, der nie über seine erste Kinderschrift hinausgewachsen war. *Möchten Sie bei uns Literatur unterrichten. Gern baldige Kontaktaufnahme diesbezüglich.*

Sie verabredeten sich auf einen Kaffee in einem kleinen Lokal im Zentrum, wo der Professor, wie sich herausstellte, um die Ecke ein Pied-à-terre hatte. Er tätschelte dem Barista gönnerhaft die Schulter und beendete jeden Satz mit dem Vornamen des jungen Mannes, der das ohne allzu viel vorgetäuschte Begeisterung über sich ergehen ließ. Als sie Platz genommen hatten, kippte der Professor seinen doppelten Espresso hinunter und verschlang danach das Croissant auf seinem Teller in vier Bissen. Die Krümel wischte er von seinem sicher teuren, aber zu knapp sitzenden Lambswoolpullover (V-Ausschnitt), dann wischte er sich die Schweißtropfen von der Stirn in die grauen Locken, und danach war er bereit, ihr Rede und Antwort zu stehen.

Er erzählte von seiner Frau, einer sehr erfolgreichen

Anwältin bei Uber, die in der ganzen Welt herumreise, aber im Prinzip von London aus arbeite, wo sie ursprünglich auch herkomme. Er selbst sei meistens vier Tage pro Woche hier und ein langes Wochenende dort; sie hätten sich gerade ein Loft in Bermondsey gekauft, so ein klischeeartiges Ding in einem ehemaligen Lagerhaus, dank *ihres* Gehalts, um das klarzustellen, nicht seines.

Die Wochenenden, an denen seine Frau nicht in San Francisco, Mexiko-Stadt oder São Paulo sei, verplane sie komplett mit Besuchen bei Verwandten, Freunden, Bekannten, Bekannten von Bekannten, wobei die Distanz zwischen einer Verabredung und der nächsten so minimal sei (auch wenn sie es exakt nenne), dass sie überall atemlos und verschwitzt ankämen. Er könne sich nicht erinnern, wie es sich anfühle, ausgeruht zu sein. Manchmal, in der Luft über der Nordsee, vergesse er, in welche Richtung er gerade fliege.

Der Professor bestellte sich einen zweiten doppelten Espresso und beugte sich dann näher zu ihr. Frische Schweißtropfen standen auf seiner Stirn, perfekte Feuchte-Inseln, gerade noch imstande, ihr eigenes Gewicht zu tragen, ehe alles hoffnungslos ineinanderfließen würde.

Die Leute, die hier arbeiten, sagte er, denken wahrscheinlich, dass wir eine Affäre haben.

Die Studierenden wollten gern lernen, wie man kritisch schreibt, Lesen stand auf einem anderen Blatt. Es war nicht grundsätzlicher Widerwillen, den sie bei den meisten von ihnen spürte, eher Misstrauen. Anstatt hochverehrten Besuchs war Literatur ein ungebetener Gast, den sie zwar in ihr Haus ließen, allerdings widerstrebend und nur zu ihren eigenen Bedingungen: Falls der Gast ein abweichendes Verhalten an den Tag legte, wurde er getadelt oder zumindest während des Abwaschs im Flüsterton verurteilt – eine Analogie, die sich ihr aufdrängte, nachdem sie mit den Studierenden einmal Raymond Carvers *Cathedral* behandelt hatte, das viel sentimentaler war, als sie sich erinnerte, auch wenn sie einst, als sie es zum ersten Mal las, wegen des Endes geweint hatte, heiße, aufrichtige Tränen an einem Strand in Kroatien, der Freund mit den Locken, schlaffen Schultern und halben Ambitionen, den Arm um sie gelegt, als müsse sie getröstet werden.

Natürlich kam das Misstrauen der Studierenden von Angst. Sie fürchteten die Unbestimmtheit dessen, was sie zu lesen bekamen, das graue Gebiet der Nuancen, das sich über die Seiten erstreckte, die Fragmentierung der Bedeutung. Sie dachten, es sei die Rolle des Kritikers, Ambiguitäten in ein klares Ja oder Nein, Gut oder Schlecht umzulenken. Ihre ersten Fragen galten immer der moralischen Haltung der Figuren und, in deren Verlängerung, der des Autors oder der Autorin. Was für ein Mensch war Tschechow, fragte ein Student in einer ihrer ersten Unterrichtsstunden, dass er schreibt, als wäre es völlig *normal*, was dieser Gurow macht?

Je alltäglicher das Verhalten der Figuren, umso größer die Ablehnung der Studierenden. Jemanden, der eine ganze Familie über den Haufen schoss, schienen sie weniger verachtenswert zu finden als zwei verheiratete Menschen, die heimlich ein Verhältnis miteinander hatten; einen Mann, der nach dem außerehelichen Beischlaf ein Stück Wassermelone aß, merkwürdiger als eine Frau, die von ihren Nachbarn bei einem jährlichen Dorfritual gesteinigt wurde.

Diese lieben Kinder, sagte ihre Freundin M. während

eines ihrer Spaziergänge durch den Park. Sie glauben einfach an die ewige, romantische, monogame Liebe, und sei es nur, um mit dem Finger auf ihre geschiedenen Eltern zu zeigen.

–

Die Frau hat sich selbst noch nie wirklich als jemand mit einer Geschichte betrachtet. Sie war mal jung und dann weniger jung, doch ihre Erinnerungen scheinen zu privat, zu flüchtig, als dass man von einem nennenswerten Ganzen sprechen könnte. Eine Mittelschichtjugend, liebevolle Eltern.

Der Mann, der ihr Liebster werden wird, fragt sie während ihrer ersten Verabredung auf der Terrasse des Cafés mit den ochsenblutroten Wänden nach ihrer Geschichte. Eine uferlose, unmögliche Frage, die sie jedem anderen übelgenommen hätte.

Meine Geschichte, sagt sie, ist ehrlich gesagt das Fehlen einer Geschichte. Eine sichere Straße, ein paar Tropenjahre auf einer Insel, dann die Scheidung meiner Eltern, alles in völliger Fairness.

Der Mann nickt wieder auf diese Art, die sie jetzt bereits wiedererkennt (mit ihm fühlt sich alles sofort wie ein selbstverständliches Jetzt an, und eine Sehnsucht nach Gegenwart drängt sich ihr auf). Sie wartet, dass er zu sprechen beginnt, aber er ist still, wartet auf sie, als wüsste er vor ihr, dass sie etwas erzählen wird, und später wird sie dahinterkommen, dass dies seine Stärke ist, diese besondere Stille, die bewirkt, dass jeder ihm alles erzählt.

Mein Vater, sagt sie, wollte lange Zeit nichts mit seiner Familie zu tun haben. Ich habe drei Onkel, die ich kaum kenne. Einen Haufen Cousins und Cousinen, deren Namen ich mir nicht merken kann. Zweimal im Jahr besuchten wir meine Großeltern. Es war meine Mutter, wurde mir später klar, die darauf bestand. Bald sind sie tot, sagte sie zu meinem Vater, was sich nicht als unwahr erwies.

Die Frau fragt sich, warum sie jetzt ausgerechnet das erzählt, es interessiert sie nicht einmal selbst, nicht wirklich.

Sie standen immer zusammen in der Tür, mein Opa ein Stückchen hinter meiner Oma. Er überragte sie, aber das schien kein Vorteil für ihn zu sein, im Gegenteil, es war, als wäre dieselbe Menge Person über eine größere Fläche verteilt, ausgedünnt, wässrig, durchsichtig. Wir wollten sie eigentlich nicht berühren, mein Bruder und ich, es waren fremde, alte Menschen, die merkwürdig rochen und nicht wussten, was sie mit uns Kindern anfangen sollten. Wir ließen es über uns ergehen, zwei Nachmittage pro Jahr, mein Vater noch am meisten von uns allen. Erst später begriff ich, dass er böse war, wütend eigentlich, vor allem auf seine Mutter.

Der Mann schaut schräg nach unten, während sie spricht, sie hat keine Ahnung, ob er zuhört oder in seine eigenen Gedanken versunken ist, aber jetzt will sie zu Ende führen, womit sie angefangen hat, so bringt sie es ihren Studierenden auch bei: Hört nicht aus Bequemlichkeit auf. Und während sie das denkt, wird ihr bewusst, dass ihre Geschichte, inklusive der daraus folgenden Erkenntnis, genau die Art von Geschichte ist, die ein durchschnittlicher Kursteilnehmer in einem durchschnittlichen Schreibkurs schreiben würde; milder Realismus mit einer Lektion fürs Leben für den Erzähler.

Aber gut, sagt sie, mir wurde immer erzählt, dass ich den Schwestern meiner Mutter ähnele, ihrer Urgroßmutter, der Mutter ihrer Mutter. Das war meine Familie, nicht diese kühlen Menschen in dieser Wohnung, die Onkel, die ich nicht kannte, die Cousins und Cousinen, die alle eine Generation älter waren als ich, weil mein Vater ein Nachkömmling war. Es war also ein Schock für mich, als ich, eigentlich vor gar nicht so langer Zeit, ein Hochzeitsfoto der Eltern meines Vaters zu Gesicht bekam. Sie sahen darauf nicht nur jung und verliebt aus, sondern ich erkannte auch meinen eigenen Körper unter diesem Brautkleid wieder; meine Brüste, meine Taille, meine Oberarme und Schultern, mein *Gesicht*.

Die Frau nimmt einen großen Schluck von ihrem Bier. Der Mann hat, wie sie sieht, schöne Hände, mit kurz geschnittenen sauberen Nägeln.

Ah, sagt er. Also doch eine Geschichte.

–

Manchmal ging sie fremd, wenngleich sie diesen Ausdruck oder sogar schon den Gedanken an diesen Ausdruck vermied. Sie suchte sich ältere Männer aus, die ihren Körper bewunderten, weil er jung war, nicht mädchenhaft jung, aber stark und gesund. Männer, die dankbar waren, dass sie bereit war, ihn mit ihnen zu teilen, dankbar und geil, und die nicht zögerten, Gebrauch von ihm zu machen. Männer mit exzessiver Körperbehaarung oder übermäßigem Schweiß oder mit Augen, die extrem weit auseinanderstanden. Eher unappetitlich als wirklich hässlich.

Sie erzählte niemandem davon, ihren Freunden nicht, nicht einmal M. Sie tat keinem damit weh, und dadurch, dass sie nicht darüber sprach, konnte sie ihre Eskapaden (was für ein Wort!) als amoralisch betrachten anstatt als unmoralisch. Schämte sie sich? Ja, natürlich. Nicht, weil sie nicht treu war – dieser Begriff ging in der platten, unmissverständlichen Bedeutung unter, die alle ihm so gern gaben –, sondern wegen dieser Form von Verlangen: Es war die Erregung dieser Männer, die sie erregte, die Art und Weise, wie sie ihren Körper mit Augen und Händen zu etwas anderem machten als dem, was er war, zu etwas mit mehr Tiefe und Dunkelheit. Es war ein Verlangen, begehrt zu werden, ohne im Gegenzug etwas anderes zu begehren als sich selbst. Manchmal drückten diese Männer ihren Kopf unsanft in die Matratze oder ohrfeigten sie auf ihre Bitte hin. Das willst du?, fragten sie, dreckige Schlampe, willst du das? Und sie sagte: Ja, ja, bitte schlag mich fester.

–

Die Frau hat unerwarteten Erfolg mit ihrem Buch. Nicht gerade ein Kassenschlager, aber doch genug, um eine Weile davon leben zu können. Sie reist im Land herum und gibt Lesungen und Interviews, und zu ihrer Verwunderung glauben die Leute, dass sie wirklich etwas von den Themen versteht, über die sie mehr oder weniger zufällig geschrieben hat. Es ist ein Roman, sagt sie anfänglich noch, ich bin keine Expertin, ein großer Teil von dem, was ich mache, ist Bluffen. Sie lächelt so viel, dass sie nach solchen Veranstaltungen, wenn sie vom Organisator auf einem kleinen Bahnhof an einer Provinzstraße abgesetzt worden ist und auf den letzten Zug wartet, der sie, grell erleuchtet und kühl, in ihre Ecke des Landes bringen soll, ihr Gesicht kaum mehr entspannen kann.

Als sie die Einladung erhält, in den Sommermonaten auf einer Öko-Insel in Gesellschaft einiger bildender Künstler und Wissenschaftler zu wohnen und zu schreiben, ist es ihr Liebster, der sagt: Du fährst, natürlich fährst du. Er lässt sie immer gehen, und darum liebt sie ihn, und darum fährt sie.

Dort, auf der Insel, ein Stückchen Land von zehn Quadratkilometern Größe in der Ostsee, lernt sie einen niederländischen Künstler kennen, der den ganzen Tag damit beschäftigt ist, Samen zu sammeln. Mit einer Pinzette pickt er bis tief in die Nacht Samenkörner aus Erdbeeren, Tomaten, Radieschen, Löwenzahn. Sie leistet ihm in einem Schaukelstuhl auf der Veranda Gesellschaft, trinkt von seiner Jim-Beam-Flasche. Schlafen ist unmöglich, die Tage sind endlos lang, die Insel beeindruckt sie auf eine Weise, die sie so wenig versteht, dass sie jeden Versuch, sie zu beschreiben, von vornherein sein lässt.

Sie interessiert sich für die Ausdauer des Künstlers, seine absolute Fokussierung auf diese Samen. Sie weiß nichts von Samen, Bäumen, Arten. Wie ein Mönch beugt er sich über ein Schälchen mit an diesem Tag gesammelten Beeren, die er einzeln unter ein Vergrößerungsglas legt. Sein Körper ist klobig, die Hände sind groß und schlaff, Haut, gefüllt mit gemahlenem Fleisch, Finger wie dicke, bleiche Würste, kurz davor, aus der Pelle zu platzen. Sie kann nicht aufhören, auf diese Finger zu schauen, auf die Pinzette, die sie halten, die Präzisionsarbeit, zu der sie trotzdem irgendwie fähig sind.

Wenn er sich nicht mit seinen Samen beschäftigt, findet sie ihn unausstehlich. Er redet zu viel, kommt zu nahe, drängt ihr und dem Rest der Gruppe, in erster Linie aber ihr, seine Meinungen auf. Er hat, so stellt sich heraus, ihr

Buch gelesen. Er hat viel gefunden, was daran nicht in Ordnung ist. Nächstes Mal, sagt er, schreibst du besser über etwas anderes.

Eines Morgens fragt er sie, ob sie auf einen seiner Streifzüge mitkommen will. Sie weiß nicht, warum sie Ja sagt, viel lieber stromert sie allein über die Insel. Sofort fahren sie sich in einer Diskussion über den Film fest, den sie am Abend zuvor zusammen mit ein paar Leuten aus der Gruppe über einen Beamer gesehen haben. Sie fand ihn toll, er kitschig. Er sagt: Man wird zum Narren gehalten von diesem Soundtrack. Sie sagt: Dass du nicht siehst, dass dieser Film als Summe viel größer ist als seine kitschigen Teile.

Sie hat die ganze Nacht daran gedacht. Diese Aliens, die in ihren gigantischen Eiern über die Erde verstreut sind. Keine Eier, eher große Steine, die knapp über dem Boden schweben. Feuersteine, prähistorische Faustkeile, allerdings glatt, als hätten sie Jahrzehnte, Jahrhunderte? in einem Flussbett gelegen. Silex. So majestätisch und ruhig, bis in den Himmel reichend, sie hätte allein schon diese Dinger stundenlang anschauen können.

Es war nichts Aggressives an der Ankunft der Aliens, das sah man sofort. Die Linguistin, die losgeschickt wird, ihre Sprache zu entschlüsseln, weiß das ebenfalls. Während Militärbasen auf der ganzen Welt ihr Arsenal in Gefechtsbereitschaft versetzen, um die Aliens zu vernichten, findet sie heraus, dass sie eine Sprache benutzen, die sich grundlegend von der menschlichen unterscheidet; sie ist zirkulär, kennt keine Chronologie. Ihre Sprache zu erlernen, so stellt die Linguistin fest, ist wesentlich einschneidender, als sie einfach nur zu decodieren und zu übersetzen. Ihr ganzes Bewusstsein wandelt sich beim Erlernen dieser Sprache, ihr Zeitempfinden wird zirkulär, so dass

Vergangenheit, Gegenwart und Zukunft völlig ineinander übergehen, aufhören, als solche zu bestehen. Es stellt sich heraus, dass die Aliens deswegen gekommen sind: um den Menschen ihre Sprache zu schenken, einen neuen Blick auf die Welt, der sie möglicherweise vor dem Untergang erretten wird.

Lachhaft, sagt der Künstler, eine totale Fehlinterpretation der Sapir-Whorf-Hypothese. Die an sich auch schon wieder überholt ist, pass auf …

Sie weiß, dass er im Begriff ist, ihr diese Hypothese zu erläutern. Sie weiß, dass er sie jetzt über linguistischen Determinismus belehren wird, was vielleicht für Schriftsteller und Möchtegernintellektuelle reizvoll klingt, von Linguisten wie Chomsky in den neunziger Jahren aber längst widerlegt wurde. Der Film, wird er gleich sagen, ist vollkommen unrealistisch. Dass eine neue Sprache die Bahnen im Gehirn total neu ordnet, ist vielleicht ein nettes kleines Gedankenexperiment, aber letztlich doch nichts anderes als lächerlicher Unfug. Oder eigentlich gar nicht mal so lächerlich, wenn man darüber nachdenkt, denn die ganze Idee dahinter, wonach Sprache das menschliche Denken definiert, enthebt den Menschen auch wieder seiner individuellen Verantwortung, um …

Hau ab, denkt sie, lass mich in Ruhe, hau ab und belästige jemand anderen mit deinem *unrealistisch*. Sie gehen schweigend weiter, sie ein kleines Stück hinter ihm, der Pfad ist schmal, sogar fast nicht existent, sie hat nicht aufgepasst, erkennt den Weg nicht, wo sind sie.

Der Künstler bleibt bei einem hohen Baum stehen, legt eine Hand auf den Stamm. Er sagt: Das ist eine Wassertanne. Kommt von Natur aus nur im Shui-Hsa-Pal-Tal in

Zentralchina vor, wird aber seit den sechziger Jahren von Samenhändlern in der ganzen Welt verbreitet. Die einzige Metasequoia, die nach dem Tertiär übrig geblieben ist. Ein lebendes Fossil.

Ein lebendes Fossil?

Er nimmt ihre Hand und legt sie auf das lebende Fossil. Die Rinde fühlt sich schuppig an, überraschend zart.

Stell dir vor, sagt er, diesen Baum hat es vor fünfundsechzig Millionen Jahren auch schon gegeben, einst bedeckten ganze Wälder solcher Bäume die Nordhalbkugel.

Sie küsst ihn, oder er sie. Seine Hand zwischen ihren Beinen, dann in ihrer Hose. Ganz langsam gleitet er mit seinem hässlichen Finger in sie hinein, sie ist feuchter als je zuvor, ist das zu fassen.

Eines Nachmittags schlägt sie ihn. Ihre flache Hand auf seiner Wange, fest. Er hat zum soundsovielten Mal etwas Herablassendes in diesem Ton gesagt, als würde sie ihm keine andere Wahl lassen. Sie fragt ihn, ob er Frauen hasse oder zufällig nur sie. Er ist beleidigt abgezogen. Eine Stunde später kommt er, ohne anzuklopfen, mit einer Tasse Tee in ihr Zimmer. Sie will keinen Tee. Er setzt sich neben sie, zu nah. In ihr lodert es plötzlich auf, ein heißer Luftstrom über einem eiskalten Meer, und reflexartig holt sie aus.

Sofort ist er still, nicht einfach nur still, sondern wirklich sprachlos, und so geht die Chose wieder von vorn los, denn wenn er so ist, so *geschlagen*, gelingt es ihr, ihn zu ertragen. Sie wird wieder weich, und dann wird sie wieder geil, und dann muss sie seine Hand zwischen ihren Beinen spüren und danach seinen Schwanz, der so ganz anders ist als der ihres Liebsten, kürzer und dicker, oder wie beschreibt man so was – knorrig, wollte sie sagen, unkultiviert, die Borke eines tief in der Erde verwurzelten Baums, doch so kann sie das alles natürlich nicht schreiben.

Zu ihm sagt sie: Fick mich. Sie legt sich mit dem Rücken zu ihm. Ihn anschauen, das kann sie nicht. Angenommen, ich wäre ein Mann, denkt sie manchmal, und er eine Frau, dann wäre ich ein Mann, der eine Frau schlägt, sie nicht ansehen will, sie im Grunde hasst und davon erregt wird.

Natürlich merken die anderen etwas von dieser Affäre, auf jeden Fall als er eines Abends angetrunken und in Gesellschaft den Arm um sie legt. Sie spürt, wie ihr das Blut in den Kopf steigt, taucht unter seinem Arm weg, läuft die paar Hundert Meter zum Meer, zieht ihre Sachen aus und lässt sich in das kühle Wasser sinken. Sie will zurück zu ihrem eigenen Leben, das mit einem Mal unerreichbar fern scheint, eher eine Luftspiegelung als etwas mit konkreten, greifbaren Formen. Plötzlich ist sie sich sicher, dass sie nie mehr von der Insel wegkommt. Dass ihr Platz auf dem Festland von jemand anderem eingenommen wird, einer Frau, die ihr gleicht, aber ohne ihre Fehler, eine schöne Frau, die genau richtig ist, genau genug, eine Frau, die in den Armen ihres Liebsten liegt und nichts anderes will. Ohne eine Spur Ironie verspricht sie dem Meer und dem Sternenhimmel und allen neu gesäten Wassertannen auf der Welt, dass sie diese Frau werden wird, wenn sie nur die Möglichkeit erhält, eine Möglichkeit, von der Insel wegzukommen, nach Hause zu kommen, alles wieder nahtlos zusammenzufügen.

–

Sie trinken Weißwein im Botanischen Garten und lösen ein Kryptogramm. Man könnte meinen, wir sind alte Leute, sagt sie, obwohl alte Leute vielleicht keine fünf Gläser Wein hintereinander in der Sonne trinken.

Sie lehnt ihren Kopf an seine Schulter. Selbstverständlich legt er seinen Arm um sie, seinen schönen, gesunden Arm, Haut, die nach Müsli, Gras und Waschmittel riecht. Kleine Pigmentflecken an seinem Oberarm.

Auf der Insel, setzt sie an.

Enigma, sagt er, das muss Enigma heißen.

Sie radeln zu dem Lokal mit den ochsenblutroten Wänden, und dort trinken sie noch mehr. Sie sind sehr glücklich, und betrunken. In dieser Erinnerung ist der Automat mit den Salzmandeln noch immer glänzend rot und nicht, wie in Wirklichkeit, aus schwarzem Kunststoff. In dieser Erinnerung berühren sich ihre Knie unter dem schmalen Tisch am Fenster. Der Stuhl, auf dem sie sitzt, der feine Sand auf dem Holzfußboden des Lokals, die verblichenen Buchstaben auf der Fensterscheibe, ihr Liebster, der auf seine eigene stockende Art vom Ferienhaus seines Doktorvaters erzählt, inklusive der freilaufenden Hühner, die er studiert, als wären es Diktatoren und Stammeshäuptlinge in den Konfliktgebieten, über die er ganze Bücher vollschreibt, der Bierschaum auf seiner Oberlippe, ihr Finger, der sich wie von selbst dorthin bewegt, um ihn wegzuwischen, alles existiert.

Könnte man darüber schreiben, fragt sie ihren Liebsten. Einfach so, über eine sanfte Liebe, die nicht von Hass oder Eifersucht oder Neid eingeengt wird. Darüber, wie es weitergeht, zwei Menschen, die in Harmonie dahinleben, und dass das trotzdem ein Abenteuer ist.

Ihr Liebster denkt kurze Zeit ernsthaft darüber nach.

Nein, sagt er dann, kein Leser würde dem trauen. Jeder würde denken, dass sich dahinter etwas anderes verbirgt, dass das Glück nur ein dünner Film ist, schöner Schein. Sie würden auf den Mord warten oder natürlich auch den Selbstmord. Oder, noch schlimmer, sie würden denken, dass das alles ironisch sein soll. Dass der Autor oder die Autorin nicht über Glück schreibt, sondern Glück kommentiert, wodurch dessen Möglichkeit ja genau auf die Unmöglichkeit verweist.

An dem Abend, im Bett, lieben sie sich sehr wild, und hinterher kotzt die Frau leidenschaftlich.

–

Der Künstler lädt sie zur Vernissage seiner Einzelausstellung in der Galerie ein, die ihn vertritt. Danach zu einer Gruppenausstellung mit dem Thema Öko-Kunst. Danach zu der Eröffnung einer großen Kunstmesse, auf der seine Galerie gute Geschäfte mit seinen Samensammlungen zu machen hofft. Sie sieht seinen Namen in der Zeitung in einem Artikel über vielversprechende Künstler auf besagter Messe und später, in einer anderen Zeitung, noch einen Artikel, diesmal mit Foto. Da steht er bei seinen Samen, die Arme übereinandergeschlagen wie ein Rausschmeißer vor einem Club, bereit, die Fäuste einzusetzen, falls es nötig wird. Rasch schlägt sie die Zeitung zu und wirft diesen Teil zum Altpapier.

Er teilt ihr per Mail mit, er wolle sie sehen. Nach drei Mails schickt er ihr eine WhatsApp mit der Frage, ob sie seine Mails gesehen habe. Er schreibt: Ich habe mich von meiner Freundin getrennt. Er schreibt: Ich war im Metropolitan Museum und habe eine Aphrodite-Statue von Kallimachos gesehen, sie hat deinen Hintern. Er schreibt: Nur auf einen Kaffee. Er schreibt: Ist das schon zu viel verlangt. Er schreibt: Scheißweib. Er schreibt: Sorry. Er schreibt: Es war eine sehr schwierige Entscheidung, die Beziehung zu beenden, aber es ist besser so. Er schreibt: Sie war richtig fertig. Er schreibt: Himmel, war's das dann. Er schreibt: Sind Menschen für dich Konsumartikel. Er schreibt: Scheinheilige Tusse. Er schreibt: Ich hoffe, alles geht gut, mach mir Sorgen um dich.

Ich fürchte, ich habe so was wie einen Stalker, sagt sie zu M. Sie stehen in M.s Küche, die sie sich mit drei anderen Leuten aus ihrer Wohngemeinschaft teilt. M. wärmt Milch in einem Stieltopf und hält dann einen vibrierenden kleinen Apparat hinein, der das Ganze so gut es irgend geht aufschäumen soll.

Sie erzählt die Geschichte, mehr oder weniger. Ein einziges Mal mit ihm im Bett gewesen, sagt sie, ein einziges Mal, betrunken, versehentlich (sie ist wirklich eine scheinheilige Tusse).

Mir ist es egal, wie oft, Schätzchen, sagt M. Du musst ihm nicht antworten. Das ist so einer, der nicht nur deine ganze Hand nimmt, wenn du einen Finger ausstreckst, sondern dich auch gleich durch die Scheiße hindurch in eine Jauchegrube schleift.

Ich habe Angst, sagt die Frau, dass er was Verrücktes macht.

Nicht antworten, sagt M. Sie verteilt den Milchschaum auf zwei Tassen und gießt dann den Kaffee darüber. Da, Kaffee, und hör auf, dich schuldig zu fühlen. Von mir aus können Leute ruhig ein bisschen öfter Affären anfangen.

Es war keine Affäre, sagt sie. Nur ein Mal mit ihm im Bett gewesen, betrunken.

Ja, ja, sagt M., schon gut, schon gut.

Eines Abends muss die Frau in einer kleinen Provinzstadt nahe der deutschen Grenze auftreten. Sie stellt ihre Sachen im Zimmer einer omnipräsenten beigefarbenen Hotelkette mit roten Akzenten ab und zieht sich um. Eine Retro-Cacharelbluse aus feiner weißer Baumwolle mit Perlmuttknöpfen und rundem Kragen. Eine enge Jeans, ihre Lieblingsstiefel mit den Metallabsätzen. Das Haar aufgesteckt, streng. Viel Make-up, für ihre Verhältnisse. Sie lässt sich rückwärts aufs Bett fallen, bildet sich ein, es sei vier Stunden später, sie beträte das Zimmer erneut, könne endlich die Schuhe ausziehen und dürfe aufhören zu reden. Los, sagt sie laut, Zeit, die kleine Schriftstellerin zu spielen.

Der Saal ist größer als erwartet, etwa hundert Leute, vielleicht sogar hundertfünfzig, und trotzdem sieht sie ihn sofort. Er hat sich eine Miene übergestülpt, die sagt: Dies ist ein öffentlicher Raum, ich darf hier sitzen, ich bin interessiertes Publikum. Aus ihrer Brust heraus verbreitet sich Kälte bis in die Zehen und Fingerspitzen. Sie hört, wie ihr Herz das kalte Blut pumpt, der Kopf ist erhitzt, sie hört, wie dünn ihre Stimme wird, als sie der Veranstalterin versichert, sie habe eine gute Anreise gehabt, hört sich diese Antwort geben, als wäre es jemand anders, ein Außenkörper, der mechanisch weiterfunktioniert, während sie innerlich eine Klimakrise durchmacht. Betrachte es einfach, sagt ein dritter Körper von oben herunter zu den beiden Körpern innen und außen, als Test für deine Professionalität.

Als das Publikum Fragen stellen darf, hält der Mann neben ihm einen ausführlichen Vortrag, getarnt als Frage. Sie wagt kaum, in seine Richtung zu schauen, hält den Blick nach unten gerichtet, als lauschte sie den Ausführungen hochkonzentriert.

Hinterher signiert sie ein paar Bücher. An der äußersten Grenze ihres Blickfelds sieht sie, wie er den Saal verlässt. Die Veranstalterin schenkt ihr ein Glas Rotwein randvoll ein, ein süßlicher Merlot, der sie an die Literflaschen Albert-Heijn-Wein aus ihrer Studienzeit erinnert. Nach ein paar Schlucken spürt sie, wie ihr Körper wieder mehr oder weniger *ein* kohärentes Ganzes darzustellen beginnt. Sie trinkt das Glas aus, gierig, und sagt Ja, als die Veranstalterin sie fragt, ob sie noch in das Lokal um die Ecke mitkomme, zusammen mit ihr und ein paar Kolleginnen und Mitarbeiterinnen der Stiftung.

Er sitzt am Ende der Bar. Sie will sich umdrehen, aber das geht nicht, sie ist von den Frauen der Stiftung umringt, die sich bereits an den für sie reservierten großen runden Tisch setzen. Er dreht sich um, sie sehen sich direkt an. Er ist es nicht, obgleich es ihr einen kurzen Moment lang so vorkommt, als wäre er es doch, allerdings mit ernst verzogenem Gesicht. Der Unbekannte lacht sie an und hebt sein Glas, könnte man jedenfalls meinen.

Rasch setzt sie sich zwischen die Frauen, vor ihrer Nase steht schon wieder ein Glas Wein, die Frauen reden und lachen laut, nennen sie Kind und Mädchen, und nach einem weiteren Glas ist ihr danach, sich an sie zu lehnen, an diese unverwüstlichen Frauen mit ihren fröhlichen Brillen und professionell gefärbten Haaren, diese Frauen mit ihren Familien, *unter jedem Dach ein Ach*, aber sie werden mit allem fertig, mit ihren Männern, die noch nicht mal ein Spiegelei braten können, ihren Kindern, die bis weit in die vierzig um Geld bitten, ihren Enkeln mit ADHS, die von einer Schule in die nächste holpern.

Hier, zwischen diesen Frauen, ist alles auf angenehme Weise von Mysterien befreit. Sie erinnert sich an den Schriftsteller, der mal gesagt hat, sein Ziel sei es, ehrlich über das Leben zu schreiben, so wie es ist. Das hatte sie lächerlich gefunden, hoffnungslos naiv und außerdem sentimental. Wessen Leben denn, hätte sie ihn gern gefragt, *wessen* Leben um Himmels willen? Aber vielleicht, denkt sie, gibt es doch noch so etwas wie das Leben, so wie es ist, und vielleicht lässt es sich hier, genau hier, in dieser kleinen Stadt an der deutschen Grenze, in diesem Lokal, an diesem Tisch, finden. Ihr Unbehagen von vorhin ist verebbt. Plötzlich kommt es ihr unwahrscheinlich vor, dass der Künstler an diesem Abend im Saal saß. Vielleicht ist sie selbst weniger verlässlich, als sie denkt. Vielleicht hat sie einen Hang zum Paranoiden.

Die Veranstalterin bringt sie zurück zum Hotel. Ich wollte, sagt sie, dass ich in deiner Zeit geboren wäre. Dann hätte ich alles anders gemacht, alles.

–

Ein paar Monate später begegnet sie ihm auf der Straße, ganz in der Nähe ihres Hauses und, wie sich zeigt, in der Nähe seines neuen Hauses.

Also Nachbarn, sagt er. Er fragt sie, ob sie einen Kaffee mit ihm trinkt, und sie bringt es nicht fertig, Nein zu sagen, zumal sie ohnehin auf dem Weg zu dem kleinen Café am Platz um die Ecke ist. Wohin auch er unterwegs ist.

Er hockt sich vor ihren Hund: Neu?

Ja, sagt sie, letzte Woche abgeholt.

Weibchen?

Ja, ein Mädchen. Ellie.

Ellie, sagt er, Ellie, und krault ihr das Kinn und dann, als der Hund sich hinlegt, den runden Bauch.

Es geht sehr gesittet zu. Er erzählt von einem neuen Projekt, keine Samen diesmal, sie von ihren Studierenden. Er zeigt Interesse, sagt nichts, was sie rasend macht, bleibt auf Abstand. Obwohl sie ihn noch immer nicht richtig anschauen kann, gibt es nichts an seiner Anwesenheit, das dem bedrohlichen Spuk entsprechen würde, zu dem sie ihn in der Zwischenzeit gemacht hat.

Nein, noch kein neues Buch, sagt sie. Es kommt mir auf einmal so kindisch vor, mir Figuren auszudenken, die einen Konflikt haben müssen, sich nach etwas Unmöglichem sehnen und sich nach etlichen Rückschlägen letztlich zufriedengeben oder ruhmlos zugrunde gehen.

Wie in deinem letzten Buch, sagt er.

Wie in jedem Buch.

Und jetzt willst du etwas anderes.

Und jetzt will ich ... sagt sie, ihr Mund plötzlich dicht an seinem Ohr.

–

Ich finde es feige, dass sie zum Schluss wegläuft, sagt die vorwitzige Studentin, einen Bissen Salat im Mund. Mann und Kinder zu verlassen ist nicht mutig. Ich finde, wenn man mit einer Situation nicht zufrieden ist, dann sagt man das.

Es ist die zweite Stunde nach den Sommerferien. Sie

analysieren die Kurzgeschichte einer Nobelpreisträgerin, eine Nacherzählung von Orpheus und Eurydike über eine junge Mutter, die an ihrem Familienleben erstickt und mit dem Regisseur der Laienspielgruppe durchbrennt, in der sie mitwirkt.

Das Schlimmste ist noch, fährt die Studentin fort, dass dieser Typ überhaupt nicht besser ist als ihr Mann. Er ist nicht nett und sieht auch weniger gut aus. Ich denke, dass sie ihn überhaupt nicht liebt, sondern es nur wegen, na ja, wegen dem Sex macht.

Also, was meint ihr, sagt die Frau in dem Versuch, die übrigen Gruppenteilnehmer mit einzubeziehen, geht es hier primär doch um die romantische Liebe? Oder spielt die Autorin vielleicht mit dieser Idee, dreht sie den Orpheusmythos um?

Einen Moment lang bleibt es still, so wie es immer still bleibt, bis einer der fünf aktiv teilnehmenden Studierenden sich berufen fühlt, die Stille zu durchbrechen.

In dem Mythos stirbt Eurydike, sagt der Student mit den blonden Locken zögernd. Und nur Orpheus kann sie wieder zum Leben erwecken, was sie, sagen wir mal: ziemlich abhängig von ihm macht. Aber in dieser Erzählung gibt es eigentlich keinen Orpheus, ich meine: Sie ist, denke ich, schon Eurydike, sie *spielt* sogar die Eurydike in diesem Theaterstück, aber zum Schluss sagt sie wörtlich, dass dieser Regisseur nie ihr Orpheus war.

Ich finde trotzdem, dass sie eine passive Frau ist, sagt die vorwitzige Studentin, während sie die letzten Reste ihres Salats mit einer Plastikgabel aus dem Plastikschälchen fischt. Sie geht nur deshalb in dieses schmierige Motel mit, weil der Typ, der Regisseur, das von ihr verlangt, sie selbst entscheidet nichts.

Soll sie etwas sagen, zu dieser Esserei während der Stunde? Soll sie sagen: Heb dir den Salat das nächste Mal für die Pause auf? Sind das eigentlich Kinder oder Erwachsene?

Jetzt hebt das nervöse, blasse Mädchen vorsichtig die Hand. Allein schon die Bewegung bewirkt, dass lauter rote Flecken auf ihrem Hals erscheinen.

Also, beginnt sie mit sich überschlagender Stimme, ich wollte eigentlich nur sagen, dass ich sie doch mutig finde. Sie entscheidet sich für sich selbst, es geht gar nicht um die Männer. Sie sagt irgendwann, beziehungsweise ich meine, sie *denkt* irgendwann, wenn sie zu ihrer Familie zurückginge, würde sich das anfühlen, als würde sie sich einen Sack über den Kopf ziehen. Das ist ganz schön heftig. Ich denke, sie läuft eher weg aus einer Rolle, die sie nicht will, als dass sie ihre Kinder im Stich lässt. Vielleicht wird sie dadurch ja zu einer besseren Mutter. Vielleicht hätte sie ihren Kopf am Ende in den Backofen gesteckt, wenn sie geblieben wäre, genau wie diese Dichterin.

Die Studierenden starren wieder stumm vor sich hin. Gerade als sie sie fragen will, was sie davon halten, wie hier Gegenwart und Vergangenheit vermischt werden, fängt ein Mädchen hinten im Raum, deren Gesicht hinter dem des Jungen mit den blonden Locken verborgen ist, zu sprechen an.

Ich finde, es ist eine deprimierende Geschichte, sagt sie. Dass das Leben einfach weitergeht, meine ich. Man kann zwar aus bestimmten Situationen weglaufen, aber nicht wirklich aus dem eigenen Leben, das im Grunde eine einzige große Situation ist bis zum Tod. Diese Frau, Pauline, glaubt vielleicht, sie wäre frei, aber sie steckt genauso fest wie jeder andere. Sie hat die Kinder, für die sie sorgen muss, sie muss die Miete bezahlen, arbeiten, Wäsche waschen, einkaufen, jeden Tag von neuem wieder dieser ganze banale Bullshit, egal ob sie ihrer Ehe entkommen ist oder nicht. Was sagt dieser Bote des Todes in dem Theaterstück zu Orpheus?

Das unsichtbare Mädchen blättert stürmisch in ihren Papieren.

Hier. Dass Orpheus eines Tages auf der Straße gehen wird wie ein Mann, der versucht, einen Hund abzuschütteln. Und mit diesem Hund meint er Eurydike!

Das unsichtbare Mädchen hält kurz inne, erschrocken, vielleicht, über ihre eigene Erkenntnis oder über die Heftigkeit, die sie dabei empfunden hat.

Ich meine, sagt sie, jetzt ruhiger, dass Eurydike letztlich nur eine ganz normale Frau ist und diese Pauline damit auch. Wenn ich darüber eine Rezension schreiben müsste, oder wie Sie das ja lieber nennen, eine *Betrachtung*, dann würde ich schreiben, diese Erzählung handelt von einem Hund, und dieser Hund ist das Leben selbst.

Dreizehn Stockwerke tiefer, als die Drehtür des dunklen Unihochhauses sie wieder in die Welt entlässt, hat sich der frische Morgen in einen strahlenden Herbsttag verwandelt. Überall auf den Stufen und Bänken sitzen Studierende, und sie sind so jung, so jung in ihrer billigen synthetischen Kleidung. Sie warten, ein großes Warten, das mit Zeit noch nichts zu tun hat.

Ein Junge saust hinter ihr mit seinem Fahrrad auf den Gehweg, reflexartig legt sich die Frau eine Hand auf den Unterleib. Im Bus zum Bahnhof denkt sie an die Einkäufe für das Essen am nächsten Abend. Kabeljau vom Fischhändler, einen großen Bund Petersilie aus dem türkischen

Laden weiter hinten in der Straße, Gnocchi, Parmesan, Schokoladentrüffel aus dem Feinkostgeschäft am Platz, Wein. Ihre Freunde werden fragen, wie es ihr geht, und sie wird antworten: Prima, und dann wird sie etwas über das Buch sagen, das sie gerade liest (gut, aber doch wieder so ein Mann), die erfreuliche Nachricht, dass ihr eigenes Buch ins Spanische übersetzt wird, ihr Unterricht, diese eine Studentin, die plötzlich verkündete, das Leben sei ein Hund.

Wie ein Kind saß ich auf der Rückbank des befreundeten Paars, mit dem ich in die französischen Alpen fuhr. In der Woche vor unserem Urlaub hatte meine Freundin, die den größten Teil der Zeit am Steuer saß, mich und das andere befreundete Paar, im Auto hinter uns, auf dem Laufenden über die Wetterprognosen gehalten, die, je näher der Urlaub rückte, immer weniger hoffnungsvoll wurden.

Weil es so viel geregnet hatte, war ein Teil der kurvenreichen Straße, die zu dem Haus führte, komplett weggebrochen. Von den Besitzern bekamen wir einen kurzen Film des Schlammstroms zugeschickt, der sich mit großer Wucht vom steilen Berghang ergoss, eine Lawine ohne Schnee, eine Katastrophe. Das letzte Stück würden wir zu Fuß zurücklegen müssen; solange der Regen und die starken Böen nicht aufhörten, würde nicht an der Straße gearbeitet. Als Ausgleich für diese Unbequemlichkeit erhielten wir einen Nachlass auf die ohnehin niedrige Miete des Hauses: ein modernes Chalet, mit dem (ziemlich exaltierten) Namen La Septième Maison de la Prospérité, das gemeinsam mit fünf identischen anderen Häusern an einem Hang lag.

Die Besitzer waren mit der Mutter des Liebsten meiner Freundin befreundet, die Gartenbauarchitektin war und den Garten ihrer Villa in Hillegom entworfen hatte. Reiche Zen-Leute, sagte er, ein Onkologe und ein Psychiater, die während einer Japanrundreise die Erleuchtung gefunden hatten. Sie hatten ihren Crosstrainer durch eine Meditationsmatte ersetzt und ihre zwölfsitzige Designereckcouch durch ein Tatami. Es war die Art von Einfachheit, die sich nur mit Geld erzielen ließ; Minimalismus als Verhüllung eines Lebensstils, den man nur als dekadent bezeichnen konnte. Diesen Buddha, sagte der Freund meiner Freundin, muss man als eine Art von externem Gewissen betrachten. Jeden Tag, wenn diese Leute von der Piste zurückkommen, denken sie kurz daran, dass sie das Skifahren nicht brauchen, um glücklich zu sein, dass sie zur Entwaldung der Alpen beitragen, andererseits aber jeden Monat Geld zur Rettung des Regenwalds in Brasilien überweisen, Bäume pflanzen lassen als Kompensation für ihre Flugreisen, ein Hybridfahrzeug fahren, und wirklich nicht in erster Linie, weil das steuerlich absetzbar ist. Der Psychiater spaltet für den Kamin einen Holzklotz mit einem Beil in vier Teile und ist mit der Kraft und Konzentration zufrieden, die er für diese Betätigung aufzubringen vermag. Der Onkologe schenkt sich ein Glas *vin naturel* ein, während er die Schalotten für seine berühmte Estragonvinaigrette schnippelt. Beim Essen reden sie über diese nette Gruppe Kreativer, Freunde des Sohns der Gartenarchitektin, arme Schlucker, die im Kultursektor zu überleben versuchen, und wie schön es doch ist, ihnen das Chalet eine Woche lang für fast umsonst anbieten zu können, auf diese Weise ihren Reichtum zu teilen, wer weiß, vielleicht bietet die Bergluft Inspiration, wer weiß, vielleicht spornt es sie an zu einem, wie nennt man das, *schöpferischen Akt*!

An einer Tankstelle zwischen Metz und Nancy stoppten wir für einen Kaffee. Auf der Rückbank des zweiten

Paars – das ich weniger gut kannte, sie waren mit meiner Freundin und ihrem Freund befreundet, und ich sah sie an Geburtstagen und bei den Theateraufführungen, bei denen meine Freundin Regie führte – saß ebenfalls ein blinder Passagier, ein Freund meiner Freundin, dem ich noch nie begegnet war. Er war Toningenieur und Designer von Soundscapes, erzählte meine Freundin, und reiste in der ganzen Welt umher, mal für gemeinsame Projekte mit Orchestern und Komponisten, mal auf der Suche nach Geräuschen für seine eigenen Kompositionen, die eher als auditive Skulpturen zu bezeichnen waren denn als Musikstücke.

Am frühen Morgen hatten wir fast eine halbe Stunde auf den Toningenieur warten müssen. Er war der Einzige von uns mit eigenen Skiern, die er mit einer Nylonschnur auf dem Gepäckträger seines Fahrrads festgebunden hatte, auf dem auch eine Wochenendtasche balancierte. Am Lenker hing eine Tasche in Form eines riesigen Schuhs, in der sich, wie ich annahm, seine Skistiefel befanden. Meine Freundin hatte ihn viermal angerufen, um zu fragen, wo er bleibe. Jedes Mal, erzählte er an der Tankstelle, hatte er anhalten müssen, um sein Telefon aus der Jackentasche zu ziehen. Beim dritten Mal rutschten die Skier unter der glatten Schnur heraus, wodurch die Wochenendtasche zu Boden fiel und er das Ganze neu festbinden musste.

Dann hättest du nicht rangehen sollen, sagte meine Freundin, die resolut mit einem Stäbchen in ihrem Kaffee rührte und ihm einen Blick wie flüssiger Stickstoff zuwarf.

Für den zweiten Teil der Fahrt setzte sich der Toningenieur neben mich auf die Rückbank. Er erzählte uns von einem Projekt, an dem er zusammen mit einem Komponisten arbeitete. Der Komponist hatte eine ziemlich dramatische Liebesaffäre mit einer Frau hinter sich, die er nicht verstand, und umgekehrt. Ihre Streitereien waren spektakulär und mit der Zeit für keine der beiden Parteien mehr nachzuvollziehen. Seinerseits entwickelte der Komponist eine Obsession für Astrologie. Er studierte Tages-, Wochen- und Jahreshoroskope auf der Suche nach einer Wahrheit bezüglich seiner Situation und gab Hunderte von Euro für Astrologen aus, die sein Geburtshoroskop erstellten und ihm mit salbungsvoller Stimme erzählten, sein Kommen vorausgeahnt zu haben. Wie ein Ertrinkender an einem Stück Treibholz klammerte er sich an den Himmelskörpern und ihren Konstellationen fest, obwohl er wusste, dass es eher ein *willing suspension of disbelief* war als echter Glaube und dass der Moment kommen würde, in dem sich die Rückseite des Mondes unvermeidlich offenbaren würde.

Wie auch immer, sagte der Toningenieur, jetzt, wo alles vorbei ist, hat er den Plan entwickelt, eine Komposition vom Himmel anhand der Himmelskörper zu erschaffen, als Denkmal für jene zum Scheitern verurteilte Beziehung, und mich gebeten, ihm dabei zu helfen.

Bevor er uns erzählen konnte, wie man dem Himmel Klänge entzog oder gar dem Stand der Himmelskörper, nickte er ein.

Erst Stunden später schlug er die Augen wieder auf, erstaunt, weil wir nicht mehr bei Tageslicht auf der Autobahn fuhren, sondern im Dunkeln durch die Berge, auf einer engen einspurigen Straße, die uns in Serpentinen in die Höhe führte, bis zu dem kleinen Friedhof des Dorfes, wo wir das Auto abstellten, um das letzte Stück zu Fuß auf dem schmalen, sich neben der weggebrochenen Straße aufwärts windenden Wanderweg zurückzulegen, beim Schein unserer Handys, die Koffer wie unwillige Kinder hinter uns herzerrend, bis wir an einem Holztor ankamen, das nach Eintippen eines Codes aufschwang, und was wir zunächst für eine zusätzliche Dunkelheit in der Dunkelheit gehalten hatten, entpuppte sich beim Näherkommen als meterhoher sitzender Buddha, die Hände gefaltet, der Funke einer steinernen Seele, der die Funken unserer lebendigen Seelen erkannte und begrüßte, und weit darüber der schwache Schein des Mondes auf den Berggipfeln, riesige Zündflammen von zartestem Blau.

Der Toningenieur, so entdeckte ich in jener Woche, war ein extrem gewissenhafter und präziser Mensch. Er war es, der die weniger erfahrenen Skifahrer unter uns auf der Piste im Auge behielt, der bei der Rückkehr ins Chalet Feuer machte, herumliegende nasse Socken im Treppenhaus zum Trocknen aufhängte.

An den meisten Tagen waren wir schon nach ein paar Stunden geschafft vom schneidenden Wind, der schlechten Sicht, den kahlen eisigen Pisten. Lediglich der Toningenieur blieb immer optimistisch und energiegeladen. Mit einem kleinen, aber teuer aussehenden Aufnahmegerät war er ständig dabei, Geräusche festzuhalten: das Heulen, Sausen, Klappern des Windes; das Scharren unserer Skier auf den Eisflächen, das Knarren der Skilifte. Wie eine Wünschelrute hielt er das Ding vor sich, fest entschlossen, die Rätsel der Welt zu ergründen.

An ihm gab es etwas, was ich nicht verstand. Auf den ersten Blick war er ein Mensch mit sehr konkreten und wenig komplizierten Verhaltensweisen und Motiven, unter seinem munteren Pragmatismus verbarg sich aber doch auch eine Form von Verzweiflung – wenngleich ich vermutete, dass er selbst davon nichts wusste.

Sein Gesicht besaß, wie sich herausstellte, ein festes Repertoire an Ausdrücken, die von außen gesteuert zu werden schienen. Sie waren dazu da, etwas zu zeigen, aber auch, um etwas anderes zu verbergen. Womit ich nicht sagen will, dass er unaufrichtig war, eher im Gegenteil: Er war so aufrichtig, dass er sich dabei fast selbst auslieferte. Ohne diese Ausdrücke wäre sein Gesicht eine amorphe, weiche Masse, die jeder in Form kneten, aushöhlen, zermatschen könnte. All dies war ihm nicht bewusst, was ihn noch aufrichtiger machte, und ich begann mich zu fragen, wie viel Aufrichtigkeit ein erwachsener Mann sich erlauben kann, ohne völlig uninteressant zu werden.

Eines Nachmittags, der Wind krachte gegen den Berghang und mehr als die Hälfte der Skilifte war geschlossen, stand ich unten an einer Piste und wartete auf die anderen. Der Himmel war so grau wie die Piste, wodurch jeglicher Kontrast verschwamm und jede Abfahrt einem Taumeln in eine undefinierbare Tiefe glich. Andere Skifahrer waren kaum zu sehen an jenem Nachmittag; sie hatten sich die Wettervorhersage angeschaut und, im Gegensatz zu uns, eine vernünftige Schlussfolgerung daraus gezogen.

Meistens war meine Freundin als Erste unten. Ihre grellgelbe Jacke war für uns alle ein Orientierungszeichen, eine Bake, auf die man zusteuerte, doch diesmal war sie nicht da. Auch die anderen Jacken sah ich nicht. Angestrengt spähte ich nach oben, ins graue Nichts hinein. Dann und wann kam ein Skifahrer den Hang herunter, die meisten langsam und schwankend, als wirke sich der Mangel an Sicht unmittelbar auf ihre Motorik aus. Nach fünf Minuten ahnte ich, dass ich den Anschluss verloren hatte, nach weiteren fünf Minuten war ich absolut sicher. Mein Handy hatte ich an dem Morgen zu Hause liegenlassen, ich sah es vor mir auf dem Nachttisch und erinnerte mich auch an den bewussten, aber unergründlichen Entschluss, das Ding an diesem Tag, im Gegensatz zu den vorigen Tagen, *nicht* mitzunehmen.

Mein Orientierungssinn war auch unter ausgezeichneten Wetterbedingungen miserabel. Ich verließ mich auf die anderen, glaubte ihnen einfach, wenn eine Strecke ausgetüftelt wurde – dann können wir hier die rote Piste nehmen, bis zu diesem Lift, und dann auf der anderen Seite die schwarze oder rote bis ganz nach unten, so dass wir bei dem oder dem Lift rauskommen, dann wieder rauf, und schon sind wir wieder in dem Gebiet …

Ich stieg in den Lift, an dem ich gelandet war, kam oben zu einem Schnittpunkt verschiedener Pisten, an den ich mich schwach erinnerte, den ich aber unmöglich lokalisieren konnte. Auf gut Glück fuhr ich eine blaue Piste hinunter, die mich wieder zu einem Lift brachte, den ich allerdings überhaupt nicht wiedererkannte. Ich musste versuchen, in das Dorf zurückzugelangen, in dem unser Auto stand, ein anderes Dorf als das, zu dem wir an den vorigen Tagen gefahren waren, weil der nächstgelegene Lift an dem Tag geschlossen bleiben würde. Aber ich hatte den Namen dieses anderen Dorfs vergessen, unglaublich. Wie war es möglich, dass ich, eine erwachsene Frau, mir auf so simple Weise nicht helfen konnte? Ich konnte reden und Quatsch machen, aber das war dann schon so ungefähr alles. Wenn die Apokalypse kam, würde ich völlig abhängig von der Güte anderer sein, so viel war sicher.

Bei einem der Skilifte, an denen ich vorbeikam, sah ich,

dass es mittlerweile halb vier war. Zwischen vier und halb fünf würden alle Lifte schließen, die Tage waren kurz, nach nicht allzu langer Zeit würde das Grau noch satter sein, bis es schließlich schwarz war, die Zahnräder stoppten, alle drinnen am offenen Kamin saßen, die wilden Tiere aus ihren Höhlen kamen … (wilde Tiere, *really*?). Irgendwo machte ich ein Gefühl der Panik aus, aber es war kompakt, außerhalb von mir, ein glatter Stein, den ich in der Hand hielt, die Form kühl, aber unnachdrücklich in meiner Handfläche.

Die Panik machte mich sehr ruhig, genauso wie große Wut einen sehr ruhig machen kann. Halb blind fuhr ich eine sanft geschwungene grüne Piste hinunter, und es war, als wäre ich in einen Fluss gestiegen, der mich langsam voranschob. Der Fluss würde mich nach unten bringen, ich spürte, dass ich irgendetwas näher kam, einem Endpunkt, warmem Kakao und dem munteren Schwatzen der Skilehrer in ihren roten Anzügen.

Dann veränderte sich etwas. Ich schaute zur Seite und sah, dass aus den grünen Pfählen schwarze geworden waren. Der flache, breite Hang hatte sich in eine schmale Senke verwandelt. Ich spürte an meinen Beinen, dass ich schneller wurde, zu schnell, ich musste bremsen, zusehen, dass ich die Skier horizontal bekam, die Buckel in der Piste für meine Kurven nutzte. Wenn ich nur nicht so müde wäre, wenn ich nur etwas sehen könnte.

Ich wusste, ich würde stürzen, und trotzdem kam es völlig überraschend, als es schließlich passierte. Ich stürzte nicht nur, sondern fiel und fiel, und als ich endlich zum Stillstand kam, schaffte ich es lange Zeit nicht, mich aus dem Schnee aufzurappeln. Lasst mich nur liegen, dachte ich, lasst mich hier einfach in Ruhe liegen.

Im Internet hatte ich mal einen Film angeklickt, in dem die letzten Bewegungen eines sterbenden Hundes festgehalten waren. Es dauerte keine dreißig Sekunden, und das Bild war verpixelt. Der Hund befand sich in einem Garten in Jakutsk, Sibirien. Er war gerade, bei minus vierzig Grad, von seinem Besitzer mit einem Eimer Wasser übergossen worden. Das Wasser musste sofort an dem Hund festgefroren sein. Das Tier war ganz weiß von der Schnee- und Eisschicht um seinen Körper, die merkwürdigerweise wie ein warmes, wolliges Fell aussah. Der Hund wusste, er würde sterben. Aber Wissen ist etwas anderes als Glauben, und glauben tat er es nicht. Seine Augen waren geöffnet, doch was er sah, spielte sich innerlich ab. Nichts bewegte sich, bis auf die eine Vorderpfote, die in der Luft zitterte, als wollte er noch eine letzte Nachricht in die Welt senden (...---...).

Ich hatte nicht aufhören können, mir den Film wieder und wieder anzusehen. Es war diese Pfote, diese verzweifelt flehende, rettungslos verlorene, liebe, weiche Pfote. Die Pfote war, wie der Hund, unwiderruflich verschwunden, vielleicht sogar vernichtet. Wo blieb so etwas, wo bleibt alles, was verschwindet?

Ich weiß nicht, wie lange ich da lag, lange oder kurz, Sekunden oder Minuten oder vielleicht sogar eine halbe Stunde. Wie dem auch sei, was folgte, war so wundersam wie selbstverständlich: Der Toningenieur kam auf mich zugefahren, in den Armen alles, was ich verloren hatte – meine Skier, Skistöcke, Brille, einen Handschuh.

Da bist du ja, sagte er. Sieht dir ähnlich, eine schwarze Piste zu nehmen, an deren Anfang ein großes rotes Schild mit der Aufschrift FERMÉ steht.

Jeden Abend gingen die Paare als Erste zu Bett. Den Anfang machten die Frauen, keine dreißig Minuten später gefolgt von den Männern. Vielleicht war es eine ungeschriebene Regel, eine Form von Solidarität, die zu dem komplexen Traum von einem gemeinsamen Leben gehörte. Ich fragte mich, ob die Paare in jener Woche miteinander schliefen, ganz sacht in dem hellhörigen Haus mit seinen Holzwänden, und ich fragte mich auch, ob sie miteinander schliefen, um ein Kind zu zeugen oder zu ihrem Vergnügen, und ob das eine das andere ausschloss.

Als gesonderte Einheiten blieben wir jeden Abend noch eine Weile unten sitzen, der Toningenieur und ich, obgleich wir natürlich auf unsere Weise ebenfalls ein Paar waren, wenn auch nur ein Restpaar, das, was übrig blieb, wenn man eine Zahl von einer anderen abzog. Wir tranken billigen Whisky, lasen oder unterhielten uns. Ohne die anderen war sein Gesicht ruhiger, die Aufeinanderfolge der Ausdrücke auf ein Minimum reduziert.

Nachdem er mich von der schwarzen Piste gerettet hatte, hatten wir eine ganze Weile in einem langsamen, eiskalten Skilift nebeneinandergesessen, der uns zur richtigen Talseite bringen sollte. Unterkühlt und ohne darüber nachzudenken, hatte ich mich an ihn geschmiegt, und er hatte, vielleicht auch ohne darüber nachzudenken, seinen Arm fest um mich geschlungen. Ich hätte gern mit ihm geschlafen, in dem Moment. Er hatte mich gerettet, und ich wollte mit ihm schlafen.

Während der darauffolgenden Abende versuchte ich, dieses Gefühl erneut zurückzurufen. Ich sah wieder vor mir, wie er meine Skier so hingelegt hatte, dass ich leicht einsteigen konnte. Wie er die Schneeklumpen von meinen Schuhen geschlagen hatte. Er hatte gesagt: Noch ein kleines Stück, lass dir Zeit, wir schaffen es schon. Doch sosehr ich mich auch bemühte, dieses Gefühl kehrte nicht zurück. Das Einzige, was übrig blieb, war ein Verlangen, von ihm beisammengehalten zu werden, doch darum konnte ich ihn natürlich nicht bitten. Um so etwas kann man eigentlich niemanden bitten.

Am vorletzten Abend – die Paare waren wieder nach oben gegangen, wir saßen auf dem Sofa am Kaminfeuer – erzählte der Toningenieur mir eine lange Geschichte über seine Zeit als Assistent eines schwerbehinderten jungen Mannes. Er war ein schlechter Erzähler, eindeutig nicht an Monologe gewöhnt. Er ließ lange Pausen entstehen, zerstückelte seine Sätze, beendete sie nicht, kam vom Hölzchen aufs Stöckchen und schob immer wieder Informationen zu bereits erzählten Ereignissen nach. Ihm zuzuhören war, wie die Trümmer eines Flugzeugs nach einem Absturz zusammenzutragen, in dem Versuch, die Unglücksursache zu ermitteln. (Dass ich die Geschichte hier nacherzähle, gekürzt und in eine gewisse Chronologie gebracht; dass ich meine eigene Stimme über die seine lege, ist im Lichte des Erzählten so passend wie ironisch, wenngleich das für jede Geschichte gilt, die man einem anderen weggenommen und bis zur Unkenntlichkeit nach dem eigenen Bildnis verformt hat – im Grunde also jede Geschichte.)

Der behinderte junge Mann, so erzählte der Toningenieur, war in seinem Alter, hatte aber bei der Geburt einen Hirnschaden erlitten, wodurch er spastisch war, nicht sprechen konnte und rund um die Uhr auf Betreuung angewiesen war. Alle medizinischen Fachleute, die ihn als kleines Kind untersuchten, waren davon überzeugt, dass der Junge auch geistig stark eingeschränkt war. Sein Mund hing immer ein wenig offen, die Augen waren meist nach außen gedreht, der Hals zeigte einen seltsamen Knick, und obwohl er nicht sprechen konnte, stieß er doch in einem fort irgendwelche Töne aus.

Seine Eltern hatten sich nie damit abgefunden. Unermüdlich redeten sie auf ihn ein. Sie lasen ihm aus der Zeitung vor, aus Lehrbüchern für Englisch und Französisch, aus Romanen und Gedichtbänden, in der vollen Überzeugung, im Gefängnis dieses Körpers verberge sich ein unversehrter Geist.

Bis zu seinem dreizehnten Jahr ging das so, dieses kleine, stille Leben, bis sie auf eine ebenso simple wie erstaunliche Kommunikationstechnik stießen, entwickelt für Menschen, die ihren Körper nicht eigenständig zum Sprechen bringen konnten, Menschen wie ihren Sohn.

Das, sagte der Toningenieur, könnte man als Wendepunkt bezeichnen. Die Methode bestand aus nichts weiter als einer Buchstabentafel: ein Plastikbrett und darauf die Buchstaben des Alphabets und ein paar häufig gebrauchte Wörter. Ein Betreuer musste seine Hand leicht unter den Ellbogen des Jungen legen, damit der Arm trotz der Spasmen, die seinen Oberkörper durchzuckten, mehr oder weniger stabil blieb. Der Junge hielt den Zeigefinger gestreckt, um auf die richtigen Buchstaben deuten zu können, und es war Aufgabe des Betreuers, dieses Ansteuern zu spüren, ohne es zu beeinflussen.

Sie trainierten mehrere Wochen intensiv in einem Spezialinstitut, und tatsächlich, was die Eltern die ganze Zeit bereits geglaubt hatten, erwies sich als wahr: In diesem Körper steckte jemand. Jemand, der sich in all den Jahren insgeheim Lesen und Schreiben beigebracht hatte. Jemand, der mathematische Probleme lösen konnte, Fragen zu Lichtjahren und Mikroben, dem Urknall und der technischen Revolution, zu Parks und Wüsten beantworten konnte. Jemand, der Späßchen machte und Gedichte von Gorter rezitierte, den er, wie sich herausstellte, ebenso wie sein Vater sehr liebte.

Sein IQ schien eher bei 130 zu liegen als bei den 30, die die Ärzte ihm sein ganzes Leben lang bescheinigt hatten, und der Junge wurde zum Besuch einer regulären Schule zugelassen, an der er innerhalb weniger Jahre ein hervorragendes Abitur machte.

Er begann, Geschichte zu studieren und allein zu wohnen, sofern das bei jemandem möglich war, der rund um die Uhr Versorgung und Betreuung benötigte. Über eine Studentenzeitung rekrutierten seine Eltern ein kleines Heer von Assistenten. Ohne lange zu überlegen, hatte der Toningenieur auf den Aufruf reagiert. Er war mit einem autistischen Bruder aufgewachsen, der manchmal so durchdrehte, dass das Einzige, was half, war, sich eine Zeitlang auf ihn zu legen. Er sei einiges gewöhnt, schätzte er, und tatsächlich lief die Arbeit mit dem behinderten jungen Mann gut. Nach zwei Wochen beherrschte er die Kommunikationstechnik, schon bald sogar besser als alle anderen Betreuer. Gemeinsam mit dem jungen Mann arbeitete er an Referaten über die Kreuzzüge, die Reconquista und den Achtzigjährigen Krieg. Bei Klausuren war es der Toningenieur, der wegen seines beruhigenden Einflusses auf den Jungen als Betreuer mitgeschickt wurde, was logischerweise dazu führte, dass dieser bessere Leistungen erbrachte. Manchmal tranken sie zusammen ein Bier in einer Kneipe oder besuchten ein Konzert. Einmal pro Woche gingen sie ins Schwimmbad.

Diese Schwimmbadbesuche, so der Toningenieur, sind die besten Erinnerungen an meine Zeit mit ihm. Jedes Mal wenn der verkrampfte Körper des jungen Mannes das Wasser berührte, vollzog sich ein kleines Wunder. Er wurde ganz weich und weiß, machte kontrollierte Bewegungen mit Armen und Beinen, kam aus eigener Kraft voran. Das Wasser schien alles von ihm abzuspülen, als erinnere der Körper sich an einen Zustand, in dem er ein Meerestier gewesen war, einst, als die Welt noch still und sprachlos war, und solange der junge Mann im Wasser blieb, war es fast vorstellbar: dass er sich geschmeidig auf den Beckenrand hieven würde, ein Fisch, der zu einem Menschen wird, alle Gliedmaßen richtig proportioniert, die Windungen im Gehirn frei von Blockaden.

Wir starrten eine Weile schweigend auf das, was vom Kaminfeuer übrig war. Hier und da leuchtete ein glühender Punkt aus den verkohlten Holzresten auf. Ich kann nicht genau sagen, was für eine Stille es war, damals nicht und jetzt, da ich daran zurückdenke, auch nicht. Obwohl ich mir konzentriert angehört hatte, was er über den behinderten jungen Mann erzählte, dachte ich in erster Linie an das Bild des Toningenieurs, der auf seinem Bruder lag, um ihn zu beruhigen. In meiner Vorstellung lagen sie beide auf dem Bauch, die Gliedmaßen von sich gestreckt, der Toningenieur größer und breiter, so dass er eine Schablone für den Körper seines Bruders bildete, der sich immer weniger sträubte, bis er schließlich ganz zur Ruhe kam. Vielleicht glaubte ich durch dieses Bild etwas über den Toningenieur zu begreifen, was ich vorher nicht begriffen hatte. Jedenfalls wünschte ich mir in diesem Moment, er würde so auch auf mir liegen, sein ausgestreckter Leib auf meinem, ich würde klein werden, immer kleiner, bis ich in Dampf aufginge. Die Paare würden ihn am nächsten Morgen auf dem Fußboden finden, friedlich schlafend, sie würden Kaffee kochen und Croissants essen, und die Erinnerung jedes einzelnen von ihnen an meine Anwesenheit würde sich verwischen, bis sie nur noch ein gemeinsamer Traum wäre oder sogar noch weniger als das, ein Überbleibsel, eine flüchtige Laune, die im Verlauf des Tages immer mehr in den Hintergrund verschwand.

Manchmal, sagte der Toningenieur, bilde ich mir ein, dass es da endet, oder einfach weitergeht: Woche für Woche in dieses Schwimmbad. Aber so lief es nicht, so läuft es vielleicht nie. Im Nachhinein betrachtet begann es damit, dass der Junge immer schneller ermüdete. Er verließ Lehrveranstaltungen, schloss sich auf der Toilette ein. Manchmal wurde er heftig, schlug sich an den Kopf, holte nach einem Betreuer aus. Auf der Buchstabentafel erschienen Obszönitäten und Schimpfworte, die aus einem völlig anderen Bewusstsein zu stammen schienen.

Als er irgendwann nicht einmal mehr schwimmen wollte, rief der Toningenieur die Eltern des Jungen an. So behutsam wie irgend möglich schlug er vor, den Arbeitsdruck für den Jungen etwas zu reduzieren.

Die Mutter wurde böse und legte mitten im Gespräch auf. Kurz darauf rief der Vater zurück. In sanftem, entschuldigendem Ton gab er dem Toningenieur zu verstehen, dass sie ihn bräuchten. Er sei der beste Assistent, den sie angestellt hätten, einer der wenigen, die ihren Sohn wirklich verstanden und ihm vertrauten. Nimm dir die nächste Woche frei, sagte er, ruh dich aus, du klingst gestresst.

Der Toningenieur ließ sich überreden. Er wollte den

jungen Mann nicht im Stich lassen. Vielleicht hatte er das Problem größer gemacht, als es war, vielleicht waren die Launen nicht mehr als das: Launen. Allein schon bei dem Gedanken, in einem solchen Körper leben zu müssen, nichts allein tun zu können, immer auf jemanden angewiesen zu sein, einen, der einem am Ellbogen hängt, bekam er Lust, irgendetwas kaputt zu schlagen.

In seiner freien Woche wurde der Toningenieur krank. Zähneklappernd und dann wieder stark schwitzend lag er im Bett, Schlafen schien wie Wachen und umgekehrt. Fetzen des Gesprächs mit den Eltern kehrten zurück, allerdings verformt, spastisch, Arme, die ihm mitten in einer Umarmung plötzlich einen Klaps gaben. Als es ihm wieder besser ging, fühlte er sich seltsam leicht, als wäre rund um seinen Körper ein Kreis gezogen worden, in dem jetzt eine verringerte Schwerkraft wirksam war. Am nächsten Tag sollte er mit dem jungen Mann wieder an die Arbeit gehen, aber er konnte sich nicht vorstellen, dass es ihm gelingen würde, den Faden erneut aufzugreifen, dort weiterzumachen, wo er abgebrochen hatte, stabil zu sein, seinen Körper an den Geist eines anderen zu koppeln – das kam ihm plötzlich völlig schizophren vor.

Zum ersten Mal googelte er die Kommunikationstechnik auf der Suche nach etwas, was ihn beruhigen könnte. Stattdessen fand er Artikel auf Artikel, die diese Technik in Zweifel zogen oder sogar rundheraus als Pseudowissenschaft abtaten, als Quacksalberei, ein Glaubenssystem mit sektiererischen Eigenschaften. Er wurde böse, natürlich. Er war Atheist, aufgewachsen mit festen Vorstellungen von individueller Freiheit und der Bedeutung kritischen und unabhängigen Denkens. Glaube war etwas für richtungslose Menschen, Unwissende, ängstliche Konservative, für andere. Niemand hatte ihn je gebeten, an irgendetwas zu glauben. Ihm war gesagt worden: Dies ist die Art und Weise, wie wir kommunizieren, nimm seinen Arm, halt still, erspüre ihn. Das hatte er getan, Hunderte von Malen, und jedes Mal hatte er den deutlichen Ansteuerungsimpuls des Jungen gespürt.

Der Toningenieur schenkte uns noch einmal nach und stocherte in dem schwelenden Holz herum, das schon fast kein Holz mehr war und mit ein paar letzten Funken zu kalter grauer Asche zerfiel. Über unseren Köpfen hörten wir ein Bett knarren, jemand drehte sich hin oder her, ich dachte an mein eigenes schmales Bett im Schlafzimmer auf der Rückseite des Hauses, die Bettlampe, deren Schein mich an meine Kindheit erinnerte. Ich nahm einen Schluck von dem mittelmäßigen Whisky, der süß und schwer von meiner Brust bis in die Fingerspitzen strömte. Was für ein Glück, dachte ich, ganz allein in einem kleinen Holzbett liegen zu dürfen. (Ob der Gedanke in dem Moment so konkret war, weiß ich nicht. Wie dem auch sei, ich erinnere mich an ein intensives Verlangen nach diesem schmalen Bett aus heller Eiche, jene ganze Woche über, und wenn ich in ihm lag, an einen kurzen Moment tiefer Zufriedenheit, bevor ich das Licht ausknipste und mein Körper sich mühelos für die Nacht ausschaltete.) Ich wartete auf das Ende der Geschichte, wollte nichts lieber als ein Ende, schon mein ganzes Leben lang konnte ich dieses Zusteuern auf Auflösungen nicht ertragen – als Kind las ich immer gleich zu Anfang das Ende, um das schon mal hinter mir zu haben, um einfach in aller Ruhe lesen zu können, wie die Welt unterging, in dem beruhigenden Wissen, dass es auch tatsächlich geschehen würde.

Ich klickte mich immer weiter durch, sagte der Toningenieur, als wäre es jetzt meine Hand, die von jemand anderem gesteuert würde, jemandem in mir, der sich schon eine ganze Weile an den Rändern meines Bewusstseins zu schaffen gemacht hatte. Was sich peinlich klar aus diesem überwältigenden Berg von Artikeln herausschälte, war, dass bei Tests nie richtige oder sinnvolle Antworten auf Fragen herauskamen, die die Betreuer nicht beantworten konnten. Ohne Vorkenntnisse spürten sie keinen Ansteuerungsimpuls vonseiten desjenigen mehr, dessen Arm sie hielten.

Es lief darauf hinaus, sagte er, dass man unwissentlich irgendwohin wollte, und offenbar war dieses Nicht-Wissen imstande, den Körper in Bewegung zu setzen. Weder Ehrlichkeit noch Intelligenz konnte einen davor bewahren. Schlimmer noch, je intelligenter und empathischer man war, umso größer die Chance, dass man bei der Arbeit mit einer solchen Buchstabentafel sehr gut wurde. Es war ein Teufelskreis, in dem die eigenen unbewussten Erwartungen den Körper steuerten – man sieht, wie alle diese Worte auf der Buchstabentafel erscheinen, man glaubt sie, und je mehr Worte hinzukommen, umso stärker wird der Glaube. Mit der Zeit beginnt man sich selbst als halben Heiligen zu sehen, eine erleuchtete Seele, die ihre Hand um den Arm eines anderen legt und ihm damit eine Stimme gibt.

Das Einzige, was ich tun konnte, sagte der Toningenieur, war, den Giftbecher eben ganz zu leeren.

Und so ging er am nächsten Tag wie geplant zu dem jungen Mann. Er widerstand der Neigung, dessen Arm sofort zu ergreifen, und zwang sich, ihn ruhig zu betrachten, ohne seine eigene Nervosität in ihm reflektiert zu sehen, als dieser sich wild mit der flachen Hand an den Kopf zu schlagen begann. Dann nahm er die Buchstabentafel und den Spielkartensatz, den er mitgebracht hatte. Immer wieder zeigte er ihm eine Karte, ohne selbst zu wissen, welche es war, und bat ihn zu sagen, um welche Karte es sich handelte.

Nun ja, sagte der Toningenieur, den Rest konnte ich raten. Es war schrecklich, ein gigantisches Schiff, das sich mit Wasser füllte, zur Seite kippte, in zwei Teile zerbrach und sich in ein monsterartiges Maul verwandelte, das sich selbst verschlang, bis nichts mehr übrig war als die graue Wassermasse, ein riesiges Gebiet von schauriger Neutralität.

An jenem Nachmittag schwammen sie und spazierten dann vom Schwimmbad nach Hause, wo der Toningenieur ein paar Brote für sich und den jungen Mann schmierte. Die Abendsonne schien durch die blitzsauberen Fenster der Neubauwohnung. Zum ersten Mal erledigten sie keine Pflichten, sondern saßen einfach am Tisch, auch als die Brote gegessen waren, blieben sie sitzen. Straßengeräusche füllten das kleine Wohnzimmer, ganz normale Lebensformen, Mütter und Kinder auf dem Rad, Teenager auf Motorrollern, ein Mädchen, das mit hoher Stimme ihre Katze rief, unermüdlich, als materialisierte sie das Tier mit ihrer Stimme, Zelle für Zelle, ein Akt purer Willenskraft.

Der Toningenieur starrte auf das Glas in seinen Händen. Er sah niedergeschlagen aus, todmüde. Mir wurde klar, dass er es wirklich erlebte, als geschähe das alles *jetzt*. Dieses Erzählen war eine Art Buße, eine masochistische Form der Katharsis. Plötzlich war ich neidisch auf seine Geschichte, die er vielleicht nicht besonders gut zu erzählen verstand, die ihm aber wirklich etwas bedeutete. Sie hatte ein paar Kipppunkte (dieses sinkende Schiff am Ende war vielleicht etwas zu viel des Guten, aber das konnte ich immer noch streichen), die Hauptfigur hatte einen klaren Moment der Erkenntnis (inklusive Fiebertraum!), gefolgt von einer aristotelischen Peripetie, bei der sich alles dramatisch wendete und der Held ernüchtert zurückblieb (Giftbecher et cetera).

Wenngleich ich mir sagte, ich hätte genug von solchen Geschichten, konnte ich nicht leugnen, dass sie effektiv waren. Ich selbst kämpfte schon seit Ewigkeiten mit einem Mangel an Bedeutung oder jedenfalls einem Mangel an etwas, dem ich Worte verleihen konnte, ganz zu schweigen von einem Plot. Nichts als Licht, ein paar Schatten – unbestimmte Ängste und Erinnerungen, eine nutzlose Insel, eine Frau, die (mit einem barocken Sinn für Dramatik) zu einer anderen Frau sagt: Ich sehne mich danach, von dir aus großer Höhe aus einem Fenster geworfen zu werden und in unzählige kleine Stücke zu zersplittern.

Das war bei weitem nicht genug, und ich konnte rufen, ich wolle keine Geschichte, doch die Wahrheit sah so aus, dass die Geschichte mich nicht zu wollen schien. Die Idee einer solchen Buchstabentafel kam mir reizvoll vor. Vielleicht könnten meine Muskeln mir damit sagen, was mein Geist vor sich selbst verborgen hielt.

Als der Toningenieur vom Sofa aufstand, um unsere leeren Gläser in die Küche zu bringen, fragte ich ihn, weshalb er jeden Tag von neuem Dutzende von Geräuschen mit diesem kleinen Apparat aufnahm. An seine Antwort kann ich mich nicht mehr erinnern, aber es erscheint mir gut, an dieser Stelle so etwas zu notieren wie: Man muss eine Perspektive wählen und von dort aus an das Leben herantreten. Und hat man erst einmal gewählt, dann kommt es darauf an, diese Wahl so ernst zu nehmen, dass sie mit der Zeit nicht mehr als Wahl erscheint, sondern als Notwendigkeit. Oder als Schicksal, je nach dem Genre, in das man sich zu begeben wünscht.

Als der Toningenieur schlafen ging, löschte ich alle Lampen und trat im Dunkeln vors Haus. Der Kies knirschte unter meinen Stiefeln, der Buddha blickte gelassen zur anderen Talseite hinüber, die weggebrochene Straße sah aus wie ein kleiner Canyon, ausgewaschen von jahrmillionenlanger Erosion. Das Haus selbst war so dunkel, dass es unbewohnt schien, ein Grabmal, und für einen Augenblick bildete ich mir ein, meine fünf Reisegefährten schliefen nicht, sondern seien schon längst gestorben. Ich atmete tief ein und schaute hinauf. Zum ersten Mal in dieser Woche war der Himmel vollkommen klar. Ich sah Sirius und den Rest des Großen Hundes, und einen Moment lang fühlte ich mich wie eine sogenannte einfache Seele. Ein Gedanke, der mich, völlig im Gegensatz zu meiner Stimmung, laut loslachen ließ.

Während unserer zweiten Runde durch den Park sagte M. an jenem Tag, sie werde mich vielleicht doch am Leben lassen.

Etwas weiter entfernt wälzte sich Theo in der Entenkacke. Er legte den Kopf schräg, knickte vorn ein, und im nächsten Moment rollte er glückselig auf dem Rücken hin und her, als träte er in einer Werbung für Tierwohl auf.

Theo!, rief ich der Form halber, Theo!

Ich hatte dich fast gleich am Anfang sterben lassen, sagte M., aber als du tot warst, wirklich schon auf Seite 10, kamen mir plötzlich lauter Fragen zu deinem Leben.

Meinem Leben?

Nicht *deinem* Leben, dem der Figur. Auf einmal sah ich dich vor mir mit ein paar Kindern und einem Mann. Ich dachte: Was wäre, wenn du einfach weitergemacht hättest.

Dann wäre deine ganze Prämisse verschwunden. Weitermachen ist keine Prämisse für irgendwas.

Nur, sagte M., du bist nicht wirklich mein Typ Protagonistin. Vielleicht doch wegen deines Aszendenten Steinbock. Du bist nie wirklich *drin*.

Im Vergleich zu M. war fast niemand wirklich *drin*. Sie war eine Koryphäe in zyklischem Zeiterleben und zentrifugaler Kraft. Sie sauste bisweilen so schnell durch ihre selbstgeschaffenen Kreise, dass sie sie schon allein wegen ihrer Geschwindigkeit durchstieß, um dann mit dem nächsten zu beginnen. Ihre Ausdauer war manchmal gefährlich. Sie konnte unermüdlich auf ihrem Hometrainer strampeln, sie konnte unermüdlich laufen, denken, reden, simsen, kämpfen. Es war alles oder nichts, und meistens alles.

Das Problem bei dir als Protagonistin, sagte sie, ist, dass du alles durchdenkst und aus der Distanz betrachtest. Du schämst dich zu oft, willst dich nie streiten. Bei mir machen die Leute immer einfach irgendwas, sie stürzen sich in etwas hinein, die Bedeutung ihrer Existenz liegt in ihrem Handeln.

Ich trat auf den Grasstreifen, auf dem Theo sich noch immer leidenschaftlich wälzte. Als ich ihn anleinen wollte, schlug er wie ein Hase ein paar Haken, um mir zu entwischen. Früher mal hatte ich mit ihm die Hundeschule besucht, fest entschlossen, einen sehr gut erzogenen Hund aus ihm zu machen. Der dümmste der Hunde auf diesem sumpfigen Gelände an der Umgehungsstraße war er nicht, aber der dickköpfigste. Wenn er zu irgendetwas keine Lust hatte, stemmte er beide Vorderpfoten in den Boden und ließ dann auch den Hinterleib folgen. Die Labradore, Bordercollies und Retriever um uns herum machten alles, um ihren Herrchen zu gefallen, die am Rande des Feldes stolz aufgereiht standen, ausgerüstet mit festen Stiefeln, Jacken, Hundetütenspendern, Gürteltaschen und Clickern zur Konditionierung. Ihre Blicke trieften vor Überheblichkeit, wenn Theo und ich eine Übung machen sollten, aber ich war stolz auf ihn, stolz auf seine Weigerung, sich restlos gefügig und hündisch zu verhalten. Jetzt war sein Hals mit frischen dunkelgrünen Klumpen intensiv stinkender Entenkacke verschmiert und der Bauch mit Matsch –

Als untrügliche Beweise großer Leidenschaften, schrieb Stendhal, *lasse ich nur solche mit lächerlichen Folgen gelten*.

Inzwischen, sagte M., habe ich aus mir selbst eine Physiotherapeutin gemacht. Jeden Tag fahre ich in weißer Hose und weißem T-Shirt mit dem Rad in meine sterile weiße Praxis, wo ich meine Patienten mit irgendwelchen Kühlgels behandle.

Kühlgel ist unglaubhaft, sagte ich. Ich war noch nie bei einem Physiotherapeuten, der gesagt hat, leg dich hin, ich reibe dich mal eben mit Kühlgel ein.

M. legte mir ihre kalte Hand in den Nacken und kniff leicht hinein. Sie war eine gute Berührerin. Im Sommer davor waren wir in ihrem Toyota Starlet in die Normandie gefahren. Durch Regenschleier ging es von Antwerpen nach Lille, durch die Picardie, an Caen vorbei nach Süden, bis wir unser Ziel erreichten: eine Ansammlung von fünf Häusern rund um eine kleine Kapelle, die innen von einem ziemlich berühmten japanischen Künstler ausgemalt worden war, wenngleich die Öffnungszeiten so ungewöhnlich waren, dass wir sie von innen nie zu Gesicht bekamen. Über einige Ecken kannten wir jemanden mit einem alten Landhaus und, im Garten, einer *gîte*, in der wir fast umsonst eine Woche wohnen durften. Es war kalt in jener Woche, aber weil es Juli war, erlaubte mir M. unter keiner Bedingung, den elektrischen Heizofen anzumachen. Um uns aufzuwärmen, rannten wir jeden Morgen ein Stück durch die Felder. Ein paarmal fuhren wir an die Küste. Wir sprangen ins Meer, ließen uns zitternd unter dem bleistiftgrauen Himmel trocknen und liefen bei Ebbe barfuß über die bizarren Felsen. Nachts lagen wir dicht aneinandergeschmiegt in dem kleinen Doppelbett, und dann streichelte M. meinen Nacken und Rücken, bis ich einschlief. Alles steckte in ihrer Hand, ihre ganze Liebe, ihre große innere Ruhe unter einer äußerlichen Unruhe, die Weisheit ihrer Finger.

Also, so mache ich das, sagte sie, nachdem sie meine ganze Wirbelsäule abgetastet hatte, während Theo ein Stück von uns entfernt ein paar Krähen hinterherjagte, die träge und ungerührt aufflogen, um sich wenige Meter entfernt erneut niederzulassen.

Ich lokalisiere das Problem, gebe den Leuten Übungen für zu Hause mit und sorge dafür, dass sie sich wieder bewegen können.

Und ich bleibe am Leben?

Vielleicht, sagte M., aber ich kann nichts garantieren. Möglicherweise stürzt du unerwartet doch noch in einen Abgrund. Wusstest du übrigens, dass Krähen sich alles merken? Sie haben eine enorme Fähigkeit, Freunde und Feinde voneinander zu unterscheiden. Gesichter, Hundeköpfe, sogar Rattenköpfe behalten sie für Jahre. Wenn sich ein Feind nähert, geben sie die Information untereinander weiter.

Das mit den Rattenköpfen erschien mir krass, auch wenn die Ratten in diesem Park riesengroß und furchterregend waren. Wir schauten zu Theo, der unermüdlich hinter den Krähen herrannte, und ich fragte mich, ob Krähen auch ein Signal für harmlose, aber anstrengende Typen hatten, deren Gegenwart sie in Gottes Namen dann eben für einen Moment duldeten.

An ihrer Ecke des Parks verabschiedeten wir uns voneinander. M. musste sich umziehen, weil sie mit einer Ex zum Essen verabredet war, die nach jahrelanger Abwesenheit seit einigen Wochen wieder in ihrem Umkreis aufgekreuzt war.

Ich bete zu Gott, sagte sie, dass sie heute Abend nicht wieder so gut aussieht.

Ich wohne in der dritten und obersten Etage eines stattlichen Gebäudes aus dem späten neunzehnten Jahrhundert, gelegen an einem Stadtpark. Ich bekam die Etage von einer Kommission aus Literaten und Kunsthistorikern, deren Aufgabe es ist, Schriftstellern ein Obdach zu bieten, die sowohl unterstützungsbedürftig als auch kultiviert genug sind, um dem Wunsch der reichen, toten Witwe zu entsprechen, aus ihrem Haus einen Ort von bleibendem kulturhistorischen Wert zu machen.

Ich kann mir nie merken, wie das Haus genau aussieht. In all seiner Ungleichartigkeit und obwohl es eine Reihe von Merkmalen der Neorenaissance – Kreuzstockfenster, Specklagen, Horizontalflächen – mit den übrigen Gebäuden in dieser Straße gemeinsam hat, ist es doch völlig unvergleichbar.

Die schmiedeeisernen Zieranker über den Fenstern sind eher pompös als elegant, der Backstein auffällig orange, das hohe Fenster des Erdgeschosses unbeholfen in zwei Teile geteilt und eingerahmt von zwei korinthischen Holzsäulen. Weil die massiven Sandsteinblöcke über den vergitterten Eingangstüren – einer auf jeder Seite der Fassade – nie die zierlichen Festons und Girlanden erhielten, die der Architekt vorgesehen hatte, sehen sie aus wie zwei gemeißelte Interpretationen ausgespuckter Kaugummis. Die ausgesparten Medaillons darüber wurden ebenfalls nicht, wie vorgesehen, mit den Porträts des Baumeisters und seines

Auftraggebers gefüllt. In ihren Hohlräumen hat sich der Ruß des vergangenen Jahrhunderts angesammelt, eine Geschichte, deren Chronologie zu einem grauen Schmutztümpel verkommen ist. Ich könnte die Medaillons mit schwarzen Sonnen oder leeren Augenhöhlen vergleichen, aber vielleicht greife ich dann den Dingen vor.

Eine Freundin von mir bekam ein Kind, einen Sohn, kurz nach meinem Einzug in das Schriftstellerhaus. Sehr lange blieb der Junge nahezu kahl, was ihn jünger wirken ließ, als er war, und zugleich um Lichtjahre älter. Sein Vater ist Cellist, und das Kind summt sich mit Bach selbst in den Schlaf. Unlängst bekam der Junge noch ein Schwesterchen. Im Sinne einer Friedenspfeife, erzählt meine Freundin, legte er ihr die Wiege voll mit seinen Lieblings-CDs. Mir wird bei dem Gedanken an die beiden neuen Körper schwindlig, die aus ihrem Körper hervorgegangen sind, alle diese perfekten kleinen Zehen und Finger, alle diese Zellen, von denen ich nichts weiß und nie wirklich etwas wissen werde.

Aber du hast in der Zwischenzeit andere Dinge getan, sagt meine Freundin.

Ich habe andere Dinge getan. Ich habe in der Badewanne gelegen, mit geschlossenen Augen.

Die reiche Witwe des Kunstmalers kaufte das Haus 1925, ein Jahr nach dem Tod ihres Mannes, der dort zur Miete gewohnt hatte. Das war fast zwanzig Jahre nachdem sie dort eingezogen war. Nach dem Erwerb sollte sie weitere achtzehn Jahre darin leben, bis sie selbst ihren letzten Atemzug tat.

Das Haus wurde, als das neunzehnte Jahrhundert dem

Ende zuging und die Wiesen an den Stadträndern sich eine nach der anderen in Vororte verwandelten, im Auftrag des zwölften Sohnes eines reichen Tulpenzüchters gebaut. Einige Jahre zuvor war der Paterfamilias im Teich seines eigenen Landguts ertrunken, bei der Entenjagd.

Es gibt ein Familienfoto, aufgenommen kurz nach dem Ertrinken des Tulpenzüchters, auf den Treppenstufen der Familienvilla. Alle noch lebenden Kinder sind darauf, einschließlich der Angeheirateten, der Enkel und eines Schäferhundes mit erhobenem Kopf und gespitzten Ohren. Alle sind in Trauerkleidung: die Frauen in steifen schwarzen Kleidern mit langen Ärmeln, die Männer in schweren dreiteiligen Anzügen, die viel zu warm aussehen für welche Jahreszeit auch immer. Der zwölfte Sohn, hier noch als Junge, steht neben einer älteren Schwester und deren Ehemann, er ist ziemlich klein und gutaussehend, ein kantiges Gesicht mit Augen, die wie zwei Lichtkugeln aus dem Schwarzweißfoto zu entschweben scheinen. Einige Jahre später sollte er, von Wahnvorstellungen verfolgt, erstmals in einer psychiatrischen Einrichtung aufgenommen werden.

Schon hier sieht man, dass dies alles, diese ganze irdische Welt von Ehen, Kindern und der selbstverständlichen Befolgung aller möglichen ausgesprochenen und unausgesprochenen Regeln, nichts für ihn ist. In ihm haust eine wilde Unruhe, der Drang zu schreien, wortlos, einfach ein Klang, um die Monotonie zu durchbrechen. Wenn er sich nur nicht so gelangweilt hätte. Wenn er nur etwas gehabt hätte, über das er sich hätte aufregen können. Oder Talent.

Doch stattdessen also ein Haus. Ein Künstlerhaus, ein Stempel auf der wachsenden Stadt, die breiteste Fassade der ganzen Straße. Der zwölfte Sohn des Tulpenzüchters, selbst noch ein junger Mann, beauftragte einen jungen Architekten, der als Neffe des berühmten Baumeisters, der die Neogotik in die Niederlande gebracht hatte, recht bekannt war.

Er fand einen geeigneten Bewohner, noch bevor die erste Bauzeichnung erstellt war: einen Bildhauer mit Plänen und einem Ego, groß genug, ein sieben Meter hohes Atelier im Erdgeschoss zu fordern. Es ist nicht klar, ob der Bildhauer vorzeitig starb oder einfach verschwand, jedenfalls hat er das Atelier nie benutzt. Ein Kunstmaler zog ein und danach noch einer, und dieser zweite Kunstmaler sollte bis zum Ende seines Lebens dort bleiben, obwohl das strenggenommen nicht stimmt: Er stirbt im Krankenhaus um die Ecke an einer Lungenentzündung, wenige Tage nach seinem sechsundsechzigsten Geburtstag. Seine Frau sitzt an seinem Bett und denkt an das große, leere Haus, das auf der anderen Seite des Parks auf sie wartet. Alles wird sie so lassen, wie es ist: das nicht fertiggestellte Selbstporträt, die Stillleben, die Stadtansichten, den Haken, an dem sein fleckiger Malkittel hängt, die antiken Teppiche, das chinesische Porzellan, die blaue Kanne mit den Pinseln, die Batiken aus Niederländisch-Indien, die Wanduhr mit der Mondscheibe, die Bücherschränke mit den signierten Exemplaren seiner Schriftstellerfreunde. Das Haus wartet auf sie, es ist ein kühles, sachliches Warten, und die Gegenstände verhalten sich reglos und still.

Ich bezog meine Etage während einer Hitzewelle mitten im Sommer, der von der Sehnsucht nach jemandem durchzogen war, die auf komplizierte Weise da war und nicht da war, sich im Moment meines Umzugs jedenfalls mit ihrer Familie in Süditalien befand.

Bei vierunddreißig Grad schleppten wir – ich, meine Mutter, mein Bruder und M. – meinen Schreibtisch, den Esstisch, ein paar Stühle, zwei Schränke und etliche Kartons mit Büchern, Kleidung, Geschirr und Pflanzen die Treppen hinauf. Nach einer halben Stunde war alles oben. Ein paar Stunden danach hatten wir alles ausgepackt und an die richtige Stelle geräumt.

Mit einer kalten Flasche Bier in der Hand standen wir in der Mitte des riesigen Wohnzimmers auf der Parkseite. Meine Sachen standen mengenmäßig in keinem Verhältnis zum verfügbaren Raum. Vor allem mein Esstisch, ein antikes Ding aus Ebenholz, in früheren Kontexten ein Objekt, das einiges hermachte, stand verloren da; ein Floß auf dem offenen Meer, die Stühle daran festgeklammert wie Ertrinkende.

Marie Kondo würde daran wirklich nichts auszusetzen haben, sagte M.

Als ich so alt war wie du, sagte meine Mutter, bestand mein Mobiliar zum größten Teil aus Apfelsinenkisten, und ich rauchte den ganzen Tag Kreteks. Die Härchen in ihrem Nacken waren nass vor Schweiß. Sie trug ein altes fahlgrünes T-Shirt mit dem Aufdruck einer Schildkröte, das ihr am Rücken klebte. Blitzartig sah ich eine jüngere Version meiner Mutter in demselben T-Shirt am Steuer des silbernen Nissan Pick-ups, offene Fenster, warmer Inselwind, den sie der eisigen Stille der Klimaanlage stets vorzog.

Ich erinnerte meine Mutter daran, dass ich schon gut zehn Jahre lang keine einundzwanzig mehr war und dass sie, als sie so alt war wie ich jetzt, ein Eigenheim in einem ruhigen Wohnviertel besaß und mit mir schwanger war.

Wow, sagten meine Mutter und mein Bruder gleichzeitig, als das Wohnzimmer plötzlich in einer unbändigen tieforangeroten Glut badete.

Toll, sagte M.

Nur im Sommer, so würde ich später entdecken, gab es einen kurzen Moment, in dem die Abendsonne die Fenster auf der Parkseite erreichte, bevor sie hinter den Bäumen verschwand. Es war ein unglaubliches Schauspiel, mein kümmerlicher Besitz schien plötzlich wie von einem warmen, beseelten Feuer von innen heraus erleuchtet. Die Dinge, so kam es mir in diesem Moment und auch in vielen späteren Momenten vor, waren dazu da, um das Licht zu zeigen, und nicht umgekehrt.

Du musst dir wirklich eine Mikrowelle kaufen, sagte mein Bruder. Es gibt so gut wie nichts, was du nicht in eine Mikrowelle tun kannst.

In jenen ersten Monaten konnte ich kaum glauben, dass dies meine Wohnung war – ist. Ich hatte bisher immer klein gewohnt, Küchen und Badezimmer geteilt, mehr oder weniger Fremde intimer kennengelernt, als strenggenommen gut für mich war. Das erste Zimmer, in das ich zog, mit achtzehn, war ein neun Quadratmeter großer Abstellraum. Die Wände strich ich himmelblau. Auf einen losen Lattenrost legte ich eine Matratze, ich kochte auf einem kleinen Elektrokocher, geduscht wurde zwei Stockwerke tiefer in der Wohnung der Vermieterin, einer lieben, geschiedenen Frau mit einem widerborstigen Sohn im Teenageralter, die mir den Abstellraum für hundert Euro im Monat überließ. Der gegenüberliegende, viel größere Abstellraum war an einen Mann in den Dreißigern vermietet, der tagsüber, vermutlich, bei der Arbeit war, sich aber jeden Abend und an allen Wochenenden in seinem Zimmer einschloss. Ab und an sah ich ihn flüchtig, er schien immer nasses Haar zu haben, schwarzes, nasses Haar, das er zurückgekämmt trug, und ein sanftes, ängstliches Gesicht.

Hin und wieder kam es vor, dass wir zur gleichen Zeit weggingen, aber meistens wartete ich, bis seine Schritte verstummten, und umgekehrt wusste ich ganz genau, dass er das auch bei mir tat. Es ist vorgekommen, dass wir einander grüßten, aber ich kann mich nicht erinnern, ob wir uns je gegenseitig vorgestellt haben. Ob ich wusste, wie er hieß, ob ich ihm je die Hand geschüttelt habe.

Ich konnte ihn viel besser riechen als sehen. Er war ein eingefleischter Raucher, und sein Körpergeruch war so penetrant, dass ich ihn mir sogar heute, fast eineinhalb Jahrzehnte später, noch in Erinnerung rufen kann, dunkel und übel, ein Nachbild meines Dachgeschossgenossen, sein vergifteter Doppelgänger.

Wir teilten uns eine unglaublich dreckige Toilette, die wahrscheinlich vom Besitzer des großen Abstellraums dort eingebaut worden war. Ein paar schludrig zusammengezimmerte Spanplatten sollten das Ganze einrahmen, boten aber kaum Intimsphäre. Neben der Schüssel stand eine alte WC-Bürste aus weißem Kunststoff, die ich nicht anzufassen wagte und auch durch keine neue ersetzen wollte, genauso wie ich mich auch nicht dazu überwinden konnte, dieses WC während des Jahres, in dem ich dort wohnte, auch nur *ein* Mal zu putzen.

Stattdessen mied ich die Toilette soweit irgend möglich. Wenn ich nachts pinkeln musste, tat ich das in eine Waschschüssel in meinem Zimmer, die ich in den Ausguss meiner winzigen Küchenzeile leerte. Ich wollte nichts damit zu tun haben, und gerade deshalb war ich mir, wenn ich in meinem kleinen Zimmer saß und arbeitete, las oder aß, des schiefen, schmutzigen Verschlags ein paar Meter weiter, schräg hinter mir, immer extrem bewusst. In mir zog sich alles zusammen, wenn ich meinen Nachbarn aus seinem Zimmer kommen hörte, das Auf- und Zugehen der WC-Tür, die unvermeidliche Klospülung, viel zu laut. Ohne es zu wollen, stellte ich mir vor, was da weggespült wurde. Die Reste, die er von seinem einsamen weißen Hintern wischte, nicht braun, sondern schwarzrot, verfaulend, wie aufgerissene Münder javanischer Betelnusskauer. Ohne es zu wollen, stellte ich mir das alles vor, ich musste es tun, es gab keinen Shortcut. Meinen Studienfreunden gegenüber machte ich Witze über den ekligen Mitbewohner (wo duschte er?, das war und blieb ein Mysterium), doch in Wahrheit hatte ich Angst, nicht so sehr vor ihm als vielmehr vor diesem Ort, nicht nur vor diesem widerlichen schwarzen Klo-Loch, sondern vor dem ganzen Dachboden, der mein kleines Zimmer umgab; dem Knarren des abgetretenen Bretterfußbodens, dem Kram der Bewohner unter uns, Stapeln von Kartons und Kisten mit vergessenen Sachen, den moosgrünen Vorhängen, hinter denen sich noch mehr Zeug verbarg, vor uns selbst, dem Dachbodenmitbewohner und mir, zwei Poltergeistern, unsichtbar für die wirklichen Bewohner des Hauses mit ihren reibungslos funktionierenden und regelmäßig geputzten Sanitäranlagen, ihren Küchen, ihren Wohn-, Schlaf- und Arbeitszimmern, ihrem registrierten Leben.

Wenn er tagsüber bei der Arbeit war, ließ mein Nachbar seine Zimmertür immer einen Spaltbreit offen, wie ich vermutete, in dem Versuch, den Raum zu lüften. Ich muss dazusagen, dass keiner von uns die Möglichkeit hatte, die

Zimmertür abzuschließen, aber trotzdem fand ich es merkwürdig, nicht zu vereinbaren mit seiner zurückgezogenen Lebensweise, seinem scheinbaren Mangel an irgendwelcher Sozialkompetenz oder an Kontakt. Die Nonchalance seiner geöffneten Tür implizierte, dass wir etwas teilten, dass sein Zimmer lediglich ein Raum in dem Stockwerk war, das wir gemeinsam bewohnten. Sah er das so? Ging er davon aus, dass diese geöffnete Tür mich kaltließ, oder war es im Gegenteil eine Art Einladung?

Natürlich schaute ich hinein, es war nahezu unmöglich, es nicht zu tun: Seine Tür lag meiner genau gegenüber, und ich musste an ihr vorbei, um ins Treppenhaus zu gelangen, das sich auf seiner Seite, der Westseite des Hauses befand. Vage konnte ich Möbel durch den Türspalt erkennen – die Lehne eines Sofas, über das ein Tuch drapiert war, die Holzbeine eines Stuhls mit weißen Gumminoppen am unteren Ende –, doch alles verbarg sich unter einer fahlgelben opaken Glut.

Vielleicht war es unvermeidlich, dass ich eines Nachmittags hineinschlüpfte, äußerst behutsam, mit einem vor Angst und Aufregung hämmernden Herzen. Als ich in seinem Zimmer stand, erwartete ich beinahe, dass mein Mitbewohner mich aus einer dunklen Ecke heraus anspringen würde. Stattdessen blieb alles vollkommen reglos und still. Eher als Spannung lag eine Atmosphäre völliger Gleichgültigkeit im Raum, und auf eine idiotische Art und Weise fühlte ich mich beleidigt. Ich war über eine Schwelle getreten, hatte eine Tat verrichtet, doch nichts in mir oder außerhalb von mir änderte sich auch nur im Geringsten. Da stand ich, quicklebendig, in einem Smog von Jahre und Jahre altem Zigarettenrauch, ich konnte durch die Zeit hindurch riechen, wie man durch Erdschichten bohren kann, tiefer und immer tiefer, bis der Bohrer versagt und sich nur noch Vibrationen aus den tiefsten Gesteinen auffangen lassen.

Das Zimmer war viel geräumiger, als es von der Größe des Dachbodens her möglich schien, vielleicht vierzig Quadratmeter. Das Haus war im Stil der Amsterdamer Schule erbaut und hatte auf der Westseite bis hinauf zum Dach eine halbrunde Ecke. Sogar in diesem Dachraum hatte man in besagte Ecke drei große Fenster aus gewölbtem Glas eingebaut, die meinem Nachbarn eine weite Sicht auf das boten, was man mit etwas gutem Willen als die Skyline der Stadt bezeichnen könnte. Mit seiner Krümmung und den Fenstern erinnerte der Raum an ein Cockpit, aber auch weil vor den Fenstern ein riesiger halbrunder Schreibtisch stand, vollgepackt mit Bildschirmen, Tastaturen, Kabeln und Apparaten, deren Namen ich genauso wenig kannte wie ihre Funktion.

Ich wollte gerade bemerken, dass die Situation mich an den Film *Das Leben der Anderen* erinnerte, aber der war zu diesem Zeitpunkt noch nicht erschienen. Jedenfalls wurde ich den Eindruck nicht los, dass mein Mitbewohner aus seinem Zimmer heraus heimlich alle möglichen Leute abhörte und Projekte (oder was auch immer) steuerte, die einen unsichtbaren, aber wesentlichen Einfluss auf mein Leben und, okay, das Leben anderer ausübten. Ansonsten war das Zimmer genauso dreckig und verwohnt, wie man es nach den obigen Beschreibungen erwarten würde, mit einem zerschlissenen Sessel voller Zigarettenbrandlöcher als Tiefpunkt.

Sein Wichsstuhl, sollte eine Studienfreundin später sagen. Jedes Mal wenn er kommt, ein weiteres Loch.

Als ich in die Etage in dem Schriftstellerhaus einzog, beschenkte ich mich mit einem neuen, teuren Bett. Secondhand kaufte ich ein dreisitziges Sofa aus dunkelblauem Samt; einen großen Teppich; einen ergonomisch verantwortbaren Stuhl, auf dem ich so lange herumschaukelte, bis ich doch noch eine Möglichkeit gefunden hatte, unverantwortbar und bewegungslos darauf zu sitzen. Ich ließ endlich das Foto rahmen, das ich vor Jahren unter der Hand von einem aufsteigenden Künstler gekauft hatte; das Ganzkörperporträt eines Äthiopiers, aufgenommen in einem Fotostudio in Addis Abeba. Der Mann trug einen schäbigen schwarzen Kunstledermantel und abgetragene Wildlederslipper, aber ansonsten war er auffallend ordentlich und elegant gekleidet: eine weite Hose aus makellos weißer Baumwolle und darüber ein senfgelbes Hemd mit einem rotgrünen psychedelischen Muster. Er balancierte auf seinem linken Bein und hatte das rechte hinter dem linken Oberschenkel gekreuzt. Neben ihm eine staubige Bananenstaude aus Plastik, hinter ihm eine Wand, die die Illusion von Marmor erwecken sollte, aber so überdeutlich Imitation war, dass es eher wie ein ironischer Kommentar denn als ehrlicher Versuch wirkte.

Das alles war aber nur Dekoration, der wirkliche Brennpunkt des Fotos lag in den Augen des Mannes, groß und rund und ganzflächig überzogen von einer irisierenden Membran. Unter dieser Membran schwammen zwei schwarzblaue Kugeln, tief und dunkel in der Mitte, zu den Rändern hin jedoch immer wässriger, bis sie in blutunterlaufenes Weiß übergingen. Seine Gesichtszüge waren leicht verkrampft, und obwohl er mit diesen verletzten Augen unmöglich etwas sehen konnte, waren die blauen Kugeln schräg nach oben gerichtet, wie um Licht für eine im Inneren stattfindende Vorstellung einzufangen. Was sich hinter diesen Augen verbarg, musste schrecklich und prachtvoll sein, eine Geschichte von Schönheit und Gewalt, voll sich aufbäumender Pferde und sterbender Soldaten.

Ich nannte den blinden Mann Efraïm, nach dem sprechenden Toten aus dem wunderbaren Ouija-Brett-Gedicht von James Merrill, und hängte ihn über dem Sofa auf, dann über dem Kaminsims, in der Küche, zum Schluss wieder über dem Kaminsims.

Ich schlief schlecht und hatte, wenn ich doch eingeschlafen war, scheußliche Träume. Das Wohnzimmer lag nach Nordwesten und blieb immer relativ kühl, während das Schlafzimmer auf der Rückseite den ganzen Tag im Sonnenlicht badete. Der vorige Bewohner, ein Schriftsteller, der auch malte, hatte die Gardinen mitgenommen; ein rätselhafter Entschluss, da sie ihm nicht gehörten und außerdem für das betreffende Fenster genau nach Maß angefertigt waren. Der Hausverwalter versuchte mehrmals, ihn zu erreichen und die Gardinen zurückzufordern, aber der Mann hatte kein Handy, und E-Mails blieben unbeantwortet. Ungefähr ein Jahr später tauchte er beim jährlichen Gartenumtrunk für Kommissionsmitglieder, noch vorhandene Urenkel des Kunstmalers, Bewohner und ehemalige Bewohner auf. Er war klein und blass, hielt zwei Flaschen Gin im Arm, einen Strauß Rosen für den Vorsitzenden und war so lieb und schüchtern, dass niemand mehr das Theater mit den Gardinen erwähnte. Außerdem hatte ich inzwischen längst neue.

Nach M.s Meinung waren an meinen schlechten Nächten in jenem Sommer die Hundstage schuld. Das kommt alles davon, weil Sirius in dieser Jahreszeit fast gleichzeitig mit der Sonne aufgeht, sagte sie, weshalb wir ihn nachts nicht sehen können. *Bad luck*.

Danach kam sie mit einer unzusammenhängenden Geschichte vom alten Ägypten, eine Göttin mit einem Stern über dem Kopf, der Hund Lailaps, der jede Beute fing, der er nachjagte, der Hund von Ikarus, der Selbstmord begangen hatte, indem er von einer Klippe sprang.

Ich fragte sie, wie es mit dem Hund ausging, der alles fing.

Laut einigen Legenden, sagte sie, jagte er irgendwann den Teumessischen Fuchs. Nur besaß dieser Fuchs die Eigenschaft, dass ihn niemand fangen konnte. Und so gerieten sie in ein scheinbar unauflösliches Paradoxon, bis Zeus genug davon hatte. Er versteinerte beide und setzte sie dann als Großen und Kleinen Hund an den Himmel.

Und Sirius, fragte ich, ist also der hellste Stern des Großen Hundes, aber gleichzeitig auch selbst ein Hund? Und der Fuchs wurde zum Hund? Und der Hund Lailaps war ein Geschenk von Zeus an Europa und von Europa an Minos und von Minos an seine Geliebte Prokris, die ihrerseits wegen einer anderen Affäre gerade von Athen nach Kreta geflohen war, mit diesem Hund wieder nach Athen zurückkehrte, sich mit ihrem ursprünglichen Ehegemahl aussöhnte, der sie schließlich versehentlich mit einem Speer tötete, weil sie im Gebüsch hockte und er sie für ein wildes Tier hielt?

Das ist alles sehr kompliziert mit diesen mythologischen Geschichten, sagte M. Ich hatte sie von der Praxis abgeholt, in der sie als Physiotherapeutin arbeitete, jetzt spazierten wir über den Deich zwischen meinem Haus und der Praxis. M. hatte ihre Hände in den Taschen einer kurzen Adidas-Sporthose, in die sie schnell geschlüpft war, bevor sie das Haus verließ. Ihre Knie waren rot von der Sonne, ansonsten war sie so blass wie immer. Sie cremte sich im Sommer das Gesicht obsessiv mit einem Sonnenschutzmittel Faktor 50 ein, das eine kränkliche weiße Glut über Nase und Wangen legte. Um sich zusätzlich gegen die ultraviolette Strahlung und Wärme zu schützen (sie hatte extreme Angst sowohl vor Hautkrebs als auch vor primärer und sekundärer Hyperhidrose, wobei die zweite Variante wiederum eine ganz neue Skala möglicher Krankheiten eröffnete), trug sie auch immer eine schwarze Cap, auf die in Weiß PAPA gesteppt war. Sie wurde regelmäßig für eine Ladendiebin gehalten oder, auf Flughäfen, wo sie extrem nervös und exzessiv schwitzend herumlief, weil sie Todesangst vor dem Fliegen hatte, für eine Drogenkurierin. Manchmal, spätabends auf der Straße, sahen sich Frauen ängstlich nach ihr um, eine lange Gestalt mit langen Haaren unter einer Cap, eine potenziell gefährliche Verrückte. So war es also, ein Mann zu sein, dachte sie, man musste ständig Frauen überholen, um ihnen zu zeigen, dass man keine Bedrohung darstellte.

M. hatte *einen* feinen Anzug, den sie zu speziellen Anlässen trug. Eine tolle, eng geschnittene Hose aus dunkelblauem Satin mit einer dazu passenden stark taillierten Jacke von Filippa K, für die sie, zumal für ihre Verhältnisse, viel Geld ausgegeben hatte. Kurz bevor sie in den Anzug schlüpfte, wusch sie sich die Haare (Andrélon Amandel Shine), die einen dunklen nassen Fleck auf dem Rücken der Jacke hinterließen. Sie sah sexy aus in diesem Anzug, wie ein Model: lang, dünn, helle Wimpern und Augenbrauen, vorstehende Wangenknochen, die ihr in Kombination mit dieser Jacke und den nassen Haaren einen Look à la Heroin-Chic verliehen. Es rührte mich, wenn ich sie so sah, so auffällig zurechtgemacht und frisch gewaschen, so mysteriös weiblich, auch wenn sie die Letzte war, die diese Eigenschaft ernst nahm.

Heute war eine Frau da, die nicht sprechen konnte, sagte M. Sie kam in Begleitung einer anderen Frau. Ich behandelte den Rücken der Frau, die nicht sprechen konnte, sehr vorsichtig, sie war von der Treppe heruntergefallen. Ab und an zogen sich ihre Muskeln krampfartig zusammen, und dann stieß sie auch unwillkürliche Töne aus. Die Frau, die sie begleitete, hielt sie am Ellbogen fest und sagte manchmal leise etwas zu ihr und dann wieder zu mir, als würde sie etwas übersetzen, auch wenn es nichts zu übersetzen gab, und das Irre war, dass auch dieser Rücken mir etwas zu sagen schien, ganz wörtlich, unter meinen Händen formten sich Wörter, und diese Wörter waren: Mach weiter. Immer wieder: Mach weiter, mach weiter. Also machte ich ganz lange weiter, vergaß im Grunde, was ich da tat, dass draußen Leute warteten. Ganz vorsichtig und danach weniger vorsichtig führte ich da ein Gespräch mit dem Rücken, es hatte etwas Sinnliches, was, der Klarheit halber, etwas anderes ist als sexuell, ich meine es in dem Sinn, wie James Baldwin darüber schrieb: Es ging um Lebenskraft und Präsenz.

Wir hatten uns auf eine Bank am Wasser gesetzt und sahen zwei Schwänen zu, die sich ruhig im Wasser treiben ließen.

Das mit der Monogamie aus Liebe ist ein Mythos, sagte ich. Diese Tiere bleiben nur aus reiner Zeit- und Energieersparnis monogam.

Und du, sagte M., wartest stur auf eine Frau, die dich hinhält, aber nie wirklich kommen wird. Und deine Albträume: Dagegen musst du wilde Möhre essen. Oder schwarze Staubgefäße von männlichen Pfingstrosen kauen.

Eines Nachts während der ersten Wochen in dem Haus, ich musste gerade eingeschlafen sein, denn es war halb vier, und ich hatte noch gesehen, wie es drei wurde, wachte ich von einem lauten Dröhnen auf. Schreckensstarr blieb ich mindestens eine Viertelstunde im Bett liegen, bevor ich genügend Mut gesammelt hatte, um nachzuschauen, was passiert war. Das Mondlicht schien durch die Wohnzimmerfenster, fettig, stofflich, aber ohne viel preiszugeben. Wieder traf mich der Gedanke, dieses Haus sei dazu da, mich das Licht in all seinen Facetten sehen zu lassen, das Licht und die Schatten. Ich blieb vor dem Kaminsims stehen, teils im Mondlicht, teils im Dunkel versunken, und dachte an Tanizakis Beschreibungen japanischer Zimmer mit ihrer ruhigen Aufteilung; das Mysterium der *tokonoma* in der Mitte des Zimmers, diese dunkle Nische, die von keinem Sonnenstrahl berührt wird und in der beklemmende Stille herrscht. Wenn Tanizaki lange genug in einem solchen Zimmer blieb, in dem das Licht so verdünnt war, dass es keinen Unterschied zwischen Witterungsbedingungen und Zeitpunkten gab, wurde er von der Angst erfasst, dass alles Verrinnen der Zeit an ihm vorbeiging, dass unbemerkt Jahre in diesem Raum verstrichen waren, dass er als alter, grauer Mann hinaustreten würde.

Es war der schwere Rahmen mit Efraïm darin, der das Dröhnen verursacht hatte. Er war über den Rand des Kaminsimses zu Boden gefallen. Der Rahmen stand schräg auf dem Teppich, der das Glas wahrscheinlich vor dem Zerbrechen bewahrt hatte, halb im Kaminloch, halb davor, sehr akkurat, als hätte ihn jemand dort hingestellt. Ich blieb eine Weile stehen, damit sich meine Augen an das schwache Mondlicht gewöhnen konnten, und da sah ich, dass Efraïm unbegreiflicherweise auf den Kopf gefallen war. Seine blinden Augen waren zum Boden gerichtet, und jetzt sah es so aus, als wäre er an dem Bein aufgehängt, auf dem er zuvor balanciert hatte. Ich kniete mich hin, um ihn mir aus der Nähe anzusehen. Auf den Kopf gedreht, bildeten seine verkrampften Gesichtszüge einen Ausdruck purer Verzückung. Er glich einem Heiligen in Ekstase, einem überglücklichen Märtyrer, ganz erfüllt von seiner Selbstopferung.

Was hast du alles gesehen, mein blauäugiger Sohn, fragte ich ihn, meine Lippen dicht an seinem Kopf. Noch nie hatte ich ein Foto so komplex schweigen hören.

Es wurde Herbst. Die Frau verließ letzten Endes ihre Familie nicht. Ich fand, das war eine unbegreifliche, feige Entscheidung. Wer verliebt ist, denkt, dass die ganze Welt sich dem fügt. Dass Familien im Vergleich zu Verliebtheit nichts bedeuten und vor allem dass jeder auf der Seite der Verliebten steht, weil es so offenkundig ist, so unvermeidlich und richtig. Erst viel später, als die Frau schon eine ganze Weile nicht mehr in meinem Leben war und nach und nach auch aus meinen Gedanken verschwand, blickte ich erstaunt auf den Wahnsinn jener Verliebtheit zurück, nicht auf das Illusorische an ihr, sondern gerade auf die Echtheit, so viel Echtheit, dass ich bereit war, alles dafür herzugeben, auch Dinge, die mir gar nicht gehörten.

Aber wie gesagt, so konnte ich es erst sehr viel später betrachten. Lange Zeit blieb ich hartnäckig verliebt, erst in sie, dann in die gespenstische Anwesenheit, in die sie sich allmählich verwandelte. Monatelang tauchte sie überall auf. Jede mit auch nur entfernt der gleichen Figur, Frisur oder Art zu gehen wie sie konnte mir einen Schock versetzen, der trotz der sofort darauf folgenden Richtigstellung noch minutenlang in mir nachglühte.

Sie hatte vorgeschlagen, dass wir uns weiterhin trafen, aber das hatte ich abgelehnt. Ich wollte nicht ihre Mätresse sein, dafür war ich zu stolz, und außerdem wollte ich sie so tief wie möglich kränken. Es tat mir gut, daran zu denken, wie sie jeden Morgen in ihrem Eigenheim neben der Person aufwachte, mit der sie verheiratet war, die beiden Kinder kreischend am Frühstückstisch, Schokostreusel und Joghurtflecke auf dem Parkett, Kindersitze in einem praktischen, hässlichen Familienauto, Jobs, Hypotheken, Hobbys, dieses ganze bürgerliche Gedöns, in dem Menschen sich selbst festnageln, um bloß nicht allein sein zu müssen. Ohne mich konnte sie unmöglich glücklich sein. Das stimmte mich trotz allem zufrieden.

Derweil war ich diejenige, die mit leeren Händen zurückblieb (ich verwende diesen Ausdruck, weil es sich genauso anfühlte: Ich kannte sie in erster Linie mit meinen Händen, vielleicht war es sogar so, dass ich sie ausschließlich auf diese Weise kannte, ich hatte sonst keine Ahnung, wer sie war, dafür war alles zu kurz und zu heftig gewesen). Ich stellte meinen Schreibtisch in die Küche auf der Rückseite des Hauses. Das Wohnzimmer mit den fünf großen, zum Park hin gelegenen Fenstern bot mir zu viel Raum zum Verschwinden, ich war zu wenig, es fehlte mir an der Entschiedenheit, die das Bewohnen eines Zimmers wie dieses erforderte.

Der Schreibtisch passte gerade so in den Raum und verstellte den Zugang, so dass ich mich nur noch seitlich vorbeidrücken konnte. Die Küche war klein und marode. Der Wasserhahn tropfte, ständig war der Abfluss verstopft, und wenn die Dunstabzugshaube überhaupt etwas tat, dann eher fettige Luft in den Raum zu pusten, anstatt sie abzusaugen. Die granitene Arbeitsplatte war sogar für mich zu niedrig, also kaufte ich einen massiven Holzklotz, um Lebensmittel darauf zu schneiden, was ich aber so gut wie nie tat. Ich kochte nicht gern und besaß nur ein billiges IKEA-Messerset, das ich in der Besteckschublade aufbewahrte, wodurch die Messer mit der Zeit so stumpf wurden, dass ich eigentlich nur noch mit ihnen hacken konnte.

Die Küchen- und Schlafzimmerfenster waren nicht doppelverglast wie die Fenster an der Vorderseite, und die kalte Luft zog voll durch die morschen Rahmen. Vor allem wenn die Sonne sich nicht zeigte, konnte es auf der Rückseite des Hauses eisig werden, und wenn es fror, erschienen bei der richtigen Luftfeuchtigkeit frühmorgens prächtige Eisblumen auf den Scheiben. An solchen Morgen – die ich an den Fingern *einer* Hand abzählen konnte; die Klimakrise war an diesem Ende der Welt vorläufig erst eine milde, gemächliche Apokalypse – dachte ich an die Dienstmädchen, die vor hundert Jahren auf dem Dachboden gewohnt hatten. Waschen konnten sie sich nur mit Eimern voll eiskaltem Wasser, die sie von unten hinaufschleppen mussten. Es kam vor, dass das Wasser in den Eimern gefror, genauso wie das Wasser in den Töpfen auf dem Herd zwei Stockwerke weiter unten bei extremer Kälte gefrieren konnte. Ich bin die erste Bewohnerin des Dachgeschosses mit Zentralheizung. Ich habe eine Dusche, eine Toilette und sogar einen an den Heizkörper angeschlossenen Handtuchhalter. Die Sehnsucht, die ich an den paar

Morgen verspürte, die ich mit dem Wunder dieser Eisblumen erwachte, ist völlig fehl am Platz. Und trotzdem hing sie damit zusammen, dass mein Leben sich in jenem ersten Jahr fast ausschließlich in der Küche abspielte, wo ich viel Zeit mit Kaffeekochen, Abwaschen, Dehnübungen gegen die Steifheit und die Kälte verbrachte und damit, aus dem Fenster zu schauen. Noch nie hatte ich so hoch gewohnt und so viel Himmel gesehen, und zum ersten Mal wurde mir bewusst, wie wechselhaft er war, oft dramatisch, sogar über einer Stadt wie dieser, in der jedes Verlangen Form und Inhalt bekam, wo die Avocados und Mangos das ganze Jahr über in den Supermarktregalen lagen und der Sternenhimmel durch die wahnsinnige Menge an Licht, die von Laternenpfählen, Litfaßsäulen und Scheinwerfern in den Himmel gefeuert wurde, zu einem Artefakt aus der Vergangenheit geworden war.

Die Glücklichen haben wieder Gäste zum Essen eingeladen, sagte ich zu M. Ich lehnte mich mit meinem Handy aus dem Küchenfenster, von dem aus man das Wohnzimmer der Nachbarn im Hinterhaus sah, einer kulturbeflissenen, kapitalkräftigen Familie mit zwei Kindern an der Schwelle zum Erwachsenwerden.

Da drinnen sieht's aus wie zu Weihnachten, überall Kerzen und Weinflaschen.

Wart mal eben, sagte M. Carlo wirft gerade einen Blumentopf um.

Carlo war das junge Kätzchen, das seit ein paar Wochen bei ihr lebte. Sie hatte es in der Scheune eines alten, an Demenz leidenden Bauern in ihrem Heimatdorf gefunden. Es war mager und krank, die Nase voller Rotz, die Augen halb verklebt und entzündet. Die Mutter hatte es mehr oder weniger verstoßen, es bekam kaum Milch und gelegentlich sogar einen Tatzenhieb.

M. hatte es zur Tierärztin gebracht, die ihr eine Salbe mitgab und eine Spezialmilch, eher der Form halber, als dass sie wirklich an eine Überlebenschance glaubte. Aber sie hatte nicht mit M.s Hartnäckigkeit gerechnet. In den darauffolgenden Wochen fuhr sie stur immer wieder zu dem Bauernhof. Immer wieder stellte sie sich dem Bauern vor, der ganze Tage in einem Sessel am Fenster zubrachte und immer wieder sagte, er hätte keine Katzen, aber dafür ein Pferd und einen Stall voller Kühe. Das Tierchen wurde kräftiger. Die Mutter ließ es wieder trinken. Nach zwei Monaten nahm M. es mit nach Hause. Es war nach wie vor sehr klein, aber die Augen waren jetzt offen, und eine Woche später sah es sich auf der Fensterbank im Wohnzimmer um wie ein Aristokrat, der seine Ländereien begutachtet.

Ich hörte Rumoren, einen dumpfen Schlag, dann wurde die Verbindung unterbrochen. Ein paar Sekunden danach rief sie wieder an.

Ich denke, Carlo will etwas kommunizieren, sagte sie. Der Junge wirft einen Blumentopf nach dem anderen um, und heute Nachmittag hat er sich über eine meiner Tuben mit Kühlgel hergemacht.

Manchmal denke ich, dass es inszeniert ist, sagte ich, dass sie es speziell für mich machen.

Was?, sagte M.

Dass sie eine Show abziehen, meine ich. Die Leute im Hinterhaus.

Sorry, sagte sie, ich schreibe gerade eine Mail, und Carlo läuft über die Tastatur, ich glaube wirklich, er will mir etwas sagen, aber er äußert sich in einer unverständlichen Sprache.

Manchmal kommt es mir vor, als würde ich mich eher in einem Genreroman befinden als in einem Leben. Ich warte auf das Drama. Einen Mord. *Das Fenster zum Hof.*

Du musst öfter raus, sagte M. Leg dir einen Hund zu.

Das, sagte ich, scheint mir ein ziemlich schlechter Grund dafür zu sein, sich einen Hund zuzulegen.

Geh in den Park. Lauf eine Runde. Du kannst nicht den ganzen Tag in deiner kalten Küche Kaffeebohnen mahlen und deine Nachbarn belauern. Es muss was passieren, die Leute haben dir nicht für nix die Wohnung gegeben. Bald bist du vierzig und noch immer vielversprechend. Ich weiß nicht genau, was mit dir los ist, aber du gibst auf nichts Acht.

Ich bin einfach nur langsam, sagte ich, das ist nichts Ungewöhnliches, eigentlich sogar …

Ja ja, sagte M. Ich spüre übrigens eine Schwellung am Hals. Vielleicht hat Carlo mich mit der Katzenkratzkrankheit angesteckt.

Du meinst, sagte ich, mit dieser extrem, aber auch wirklich extrem seltenen Krankheit, die im Grunde nur bei kleinen Kindern und Katzen selbst auftritt?

Geschwollene Lymphdrüsen sind ein Symptom dafür. Außerdem habe ich eine glühende Stirn.

Ich denke, deine Tage sind gezählt, sagte ich. Ich werde etwas Schönes bei deiner Beerdigung sagen. Das Käsebrett kommt auf den Tisch. In genau drei Sekunden erhebt sich die Nachbarin, um die Portweingläser aus dem Schrank zu holen.

Geh raus, sagte M. Um Gottes willen.

Im Winter sah ich das Haus zum ersten Mal als Ganzes. Der Park war bleich und hart und sauber wie ein ausgegrabenes Skelett. Die fahlgrauen Grasflächen waren leer, die Abfalleimer ebenfalls. Hundebesitzer drehten eilig und mit hochgezogenen Schultern ihre Runden. Die Dealer und Junkies versteckten sich unter dem Dach eines Picknicktisches, der scheinbar ausschließlich zu diesem Zweck dastand. Ansonsten war fast niemand im Park, und das machte ihn zu einem seltsam stillen Ort in einer übervollen Stadt – von der Zeit übergangen, so schien es, wie Tanizakis Zimmer mit ihrem wässrigen Licht. Es hatte irgendwie nichts mit der schrillen, gleißenden Sommerversion voll von Picknickern, Läufern, kiffenden Touristen und Gruppen schwangerer Frauen zu tun, die in großen Kreisen auf dem Gras standen und an grellfarbenen Gummibändern zogen.

Ich sah das Haus, als ich nach meiner üblichen Runde im Uhrzeigersinn wegen einer vor mir über den Weg laufenden Ratte stoppte, die so groß war wie ein kleines Hündchen. Ich blickte auf, und da stand es, nicht mehr hinter Grün verborgen, sondern jetzt frei vor meinen Augen, kaum behindert durch die kahlen Bäume. Es stand da, wie es da schon seit über hundert Jahren stand, und es traf mich, wie extrem konkret und zugleich unendlich vage es war. Die feurig orangefarbenen Backsteine fügten sich akkurat aneinander und bildeten die solideste Fassade der Straße, die beiden torartigen Eingangstüren hingen fest in ihrer Verankerung. Meine eigenen fünf Fenster im Dach und die vier hohen Fenster des Bewohners unter mir zeigten nur Dunkelheit, und von meinem Standplatz aus schien es nicht nur so, als wäre niemand daheim, das Haus erweckte darüber hinaus auch den Eindruck, innen völlig leer und unbewohnt zu sein.

Ich ging etwas weiter darauf zu, vom Weg runter, hinein in die morastige Blätterschicht, unter die soeben die Ratte geschlüpft war. Nichts an dem Haus war aus dem Lot, alle Ecken bildeten exakte Winkel von neunzig Grad, die Dachrinnen liefen zu beiden Seiten schmal und steil nach unten. Und obwohl ich das Haus als Ganzes sah, zum ersten Mal als Ganzes sehen konnte, und trotz der Symmetrie, aller geraden Linien und Winkel, hatte ich, schon während ich noch schaute, Mühe, mir zu merken, wie es aussah. Es war eindeutig ein Ganzes, es unterschied sich nicht nur von den angrenzenden Häusern, sondern schien sich aktiv von ihnen abzuheben, genauso wie es sich auch aktiv gegen meinen Blick zu wehren schien, gegen meine Vorstellung davon, was das Ganze war, während es gleichzeitig so tat, als gäbe es sich preis, als wäre es wie jedes andere Haus, und mich beschlich das Gefühl, dass es meinen Blick erwiderte (diese leeren Medaillons, blind und doch sehend), mich irgendwie durchschaute und an einem unsichtbaren Seil zu sich zog.

Um dem nicht nachzugeben, lief ich noch eine Runde, auch wenn mein Aktionsradius jetzt begrenzt schien. Vielleicht sollte ich es als Spiel auffassen, dessen Regeln ich nur nach und nach herausfand. Ich dachte an den Hund Lailaps und den Teumessischen Fuchs. An diesem Paradox stimmte etwas nicht. Wenn die Jagd ewig dauerte, bedeutete das, dass der Fuchs in jedem Moment der Sieger war. Der Hund war ein vorläufiger Verlierer und wurde zum ewigen Verlierer, als sie beide von Zeus als versteinerte Sterne an den Himmel versetzt wurden.

Obwohl meine Runde keine zwanzig Minuten gedauert hatte, war die Dämmerung definitiv hereingebrochen, als ich zum zweiten Mal in Höhe des Hauses stehen blieb. Mehr noch als vorhin schaute es jetzt auf mich herab, wie ein General in Uniform, autoritär und möglicherweise nicht ganz zurechnungsfähig. Dies ist mein Haus, dachte ich, und während ich das dachte, wusste ich, dass der Gedanke nicht mir gehörte, sondern jemand anderem, und nicht nur einem anderen, sondern einem ganzen Chor von anderen.

Ich empfand Erleichterung, als mein Schlüssel ins Schloss passte, die Tür mich einließ und der Lichtschalter das Treppenhaus mit einem lauten Klick in eine grellgelbe Glut tauchte.

Es stimmte, ich ließ mich ablenken. M. sagte, ich hätte Angst, vor dem toten Maler und allen toten Schriftstellern, denen er Obdach gewährt hatte, vor dem Gedenkzeichen an der Fassade, das eine ganze literarische Strömung mit diesem Haus verband, vor dem großen französischen Absinth trinkenden Symbolisten, der hier gewohnt hatte, vor allen Schriftstellern, die in den hundert Jahren danach hier gearbeitet hatten, insbesondere vor denjenigen, die Bestseller geschrieben hatten.

Das reicht jetzt, sagte ich, aber sie machte noch weiter, bis sie alles und jeden aufgezählt hatte, wovor ich in ihren Augen Angst hatte (der Geist der Witwe, mein schweigsamer Mitbewohner von unten, der die Eingangstür ständig dreimal verriegelte, die Urenkelin des Kunstmalers mit ihrem langen schwarzen Zopf, der Rezensent, der mein Buch wegen eines Mangels an Szenen kritisiert hatte, der Rezensent, der mein Buch wegen einer zu fragilen Ich-Erzählerfigur kritisiert hatte, der Rezensent, der mir unpassende Nachrichten geschickt hatte, auf die ich wohlwollend geantwortet hatte, um nicht seine Gunst zu verlieren).

Aber vor allen Dingen, sagte sie, hast du Angst vor dir selbst.

Ich sagte, dass ich keine Angst vor mir hätte, dass ich aber Zeit zum Nachdenken bräuchte.

Du denkst zu viel nach und tust zu wenig. Na ja, du tust schon was, aber es führt zu nichts. Du wartest und wartest auf nichts, es wird Zeit, sich für etwas zu entscheiden, notfalls dann eben ein Genre, und dann im fünften Gang darauf zuzufahren.

Ich sagte zu M., je stärker sie als mein externes Gewissen fungiere, umso mehr verliere sie als Figur an Kontur. Wenn sie etwas mehr sein wolle als eine Stimme, die dann und wann ein paar Halbwahrheiten verstreue, ein aus einer einzigen Person bestehender Chor, dann müsse sie aufhören, mich ihren simplifizierenden Psychologisierungen auszusetzen.

Das musst du selbst wissen, sagte sie.

Ich musste es selbst wissen, und daher sagte ich Ja zu allen möglichen Anfragen, damit ich nicht Nein sagen musste. Ich hielt mich in Gang, verdiente Geld, allerdings nur mit Dingen, die sich sofort nach Beendigung in Luft auflösten. So wollte ich es, sagte ich mir, das andere kam von allein wieder, ich hatte alle Zeit der Welt. Aus Eitelkeit machte ich bei einem Bücherquiz mit, einem Sprachquiz und einem TV-Diktat, aber ich verblasste neben den übrigen Teilnehmern, weil ich über die richtigen Antworten nachdachte und den Rest vergaß. Als im November eine Schale mit Berlinern für eine Sendung auf dem Tisch stand, die an Silvester ausgestrahlt werden sollte, konnte ich es kaum ertragen. Es war übertrieben, das fand ich selbst auch, aber diese Berliner machten mich schrecklich einsam.

Und so verging das erste Jahr, Frühling et cetera, ein zweiter Sommer, an dessen Wetterbedingungen ich mich nicht mehr erinnere. Der Nachbarsjunge aus dem Hinterhaus bestand sein Abitur mit lauter Zehnern. Er schaffte es damit in die Zeitungen, und auch das Regionalfernsehen hatte auf der Matte gestanden. Dies alles erfuhr ich von der Nachbarin zwei Türen weiter, die die Witwe des Hausarztes war, dessen Vater die Witwe des Kunstmalers noch als Patientin gehabt hatte. Geophysiker will der Junge werden, erzählte die Nachbarin, im Regionalfernsehen hat er gesagt, er will die Ozeane retten.

Obwohl ich mein Leben langsam auf die Vorderseite meiner Etage verlagerte, beobachtete ich das Leben der Nachbarn im Hinterhaus weiter genau. Der Vater der Familie saß meist vor seinem Laptop an einem langen Holztisch, auf dem immer eine große Vase mit Blumen stand, Blumen, die man überall sah, quasiwilde Sträuße ohne Bindegrün, die in verschiedenen Preisklassen und Größen ins Haus geliefert wurden. An derselben Stelle aß die Mutter frühmorgens eine Schale Joghurt, allein, ruhig, ohne in einer Zeitung zu blättern oder auf einen Bildschirm zu schauen. Wenn sie am frühen Abend wieder im Wohnzimmer erschien – ich konnte bis zum Ende des langen Tisches hineinschauen, dahinter verschwanden der Fußboden und die Decke in einem Punkt, als wären sie Teil einer Perspektivzeichnung –, war sie oft in Sportkleidung. Manchmal legte sie ihrem Mann die Hände auf die Schultern, der sich nie umdrehte, aber sich immer in ihre Berührung lehnte, ganz leicht, von meiner Position aus überraschend gut wahrnehmbar. Es kam vor, dass die Frau mit den Händen auf seinen Schultern so lange stehen blieb, dass es schien, als hätte sie sich ganz vergessen, oder vielleicht war ich es ja auch, vielleicht hatte ich mit Hilfe mentaler Wellen auf eine Pausetaste gedrückt, die das Leben der anderen anhielt, so dass ich länger zuschauen konnte, zuschauen, während alles sich still und reglos verhielt, in Erwartung von fast nichts.

Eines Nachmittags, nicht lange nach dem jährlichen Umtrunk im Garten, zu dem er mit den Gin-Flaschen und dem Rosenstrauß aufgetaucht war, stand der frühere Bewohner meiner Dachwohnung vor der Tür. Er war noch kleiner, blasser und magerer als in meiner Erinnerung. Seine rotblonden Locken lagen dicht und exakt an seinem Schädel, wie bei den Marmorstatuen römischer Kaiser, und ansonsten trug er eine dünne Metallbrille, die ihm das Aussehen eines Intellektuellen aus dem neunzehnten Jahrhundert verlieh.

Hallo, sagte er, ich sterbe bald. Krebs am Herzen, primär, äußerst selten, aber offenbar nicht unmöglich.

Er begann zu lachen, und ich fragte ihn, ob das ein Scherz sei.

Eine Art Scherz natürlich schon, sagte er, aber mein Herz ist tatsächlich voll von Tumoren. Es gibt eine Theorie, die besagt, dass das Herz meistens verschont bleibt, weil es das vitalste Organ ist. Nach einer anderen Theorie hängt es einzig und allein mit der Muskelmasse des Herzens zusammen – im Muskelgewebe finden kaum Zellteilungen statt. Wie dem auch sei, ich laufe herum als, vorerst noch, lebender Beweis für eine sehr, sehr seltene Krankheit. In gewisser Weise ist mein Körper jetzt kostbarer als vorher ohne den Krebs. Im Krankenhaus holen sie immer Hinz und Kunz dazu, damit sie sich das anschauen, vielleicht ist eine Seltenheit automatisch eine Form von

Schönheit. Das Komische ist, dass ich von der Zerstörung, die da drinnen im Gange ist, nichts spüre. Ich lege meine Hand auf das Herz, und es schlägt einfach. Das kommt schon noch, das weiß ich wohl, und wenn es kommt, wird es schnell vorbei sein. Darf ich rein?

Er schlüpfte mehr oder weniger an mir vorbei ins Haus. Wir stiegen die drei hohen Treppen zu meinem Dachgeschoss hinauf. Er ging voran, als würde er hier wohnen und ich käme ihn besuchen.

Ich wohne hier noch immer in der Nähe, sagte er, genau wie mein Vorgänger und der Bewohner vor ihm, übrigens beides Alkoholiker. Einer der beiden, ich weiß nicht mehr, welcher, ist mal betrunken die Treppe runtergefallen, ein ganzes Stück, das Blut spritzte nur so gegen die Wände. Hörst du sie manchmal?

Wen?

Die Witwe. Die Treppen kommen mir höher vor als früher, oder vielleicht ist es mein Alter, noch mal ganz abgesehen von der Krankheit. Früher war ich jung, so was denkt man eines Tages, und diesen Gedanken wird man nie mehr los. Bei mir fing das schon mit dreißig an, ziemlich jung, um alt zu sein, denke ich inzwischen.

Die Schüchternheit, die ich zuvor bei ihm wahrgenommen hatte, schien verschwunden, nicht ganz, aber etwas – wahrscheinlich das Bewusstsein seines nahenden Todes – hatte sie in den Hintergrund geschoben. Er klang ausgelassen, ein Fest auf dem Höhepunkt, kurz bevor das High umschlägt und sich selbst in die Augen schaut.

Der kleine Mann trat in meine Wohnung und ging sofort ins Wohnzimmer. Ich kochte Tee in der Küche, schaute kurz bei den Leuten vom Hinterhaus ins Zimmer. Nichts los, der Nachbar saß einfach an seinem Laptop und schob sich Mandarinenstücke in den Mund.

Als ich mit dem Tee ins Zimmer kam, stand der frühere Bewohner am mittleren Fenster. Er nickte in Richtung der angrenzenden Wand auf der Westseite.

Dieses Licht, sagte er. Deswegen bin ich gekommen.

Ich verstand ihn, natürlich, wie hätte ich so etwas nicht verstehen können.

Manchmal, sagte der frühere Bewohner, holte der Kunstmaler ein Dienstmädchen vom Dachboden runter in sein Atelier, und dann setzte er sie als Aktmodell hin. Seinen Freunden gegenüber beklagte er sich über den Gestank, der ihm von so einem Mädchen entgegenquoll, und wenn er sich nicht über den Gestank beklagte, dann über die Tatsache, dass er sich in einem fort mit ihnen unterhalten musste, damit sie während des Modellsitzens wach blieben.

Er umschloss die Teetasse mit beiden Händen, auffällig großen Händen für einen so kleinen Mann.

Es ist unbegreiflich, sagte er, dass der Kunstmaler sein Atelier immer im Erdgeschoss hatte. Dort wurde es grässlich feuchtkalt, und vor allem im Winter war es dort im Handumdrehen dunkel. Na ja, seine Bilder waren natürlich auch sehr dunkel. Kennst du meine Werke? Ich meine nicht die Bücher, sondern meine Bilder?

Ich nickte. Es waren wilde, intuitive Gemälde in klaren Farben. Auf den ersten Blick wirkten sie fröhlich, naiv, aber das Dargestellte war das keineswegs. Ein Baby, das von Wölfen in Stücke gerissen wurde. Schwarze, blutende Bäume. Brennende Körper, tote Pferde, Sonnenfinsternisse.

Ich hatte nie Erfolg, sagte der frühere Bewohner. Die meisten meiner Bilder und Kartons voll unverkaufter Buchexemplare stehen jetzt im Keller. Ich glaube, ich wollte zu viel kommunizieren.

Er ging zu der Westwand und legte seine Hand darauf. Er verharrte lange so, aber ich ließ ihn, ich selbst stand auch regelmäßig an dieser Wand. Ich setzte mich an den Tisch und dachte an das Kätzchen Carlo, das unermüdlich dem Laserpunkt nachjagte, den M. manchmal durch den Raum tanzen ließ. Wenn es auf irgendetwas ankam, dann war es das Berühren von etwas, was sich nicht berühren ließ.

Es verging viel Zeit. Ich trank die ganze Teekanne leer. Schließlich setzte sich der frühere Bewohner mir gegenüber an den Tisch.

Ich habe sie manchmal gehört, sagte er. Nicht im ersten Jahr meines Aufenthalts. Wie du vielleicht gemerkt hast, ist dies ein Haus, auf das man sich langsam einstimmt. Meistens ist es natürlich umgekehrt. Man zieht irgendwo ein, und in den ersten Wochen muss man sich an die fremden Geräusche gewöhnen. Später hört man sie nicht mehr. Aber dieses Haus.

Dieses Haus beginnt zu einem zu sprechen, sagte ich.

Nach dem Tod ihres Mannes, sagte er, hielt die Witwe Séancen ab, um seinen Geist zu rufen. Sie lud die noch lebenden Freunde ein, größtenteils heruntergekommene Dichter und bildende Künstler, die sich nicht trauten, ihre Einladungen auszuschlagen. Manchmal benutzte sie ein selbst gemachtes Ouija-Brett. Die Teilnehmer legten dann ihre Hände auf eine Porzellantasse, aus der er oft getrunken hatte.

Und, hatte der tote Maler etwas zu erzählen?

Tja, sagte der frühere Bewohner, das lag ein bisschen daran, wer die Tasse hielt. Sie glaubte übrigens auch an ein Phänomen, das man Retropsychokinese nennt, die Vorstellung, dass Ereignisse aus der Vergangenheit sich zu einem späteren Zeitpunkt durch reine Geisteskraft beeinflussen lassen – falls die betreffende Person nichts über den Ausgang dieser Ereignisse weiß. Ein merkwürdiges Verlangen, Zeitreisen. Manche Menschen scheinen zu glauben, es sei der Schlüssel zu ihrer Befreiung.

Er setzte seine Brille ab und rieb sich die Augen, woraufhin er mich erstaunt und wässrig ansah.

Minus zehn, sagte er. Nicht blind, aber auch nicht wirklich sehend. Nietzsches Arzt dachte übrigens, dass der so schlechte Augen habe, weil er zu viel masturbierte, eine Idee, die ihm von Wagner eingeflüstert worden war. Danach war es vorbei mit der Freundschaft.

Der frühere Bewohner stand auf, ich auch, er gab mir seine relativ große Hand und sah mich ganz aus der Nähe an. Seine Iriden schienen davonschwimmen zu wollen, durch seine Blutbahn hinaus aus den Augenhöhlen.

Ich habe keine Lust zu sterben, sagte er, aber ich gebe mich mit der Abfolge meines Lebens zufrieden. Würdest du mit mir ins Bett gehen?

Das Kätzchen Carlo starb in jenem Herbst, kurz bevor es ein Jahr alt wurde. Einige Tage vor seinem Tod begann Carlo plötzlich, M. zu attackieren. Er stürzte sich vom Bücherschrank auf sie, grub ihr seine Krallen in die Stirn, fletschte die Zähne und schrie. Am Telefon demonstrierte M. mir, wie er sich anhörte, Knurren, das in ein grauenvolles Kreischen überging. Er ist verrückt geworden, sagte sie, ich weiß nicht, was ich tun soll, der Tierarzt sagt, das sind die Hormone, aber ehrlich gesagt wirkt er eher wie vom Teufel besessen.

Nicht lange danach verschwand er. Einen Tag später

fand sie seine kleine Leiche zusammengerollt in einem Schuhkarton auf dem Flur unter einem Haufen von Jacken. Sein tiefschwarzes Fell glänzte, wie es das zeit seines Lebens nie getan hatte, aber es hatte nichts Lebendiges, und jetzt, da ich das schreibe, muss ich zum dritten Mal an Tanizaki denken, der fasziniert war vom unergründlichen, glänzenden Dunkel japanischer Lackarbeiten, denn genauso war der Todesglanz von Carlos Fell: Dunkel, das im Dunkeln aufleuchtete ...

Wir begruben ihn in M.s Garten, während der Nieselregen wie ein riesiges Sprinklersystem auf uns niederging. M. hob ihn aus dem Schuhkarton, in dem er gestorben war, und legte ihn vorsichtig in das Grab, das wir für ihn unter seinem Lieblingsstrauch ausgehoben hatten.

Lieber Carlo, sagte sie, das war also Glück. Zuerst hast du dich leer gefühlt. Danach wurden deine Augen feucht: Es war Glück, aber wie bin ich sterblich und wie übersteigt die Liebe zur Welt mich.

Wir schaufelten die Erde wieder über ihn, bis da keine Katze mehr war und auch kein Loch, nur ein Rechteck, das höchstens ein paar Tage lang etwas dunkler sein würde als die Erde ringsum.

Dieses Frühjahr gefällt mir nicht, sagte M.

Es war April und fast zwanzig Grad warm, doch sie trug hartnäckig ihren Wintermantel und sogar einen Schal. In allem erblickte sie ominöse Vorzeichen. Sie hatte ihre Glückskette verloren. Jemand hatte ihr weißen Flieder mitgebracht. Sie hatte eine Entzündung im Mund bekommen, die dadurch entstanden war, dass sie einen gesunden Backenzahn kaputt geknirscht hatte, dessen Splitter sich dann ins Zahnfleisch bohrten. Schließlich war sie in dieser

Nacht von einem Höllenlärm aufgeschreckt: Der Spiegel in ihrem Badezimmer lag in unzählige Stücke zerborsten auf dem Fliesenboden.

Außerdem, sagte sie, hat irgendein Idiot einen Aufkleber auf mein Rad geklebt, auf dem steht THIS IS A BAD END STORY.

Das bedeutet aber nicht, sagte ich, dass du den Aufkleber nicht selbst wieder abziehen kannst.

Die einzige gute Nachricht, sagte M., sei, dass ihr Horoskop jetzt ein ganz klein bisschen positiver aussehe, auch wenn ihre Beziehungen noch mindestens das ganze Jahr über unter der eiskalten Energie von Saturn im siebten Haus zu leiden hätten.

Der Mond reflektiert das Licht der Sonne, sagte sie, aber er kreist um die Erde. Der Sonne ist es lieber, dass alles um sie kreist, verstehst du?

Ich warf einen Ball für Theo, der wie immer übereifrig hinter ihm herrannte, um, sobald er ihn erreicht hatte, sein Interesse daran vollständig zu verlieren. Ich hatte mich längst entschieden, darin eine tiefe Weisheit zu erkennen und nicht länger auf einen Hund zu hoffen, der die Sachen zu mir zurückbrachte.

Meine Lektorin, sagte ich, bezeichnet deine Rolle in meinem Buch als *comic relief*.

Aber ich bin überhaupt nicht komisch, sagte M. Ich bin eigentlich immer traurig. Oder böse. Ich nehme alles, egal wie, sehr ernst.

Sie hat auch gefragt, was Theo in dieser Geschichte zu bedeuten hat, außer dass er eine Ausrede für uns ist, weiterhin ewige Runden durch den Park zu drehen.

Er ist keine Ausrede, sagte M. Theo ist Theo.

Wir gingen an der Gruppe vorbei, die, betreut von der

Frau in Rot, wie immer hingebungsvoll Tai-Chi übte. Von der gemächlichen Lautlosigkeit ihrer Bewegungen ging große Schönheit aus. Als ob sie ganz leichte Gegenstände trügen oder bedeutsame Fragen stellten, ohne jemandem eine Antwort abzuringen. Selbst Theo hatte immer Respekt vor diesen Menschen, an denen er ganz ruhig und ohne zu bellen vorbeilief.

Wie es mit dem Pferd Carlo weitergehe, wollte sie auch wissen, sagte ich. Sie fand, dass ich, oder eigentlich du, nicht einfach mit einem Pferd ankommen kann, das in der restlichen Geschichte dann keine Rolle mehr spielt.

Das wirkliche Pferd Carlo, sagte M., ist, glaube ich, mittlerweile gestorben.

Sie hatte einige Tage das Haus und die Katze ihrer Eltern gehütet. Die Weide, auf der Carlo normalerweise stand, war die ganze Zeit leer geblieben.

Wenn ich jetzt darüber nachdenke, sagte M., war das vielleicht der Beginn der schlechten Vorzeichen.

Ich fragte sie, ob ich beziehungsweise die Person, die sie aus mir gemacht hatte, noch immer lebte, wie sie es vorgehabt habe.

Das schon, aber *goodness*, du machst es mir nicht leicht. Ich versuche, ein Essen zu beschreiben, so ein typisches Essen unter Dreißigjährigen mit gutem Wein und Rezepten aus einem Kochbuch. Du wohnst mit deinem Mann und zwei Kindern in einem urbürgerlichen Haus. Küche mit hoher Theke, vielleicht sogar mit einer Kochinsel.

Dann hast du mich ökonomisch gesehen auf jeden Fall vorangebracht, sagte ich.

So ein Essen, das ich persönlich schrecklich finde, sagte M. Um den Tisch herum hocken und irgendwas quatschen, und wehe, es fällt ein schlüpfriges Wort.

Ich weiß, dass du das schrecklich findest.

Ich habe mir selbst auferlegt, sagte M., die Sache in dieser Szene nicht völlig aus dem Ruder laufen zu lassen. Das ist noch das Schwierigste, dass jeder sich zurückhält und höflich am Tisch sitzen bleibt. Die beiden Kleinen mit frisch gewaschenem Haar ins Bett, eine Gute-Nacht-Geschichte, alles sicher und geborgen und lau und seicht.

Und dann wird eines der Kleinen gekidnappt, sagte ich.

Nein, nein, sagte M. Vielleicht sollte ich als Motto die folgende Zeile aus dieser Rezension von *Warten auf Godot* nehmen: *Nothing happens, twice*. Auch wenn ich vermute, dass das Buch hochkant misslingt und ich es ins Altpapier schmeißen muss.

Theo, dem ich laut meiner Lektorin *Bedeutung* verleihen sollte, war im Gebüsch neben dem Freilaufgelände verschwunden. Jetzt, wo es wärmer wurde, im Park mehr los war, die Alkoholiker und Junkies ihr Saisonlager aufgeschlagen hatten, musste ich wieder besser aufpassen. In jedem Frühjahr und Sommer hörte man Stories von Hunden, die von gefressener Heroinkacke high wurden und schleunigst zum Tierarzt gebracht werden mussten.

Als ich Theo aus dem Gebüsch – das tatsächlich übersät war mit Nadeln, kleinen Plastiktüten, Aluminiumfolie und Toilettenpapier – gezerrt hatte, kam eine WhatsApp. *Bitte, Liebste, nimm Stendhal, Stendhal gehört nicht mir, weil ich ihn zitiert habe. Er gehört allen, ich hasse dieses gierige Gehabe, nimm alles, was du brauchst, alles. Bring meinetwegen Stendhal in Zusammenhang mit allen Hundeliebhabern und verkünde die These, wo Stendhal das Wort Liebe verwendet, müssten wir eigentlich das Wort Hund lesen, weil dieser große Schriftsteller, dieser Erforscher finsterer und weniger finsterer menschlicher Leidenschaf-*

ten, unser Stendhal, nicht imstande war, Menschen zu lieben, nur Hunde.

Was schaust du so glasig, sagte M. Du wirkst wie high vor Glück.

Es ist Frühling, sagte ich. Nimm wenigstens den Schal ab.

Ich habe die Makrelen selbst geholt, in der Fischhandlung ein paar Straßen weiter. Sechs frische Makrelen, ausgenommen, ohne Kopf, halbiert. Hätte ich die nötige Zeit gehabt, dann hätte ich es zu Hause gemacht: die Fische unter einen Strom lauwarmes Wasser gehalten, das Filetiermesser zwischen den beiden Brustflossen in gerader Linie bis zum Anus gezogen, die Innereien mit ein paar Fingerbewegungen rausgeholt.

Zwei Sträuße weiße Lilien bei der netten Frau in der Holzbude in der Linnaeusstraat gekauft. Immer Blumen im Haus, immer ein gemachtes Bett: meine Mutter. Noch eine Stunde, bis Daniël Arie bringt. Ich wische den Wohnzimmerboden, hänge die Wäsche zum Trocknen ins Treppenloch, ersetze die heruntergebrannten Kerzen durch neue, gieße die Pflanzen, alles lebt noch. Dies ist mein Heim.

Die Polenta habe ich schon gestern gekocht, sie steht abgekühlt und eingedickt im Kühlschrank, ich brauche sie nur noch in Scheiben zu schneiden und in der Pfanne zu braten, der schweren Le-Creuset-Pfanne, die ich von meiner Mutter bekommen habe – wieder meine Mutter, reinigen mit Küchenpapier und einer Handvoll Salz, keine Seife, niemals Seife. Das Rezept ist einfach, es stand in einem Ottolenghi-Buch, das ich von Daniël bekommen habe. Steht. Die Soße kann man schon am Vortag machen, was ich auch getan habe. Sellerie in dünnen Scheibchen, grüne Oliven (gute Qualität, entkernt), Kapern, große gelbe Rosinen, glatte Petersilie, Honig, Sherryessig, Olivenöl natürlich. Die Makrelenfilets im letzten Augenblick für ein paar Minuten unter den Backofengrill, fertig. *Alle scheinbar widersprüchlichen Geschmacksrichtungen verbinden sich hier auf überraschende Weise und kreieren so ein harmonisches, köstliches Gericht.*

Lies und Ellis werden die Ersten sein, mit Lavendelwurst und einer Flasche kaltem Cidre von Erik's. Ellis wird die Wurst in hauchdünne Scheiben schneiden, den Cidre entkorken. Ich halte zwei Gläser unter die Flasche, wir prosten. Aus dem Wohnzimmer werden wir Lies mit hoher Stimme zu Arie sprechen hören. Ellis lehnt sich an die Arbeitsplatte, steckt sich geistesabwesend eine Wurstscheibe in den Mund. Okay, wird sie sagen, während sie mit dem Hinterkopf eine Bewegung grob in Richtung Wohnzimmer macht, inzwischen wissen wir beide nicht mehr, was wir wollen, glaube ich, nur noch, was wir nicht wollen, und dieses Nicht-Wollen ist präzise auf die Vermutung abgestimmt, was die andere *will*.

Ellis wird mir jetzt eine Frage stellen, zu mir, zur ganzen Situation, und ich werde sagen: Eigentlich läuft es ganz gut, Arie schließt so leicht Freundschaften, er scheint mit seinen vier Jahren Dinge über soziale Interaktion zu verstehen, die ich selbst jetzt noch nicht beherrsche. Erst später am Abend werde ich mehr erzählen, wenn ich meinen Gästen genug zu essen und zu trinken vorgesetzt habe, wenn ich selbst genug getrunken habe und mich hinsetze und aufhöre, mir Sorgen darüber zu machen, wie jeder sich fühlt und ob es genug war und über die Musik, und nachdem wir Lucy getröstet haben, die schon von dem

Moment an, als sie unten klingelt, am Rande der Tränen sein wird und als Letzte der Gesellschaft ins Wohnzimmer tritt, den Rest begrüßt, vorsichtig einen Schluck von dem Cidre nimmt, als wäre es heißer Tee und sie aus Reispapier.

Arie zieht sich am Treppengeländer hoch, gefolgt von Daniël, der neuerdings schicke Jacketts trägt, weiche Wollschals, eine Brille, die ihm gut steht. Ein Vater, kein Trottel, der nur so tut als ob, so einer mit einer verzerrten, zu lauten Stimme und *schicken Sneakern* mit Akzenten in cognacfarbenem Leder. Arie in meinen Armen, kurz, dann saust er los. Er schmeißt seinen Dino-Rucksack in die Ecke und windet sich aus seinem schon wieder zu kleinen Wintermantel, dieser Junge wächst nicht, sondern explodiert wie Popcorn in der Pfanne.

Daniël gibt mir eine Zusammenfassung der letzten Tage. Einmal groß in die Hose gemacht, Knie auf dem Schulhof aufgeschürft, endlich beim Friseur gewesen, keine Gespenster, keine Albträume.

Oh, und gestern Nachmittag, sagt Daniël. Sie hatten bei Heleen und Maarten vorbeigeschaut. Louis hatte genau an dem Tag eine Brille bekommen, und schon bei der Ankunft warnte Maarten Arie, er solle vorsichtig sein, es sei eine sehr teure Brille gewesen und außerdem müsse Louis sich erst noch an sie gewöhnen. Natürlich schubste Arie den armen Louis schon nach ein paar Minuten um. Brille am Boden, Lippe zerbissen, Maarten eiligst auf der Suche nach dem Verbandkasten.

Wie dem auch sei, sagt Daniël, die Jungs gehen irgendwann rauf zum Spielen, wir hören von Zeit zu Zeit Gepolter, man sieht Maarten an, dass er sich nach Kräften bemüht, sich zu entspannen, aber nach dem zweiten Kaffee hält er es nicht mehr aus. Ab nach oben, und was sieht er? Die beiden haben, selbstverständlich auf Aries Initiative hin, die Bücherschränke in Heleens Arbeitszimmer, soweit sie drankamen, komplett ausgeräumt. Alle Bücher kreuz und quer auf dem Boden verstreut. Aus Maartens und Heleens Schlafzimmer haben sie ein blaues Laken geholt und das so halbwegs über die Bücher drapiert. Arie steht in Unterhose auf Heleens teurem Bürostuhl, Louis daneben, ebenfalls in Unterhose, von der Brille natürlich nirgends eine Spur. Ohne eine Miene zu verziehen, erklärt Arie, dass das ein Schwimmbad sei, und zur Illustration springt er mit ausgebreiteten Armen vom Stuhl auf das Laken und die ganzen Bücher. Heleen völlig hysterisch wegen der Bücher, *ihrer* Bücher, darunter sind seltene antiquarische Exemplare. Ich ermahne die Jungs also streng, Maarten ebenfalls noch mal. Und schon hat Maarten Arie bei den Schultern gepackt und ins Gästezimmer gesetzt, Tür zu. Louis in sein eigenes Zimmer. So, sagt Maarten, lass sie da mal eine Weile hocken und über ihre Sünden nachdenken.

Über ihre Sünden nachdenken! Ich konnte nicht wirklich was dagegen sagen, sagt Daniël, ich meine, ich war bei ihnen zu Besuch, und Heleen war wirklich traurig wegen der Bücher. Ganz behutsam fängt sie an, sie wieder in die Schränke zurückzustellen, alphabetisch geordnet, du kennst sie ja. Unten schenkt Maarten uns ein Bier ein, und da sitzen wir, Maarten total verbissen, fast hätte er mit den Zähnen geknirscht, und ich bemühe mich, keine falschen Witze zu reißen, und vor lauter Unbehaglichkeit biete ich eben an, den Schaden zu begleichen oder irgend so was Idiotisches. Egal, nach einer Dreiviertelstunde ungefähr beschließt Heleen, es sei Zeit, die Jungs aus ihrem Leiden zu erlösen. Ich mache die Tür zum Gästezimmer auf, und da sitzt Arie, ganz ruhig auf der Bettkante. Er fragt nur, ob wir gleich nach Hause gehen, und das ist alles. Äußerst höflich verabschiedet er sich von allen. Auf dem Rad nach Hause sagt er kein Wort. Danach sitzt er schweigend vor seinen Spaghetti, als wäre er, verflixt noch mal, nicht böse, sondern *enttäuscht*.

Wie sein Vater, denke ich. Wirkt lieb, ist lieb, aber dabei so ausgefuchst wie nur sonst was. Und stolz, bei alledem so verdammt stolz und aufrecht. Nicht kleinzukriegen.

Ich frage Daniël, ob er kurz reinkommen will, ich habe Wein kalt gestellt und Bier, aber er schüttelt den Kopf, er muss weiter, Verabredungen.

Lucy sagt, er würde mich zurücknehmen. So funktioniert das nicht, sage ich, nicht mal hypothetisch. Ich rufe Arie, der den Eimer mit seinen Autos bereits auf den Boden gekippt hat. Daniël hockt sich in der Tür hin. Aries Haar ist hinten ganz komisch kurzgeschoren, eine gerade Linie von Ohr zu Ohr, als solle entlang dieser Linie ein Schnitt gemacht, der Kopf aufgeklappt und danach unter den Grill gelegt werden, und außerdem, Daniël hat gerade ein Haus gekauft, zusammen mit ihr.

Merkur, Venus, Erde, Erde, Erde … Mars!

Arie hat Lies in sein Zimmer gezogen, wo er ihr sein Glow-in-the-dark-Planetenmobile zeigt. Alle Planeten unseres Sonnensystems, maßstabsgerecht. Er merkt sie sich mit einer Eselsbrücke, die er von Daniëls Vater gelernt hat. Etwas mit acht Metern Stoff und einem japanischen Nachthemd.

Pluto darf da nicht mehr dabei sein, habe ich gehört,

sage ich zu Ellis und Lucy, die ich an die neue Küchentheke gesetzt habe. Degradiert worden zum Zwergplaneten.

Ich habe eine Küchentheke, und die Makrelenfilets liegen auf einer Schale, ihr Schuppenmuster sieht aus wie gemalt, es könnte eines von Lucys Projekten sein, minutiös imitierte Makrelenfilets aus glänzendem Porzellan. Frag nicht nach Lucys Mutter, sage ich zu mir selbst, frag einfach nur: Wie war dein Tag? Später.

Also, Carmen bringt jemand mit?, sagt Ellis.

Ja, eine Kusine. Maria, Marja? Irgend so was. Eine Yogalehrerin, habe ich verstanden. Reist in der ganzen Welt herum, aber jetzt ist sie für ein paar Monate in den Niederlanden, weil ihre Schwester ein Kind bekommt.

O Gott, sagt Ellis. So eine.

Das weißt du nicht, sagt Lucy.

Das weiß man immer. Schöne Theke übrigens, *very Eigen Huis & Interieur.*

Ich stelle uns Gläser hin, schenke ein. Ellis nimmt einen Schluck und sagt, sie sollte weniger trinken.

Wisst ihr noch, sagt Lucy, dass ich eine Weile Bikram-Yoga gemacht habe? Diese Folterpraktiken in einem bullenheißen Raum? Neulich habe ich einen Podcast gehört über den Begründer, Bikram Choudhury.

Hat sich sicher wieder als Vergewaltiger entpuppt, sagt Ellis.

Ich sehe mir meine Freundinnen an, Ellis mit ihrem bösen Gesicht, Lucy, die nie den Mittelweg zwischen Schweigen und Sprechen finden kann und jetzt zu Letzterem übergegangen ist. Im Eiltempo berichtet sie uns allerlei Wissenswertes über diesen Guru, Indien, Hollywood in den siebziger Jahren, Massenverehrung, Fehlverhalten, in der Tat, Missbrauch in Weinstein-Dimension, implodiertes Imperium, na ja, mehr oder weniger, denn er läuft noch immer frei herum und hier, in unserer Stadt, gibt es diese Bikram-Schule auch immer noch. Das treibt ihr die Röte in die Wangen, Ellis trinkt zu schnell und verdreht, ohne es selbst zu wissen, die Augen, als wir Lies in Aries Zimmer hören, die bewundernde Ausrufe von sich gibt. Ich frage mich, ob das unser Leben ist, das hier an meiner Küchentheke, oder nur dessen Betrachtung, wahrscheinlich beides.

Ich muss dafür sorgen, dass Arie im Bett liegt, bevor wir uns zu Tisch setzen. Arie im Bett, erst dann die Fische unter den Grill. Vielleicht kann Lies ihm vorlesen, oder Carmen, wo bleibt die eigentlich, Arie ist von allen am meisten in Carmen vernarrt, und recht hat er. Nach Lucys Meinung kann man nur dann so mühelos durchs Leben gleiten, wenn man nicht schon die hundertste Inkarnation von irgendjemandem ist, so wie wir. Carmen ist neu auf diesem Planeten, sagt sie, die Geschichte kennt sie nur aus Büchern, das ist etwas anderes. Es klingelt, einen Moment lang erwarte ich das Bellen eines Hundes, merkwürdig, es gibt keinen Hund, hat auch nie einen gegeben.

Carmens Kusine heißt Mia und ist, anders als erwartet, ganz und gar nicht drahtig. Ziemlich klein und weich, kurze, kräftige Beine, breite Schultern, lebhaftes Gesicht, feines blondes Haar, hochgesteckt, ein paar lose Locken an den Schläfen. So jemand, die auf manchen Fotos toll aussieht und auf den meisten schrecklich. Ich mag sie auf Anhieb, sie ist lieb, aber auch wieder nicht übertrieben lieb zu Arie, fragt keine von uns, was sie *im täglichen Leben* macht, trägt einen Rock, der ihr nicht steht – zu lang für diese kurzen Beine.

Die Makrelen sind nicht misslungen, und sogar Lucy nimmt sich ein zweites Stück Polenta. Carmen – hinreißend mit ihren dunklen Locken, zwei gigantische rote Plastikscheiben in den Ohren, Lippen im selben Ton – erzählt von einer Freundin, die seit einer Weile etwas mit einem Kollegen hat. Wenn sie nicht am Arbeiten oder am Vögeln sind, telefonieren sie stundenlang miteinander. Carmens Freundin hat aber eine Familie und kann gar nicht unbemerkt stundenlang telefonieren. Also sagt diese Freundin zu ihrem Mann, dass es Carmen sehr schlecht gehe, damit platzte sie eines Abends heraus, und seitdem ist die Lüge immer weitergesponnen worden. Carmen sei nervlich am Ende, von allem überfordert, vegetiere tagelang auf der Couch vor sich hin. Und sie ist natürlich allein, sagt die Freundin zu ihrem Mann, das hilft auch nicht gerade.

Das Schlimmste ist noch, sagt Carmen, dass ich seit kurzem alle möglichen besorgten Nachrichten von *ihm* erhalte, also von ihrem Mann, er will mit mir reden und sich mit mir treffen und was weiß ich noch alles.

Vielleicht, sagt Ellis, solltest du was mit ihm anfangen, fürs Gleichgewicht. Und dann dein Herz bei deiner Freundin ausschütten, über deine Affäre mit einem verheirateten Mann.

Das könnte ich nicht, sagt Carmen. Überhaupt nicht mein Typ. Schlaffe Schultern, T-Shirts mit Aufschriften.

Aufschriften?

Ja, was weiß ich, solche quasiwitzigen, quasigesellschaftskritischen Aufschriften. So was wie *John & Paul & George & Fuck Brexit*.

Das ist wirklich schlimm, ja, sagt Lies. Nicht, dass der Brexit nicht auch schlimm wäre.

Ich schenke nach, es läuft gut, Ellis legt ihre Hand auf

die von Lies und sagt etwas von einer neuen Kategorie von Heteromännern oder eigentlich Heteros im Allgemeinen, die auf einmal alle unbedingt queer sein wollen, einfach weil das so schön frei klingt, nichtbinär, damit steht einem alles offen. Frauen küssen andere Frauen mit der Zunge, es öffnet ihnen echt die Augen, aber vor dem Rest haben sie natürlich eine Heidenangst.

That's all very nice honey, sagt Lies, *but if you're not gonna eat pussy, you're not a dyke.*

Danach, sagt Ellis, können sie sich natürlich gar nicht schnell genug mit ihrem Freund einen Hund zulegen, ein Haus und, tatsächlich, ein Kind. Lesben dürften gern ein bisschen mehr Anerkennung dafür bekommen, dass sie die Stütze der Gesellschaft aufrechterhalten.

Ups, sagt Mia. Nicht, dass ich ein Kind hätte. Oder ein Haus. Oder je ein Haus haben werde.

Und dann geht es um Häuser, Zeitverträge, diese Stadt, diese kranke Stadt, in der wir irgendwann mal gelandet sind, als uns noch kleine Zimmer ohne Möbel genügten, und da höre ich Arie, erst leise, Mama, dann aber immer lauter, und ich erkenne es in seiner Stimme wieder, das Schwache und zugleich Scharfe, die Angst und die Lähmung, Mama, Mama, und ich bin es, ich bin diejenige, die kommt, wenn das Kind ruft.

Ich laufe aus dem Wohnzimmer, weg von den Stimmen und dem Kerzenlicht, auf dem Flur ist es kühl und dunkel. Arie hat aufgehört zu rufen, vielleicht weil er meine Schritte hört oder vielleicht weil er tot ist. Tagsüber ist dieses Haus klein und übersichtlich, nachts aber wirkt es anders, die Dimensionen nur ein dünner Firnis über etwas, was in Wirklichkeit unendlich größer und tiefer ist. Arie hat Angst in diesem Haus, er will nur schlafen, wenn seine Pinguinlampe an ist und die Tür einen Spaltbreit offen. Daniël sagt, das sei eine Phase, seit wann sagt er solche Dinge? Vielleicht hat sie was darüber nachgeschlagen – die Psychologie des Kleinkindhirns, Angst in verschiedenen Entwicklungsphasen.

Aries Tür ist zu. Ich höre die Stimmen meiner Freundinnen nicht mehr, und für einen Moment scheint es, als wäre ich selbst wieder ein Kind, das Angst hat im Dunkeln, Angst, von meinen Eltern und ihren Freunden wegzugehen, der Schoß meines Vaters, das Summen seiner Brust, das Haus unermesslich, unbegreiflich.

In einer bestimmten Art von Film würde ich Aries Tür leise öffnen, ein Windhauch, der die Gardinen vor den Flügeltüren zum Garten aufbauscht, ein gehetzter Blick auf sein Hochbett, und von diesem Punkt an ist zweierlei möglich: Arie schläft dort ruhig, oder er ist weg. Im ersten Fall werde ich, die Mutter, meine Hände kurz an sein Gesicht legen und ihn auf die Stirn küssen. Danach schließe ich die vom Wind aufgedrückten Türen, die Kamera zoomt mein Gesicht heran, man kann sehen, dass der kurze Moment von Todesangst mir jetzt schon wieder merkwürdig vorkommt, ziemlich lächerlich, als würden Kinder einfach so gestohlen, würden in die Nacht verschwinden (das passiert nur in Filmen, denkt die Mutter im Film). Dennoch bedeutet diese Erleichterung im Kontext der Geschichte etwas anderes, natürlich, der Zuschauer weiß mehr als die Mutter, zum Beispiel dass dies ein Film ist und wir diese Szene nicht grundlos sehen, sie ist eine Warnung, ein Vorbote. Letzten Endes wird die Drohung wahr werden. Letzten Endes wird sich zeigen, dass es die Mutter selbst ist, in der sich Angst und Gefahr vereinen.

Arie sitzt aufrecht im Bett, der Pinguin verbreitet eine sanftgelbe Glut, Mama, sagt er leise, ich gehe zu ihm, lege meine Hände um sein erhitztes Gesicht, ruhig, mein kleiner Mann, ich bin hier, du bist hier.

Jeder sagt, dass Arie eine Kopie von Daniël ist, aber seine Albträume hat er von mir. Darin verstehe ich ihn ganz und gar, wortlos. Ich weiß, dass er es nicht erklären kann, jetzt nicht und auch nicht, wenn er zehn ist oder zwanzig oder fünfunddreißig. Wer solche Albträume nicht kennt, wird nie verstehen, wie sie einem dichten Nebel gleich über dem Tag hängenbleiben, der dann folgt, wie sie einen in zwei Teile spalten, wie ein Teil deiner selbst stets in der Dunkelheit zurückbleibt und sich erst Stunden, manchmal sogar Tage später wieder zu einem gesellt.

Er ist erst vier, mein Sohn, seine Ängste kennen nur wenig konkrete Formen. Vorläufig nimmt alles die Gestalt eines Gespenstes an. Auch jetzt ist ein Gespenst da, Arie zeigt, ich gehe zu der Gardine, die schwer und reglos vor der Tür zum Garten hängt, ziehe sie zurück, siehst du, mein Liebling, kein Gespenst da. Wir spielen die bekannte Routine durch, Arie zeigt, und ich schaue nach: in den Ecken, im Schrank, unter seinem Hochbett, hinter seiner Lego-Pirateninsel.

Eigentlich, sagt Arie mit kleiner Stimme, *eigentlich* denke ich, dass das Gespenst im Schnabel vom Pelikan ist.

Ich drehe mich zu der Wand gegenüber von Aries Bett. Als wir hier einzogen, hat Carmen ein großes Wandbild für ihn gemalt: eine comicartige Giraffe mit einem Knoten im Hals und einen Pelikan auf dem Rücken, lauter fröhlich schwimmende Fische im Schnabel.

Da, sagt Arie, da hinter den Fischen!

Ich gehe zur Wand, schaue aus geringem Abstand in

den Schnabel mit den Fischen, es sind fünf, sehe erst jetzt, wie ausdrucksstark sie sind, wie viel Charakter Carmen ihnen gegeben hat. Sie wirken wie kleine Menschen, gefangen in einem Fischkörper. Als ich mit dem Gesicht noch näher an die Wand herangehe, sind es nur noch Pinselstriche, die überhaupt keinen Zusammenhang zu haben scheinen oder zumindest keinen Zusammenhang, der irgendetwas mit den Fischen zu tun hat. Ich sehe die Textur der Farbe, der Wand darunter, so aus der Nähe überraschend ungleichmäßig, uneben, voll kleiner Ausstülpungen und Dellen, es sieht aus wie Haut, *und wussten Sie, dass die Haut das größte Organ ist*, ich lege meine Hand auf die Wand, wie ich meine Hand auf das Gesicht meines Sohnes lege, Mutterkörper, Muttergesten.

Ich weiß nicht, wie lange ich da vor der Wand stehe, zehn Sekunden, zwanzig?, aber als ich Aries Stimme wieder höre, scheint es, als wäre ein kleines Stück übersprungen worden, als wäre ich von einem Moment zum anderen gegangen, ohne dass in der Zwischenzeit etwas stattgefunden hätte. Ich kenne solche zeitlichen Abwesenheiten, solange ich mich erinnern kann, ein kurzes Wegtauchen des Bewusstseins. Vielleicht gibt es eine neurologische Erklärung dafür, doch ich habe immer lieber geglaubt, dass mein Geist tatsächlich irgendwo anders war. Gekrümmter Raum, expandierendes All.

Arie sitzt noch immer im Bett wie vorhin, ernst aufgerichtet, wenngleich seine Angst verebbt zu sein scheint. Ich gehe zu ihm, er legt sich jetzt hin, ich decke ihn zu.

Mama, sagt er.

Ja, mein Liebling.

Noch *ein* Mal das Ende von Buttje, Buttje in der See.

Bi…?

Bitte.

Ich nehme das Buch von dem Stapel neben seinem Bett, schlage es bei der gewünschten Seite auf und beginne die Sätze zu lesen, die ich auswendig kenne.

Draußen aber ging der Sturm und brauste, dass er kaum auf den Füßen stehen konnte. Die Häuser und die Bäume wurden umgeweht, und die Berge bebten, und die Felsenstücke rollten in die See, und der Himmel war ganz pechschwarz, und es donnerte und blitzte, und die See ging in so hohen schwarzen Wogen wie Kirchtürme und Berge, sie hatten oben alle eine weiße Schaumkrone auf. Da schrie er und konnte sein eigenes Wort nicht hören.

Arie setzt sich ruckartig wieder auf.

Männlein, Männlein, Timpe Te!, ruft er. Buttje, Buttje in der See, meine Frau, die Ilsebill, will nicht so, wie ich wohl will!

So ist es, mein Kleiner.

Ich decke ihn wieder zu, streiche ihm das weiche Kinderhaar aus der Stirn, seine Augen drehen langsam weg, zitternde Lider wie kleine Motten um eine Kerzenflamme, dann gehen sie ein letztes Mal abrupt auf.

Mama, sagt er.

Ja, mein Liebling.

Ich glaube, das Gespenst hat mehr Angst vor uns als wir vor ihm.

Das glaube ich auch, ja.

Mama?

Ja, mein Liebling?

Was ich mich gerade noch gefragt habe: Ist Rot eigentlich eine Primärfarbe?

Meine Freundinnen sitzen noch am Tisch, die Kerzen brennen, überall leere Teller, leere und halbleere Flaschen, Gläser. Ich will das Geschirr abräumen, Kaffee und Tee kochen, aber Carmen hält mich zurück, komm, setz dich, trink noch was, Mia hat gerade angefangen, eine Geschichte zu erzählen.

Ein Geständnis, sagt Lies.

Na ja, sagt Mia.

Wir haben vorhin über ihren Yogakram gesprochen, sagt Carmen. Also, du weißt das noch nicht, aber Mia ist eigentlich Meeresbiologin. Promoviert und so.

Ich sehe eine kleine Mia vor mir – weißblonde Locken, kurze Hose, Sonnenkappe –, wie sie ernst in einen Gezeitentümpel starrt. Das Bild ist so detailliert, dass es wie meine eigene Erinnerung wirkt, eine Jugend, in der ich selbst dieses blonde Kind bin, Eimer und Käscher, das zarte Exoskelett einer geschälten Krabbe auf der Handfläche.

Und ich habe sie gefragt, sagt Lies, warum sie jetzt Yogaunterricht gibt anstatt, na ja, was eine Meeresbiologin eben so macht.

Mia schaut in ihr Weinglas, in das Ellis den Rest der Flasche gießt. Sie zögert kurz, dann nimmt sie einen großen Schluck. Ihr Gesicht ist rot angelaufen, als sie von ihrem Glas hochschaut. Unsere abwartenden, wohlwollenden Blicke. Ich kann ihr ansehen, dass es ihr leidtut, davon angefangen zu haben, und möchte ihr sagen, dass sie es nicht zu erzählen braucht, sie kann auch einfach wieder aufhören, ist uns nichts schuldig.

Das ist nichts, was ich erzähle, was ich je erzählt habe, meine ich. Mein Gott, das klingt jetzt wie was Großes, aber das ist es ja gerade, es ist nicht groß, es ist … ich weiß nicht mal, was es ist. Scham vielleicht. Ich war in Indonesien, mit einer Freundin. Wir wollten erst ein bisschen rumreisen und danach, auf Bali, einen Yogakurs machen. Sie wollte das gern, es gab einen Rabatt, weil es Nebensaison war. Mir war alles egal, ich hatte jahrelang im Schlick des Wattenmeers gestanden, unendlich viel Laborarbeit gemacht und eine Doktorarbeit geschrieben, die nichts an der Welt verändern würde, obwohl das Fazit unterm Strich ironischerweise lautete, dass wir in rasendem Tempo auf ihr Ende zusteuern.

Wir sind von Java nach Bali gereist, wohin wir nach einer Woche Lombok wieder für diesen Kurs zurückreisen wollten. Lombok war meine Idee gewesen, ich wollte dort auf einen Vulkan steigen, was wir auch taten, und danach hatten wir noch ein paar Tage übrig, die wir an den Stränden im Süden verbrachten. Wunderschöne, unberührte Strände, die man nur auf sandigen kleinen Wegen voller Schlaglöcher und Pfützen erreichte. Wir hatten ein Moped gemietet, ich fuhr, meine Freundin saß hintendrauf, zwei Frauen, eigentlich fast noch Mädchen, in kurzen Sommerkleidern auf dem Weg zum Strand. Meine Freundin trug eine Leinentasche seitlich über der Schulter mit unseren Strandsachen. Handtücher, Bücher, Sonnencreme, ein bisschen Geld und unsere Kamera – das war noch die Zeit, als man eine richtige Kamera auf die Reise mitnahm, so ein kleines, grellbuntes digitales Ding, ich habe keine Ahnung, was für Handys wir damals hatten, ob wir die mithatten. Ich meine mich zu erinnern, dass ich meine Eltern ab und zu aus Telefonkabinen in Internetcafés anrief.

Also gut, sagt Carmen, ihr wart auf dem Weg zu einem Strand.

Es war mitten am Tag, sagt Mia, kein Mensch zu sehen, Ramadan und Nebensaison, wie gesagt, als plötzlich jemand neben uns fuhr, auch auf einem Moped. Er machte ein Zeichen, dass wir anhalten sollten, also bremste ich. Später habe ich oft daran zurückgedacht, an dieses selbstverständliche Anhalten. Alles ist darin eingeschlossen: mein grenzenloses Vertrauen in den anderen und meine eigene Unverletzlichkeit, die privilegierte Vorstellung von der Welt als einem guten Ort, der tiefverwurzelte Reflex, jeder scheinbaren Autorität zu gehorchen.

Police, sagte der Mann, obwohl er ein einfaches weißes T-Shirt und Jeans trug. Von diesem Moment an erinnere ich mich an keine fließenden Bewegungen, nur eine Serie von Bildern, einen zusammengestümperten Stop-Motion-Film. Er bewegt die Hand zu seiner Gesäßtasche, ich vermute, dass er sich ausweisen will, doch im nächsten Moment hält er ein großes Messer in der Hand, so ein Buschmesser, mit dem man das Land bearbeitet. Unser Moped liegt jetzt auf dem Weg, wir sind offenbar von ihm runtergesprungen, der Mann hält das Messer mit gestrecktem Arm über dem Kopf und geht auf meine Freundin zu. Ich sehe mich selbst auf einem kleinen Hügel stehen, während ich von oben auf die Szene hinunterschaue, die sich unter mir abspielt. Ich weiß, dass diese Perspektive unmöglich ist, eine Konstruktion, die ich nachträglich vorgenommen haben muss – jetzt schwingt der Mann seine Machete, sehr übertrieben, als würde er nicht begreifen, dass allein schon der Anblick des Messers genügt. Ich denke an den Nullachtfünfzehn-Thriller im Rucksack meiner Freundin, in dem ein Serienkiller alle möglichen Frauen erwürgt und zerstückelt, weil seine Mutter ihn einst verlassen hat. Alle diese kleinen Meldungen über getötete Touristen, die

Gewissheit, plötzlich, dass von uns nur so etwas übrig bleiben wird.

Mia starrt auf die Fischreste auf ihrem Teller, sie hat die Haut liegen lassen, Sünde, ich will ihn wegnehmen, diesen Teller und alle anderen, ich will aufräumen, allein sein in einem dunklen, sauberen Haus und, ohne etwas zu tun, auf meiner Bettkante sitzen, aber Ellis hat uns wieder eingeschenkt. Wo hat sie die Flasche her? Warum erzählt Mia uns diese Geschichte, und wer ist Mia, was will sie außer in meinem Haus sein, an meinem Tisch sitzen und meine Freundinnen für sich einnehmen? Wann war ich zum letzten Mal nicht müde?

Im nächsten Bild, sagt Mia, steht der Mann ganz nahe bei meiner Freundin. Er fragt nicht nach ihrer Tasche oder macht entsprechende Handbewegungen, sondern greift nach dem Henkel, die Bewegung muss kontrolliert sein, denn im nächsten Moment fällt sie ihr vom Körper. Und ich, ich stehe auf meinem Hügel und rühre mich nicht. Es ist nicht so, dass ich angstgelähmt wäre. Wenn ich wollte, könnte ich mich mühelos bewegen, aber das ist der springende Punkt: Ich will nicht. Ich betrachte alles aus der Distanz, und sehr bewusst fasse ich den Entschluss, nicht einzugreifen. Später werden andere zu mir sagen, dass das vernünftig war, dass ich doch nichts hätte tun können, dass man jemandem, der mit einem Buschmesser herumfuchtelt, besser nicht auf die Nerven geht, aber die Wahrheit ist, dass ich in diesem Moment einzig und allein und ohne Panik an mein eigenes Leben denke. Ich bin froh, dass meine Freundin unsere Tasche trägt und nicht ich, dass er seine volle Aufmerksamkeit auf sie richtet und mich vergessen zu haben scheint. Und nicht nur froh, ich finde es auch gerecht, dass es so läuft, dass ich verschont werde.

Mia dreht den Stiel ihres Glases zwischen den Fingern, der Rest Wein schwappt hin und her, ich weiß nicht, ob sie in ihrer Geschichte verschwunden ist oder sich ganz aus ihr herausgenommen hat.

Vielleicht, sagt sie, den Blick auf den schwappenden Wein gerichtet, muss ich noch dazusagen, dass meine Freundin die Hübsche von uns beiden war, und nicht nur von uns beiden, sie war mühelos die Hübscheste in jedem Raum, den sie betrat. Alles an ihr war leicht und fein, sogar nach all den Jahren unserer Freundschaft konnte ich mich kaum sattsehen an ihrem Gesicht, das wie mit liebevoller Präzision aus einem Stück Marmor herausgemeißelt schien. Kleine elfenartige Ohren ohne Läppchen, sie saßen einfach direkt an ihrem Kopf, ich erwähne das, weil elegante Ohren selten sind, ich meine, Ohren, die auffallen, weil sie so elegant sind. Sogar ihre kleinen Unvollkommenheiten schienen beabsichtigt, das eine Auge, das wegdrehte, wenn sie müde war, die Narbe, die wie ein hauchdünnes silbernes Schmuckstück von ihrer Augenbraue zur Schläfe lief.

Igitt, sagt Lies. So eine mit nur *charmanten* Mängeln.

Dagegen ich. Ich bin so eine, die man verlässlich findet, nett, integer. Ein Mann hat mich mal als *bodenständig* bezeichnet, darüber bin ich, glaube ich, nie hinweggekommen. Und es war immer so, als würde diese Freundin das in mir noch verstärken, dieses Bodenständige, als würde meine einzige Option darin bestehen, so zu sein, solide und stark, aber nie anmutig, nie zart. Als ich diesen Mann mit seinem Messer herumfuchteln sah, dachte ich: Schnapp sie dir. Mach sie kaputt und lass mich heil. Selten habe ich mich so sicher, so berechnend gefühlt wie da auf diesem Hügel, der kein Hügel war, das weiß ich selbst, obwohl es absolut ein Ort war, von dem aus ich alles überblicken konnte – was da vor sich ging, mich selbst, mein Leben bis zu diesem und ab diesem Moment. Ich war bereit für alles, was kommen würde, ich war bereit, Zeugin eines Mordes zu sein und um mein Leben zu rennen. Und ich war nicht nur bereit dafür, sondern ich sehnte mich danach, ich *wollte*, dass etwas Schlimmes passierte, etwas Unumkehrbares, ein Komet, der frontal auf mein Leben prallte und alles, was ich über mich selbst glaubte, auslöschen würde.

Wenn alle nachher weg sind, werde ich die übrig gebliebene Polenta in eine Vorratsdose legen, die leeren Weinflaschen in den Flur stellen, die Sofakissen aufschütteln, die Tischdecke in die schmutzige Wäsche tun. Dann werde ich ein letztes Mal bei Arie reinschauen. Vielleicht während ich meine Mutter anrufe, die sicher noch wach sein wird, immer wach ist. Einfach: Mama, wie war dein Tag?

Eine Woche später, fährt Mia fort, waren wir wieder auf Bali. Von dem, was geschehen war, war kaum etwas geblieben. Wir hatten darüber geredet, bis wir jedes Detail in eine gemeinsame Geschichte eingepasst hatten. Wir hatten sie unschädlich gemacht, eine Anekdote, die nicht das Misslingen unserer Reise illustrierte, sondern vielmehr der gesamten Erfahrung mehr Tiefe und Authentizität verlieh. Wir erzählten den anderen Kursteilnehmern davon, die anstelle von uns alle möglichen Lebenslektionen daraus destillierten. Manchmal kam es mir so vor, als gehörte das Ereignis mir nicht *mehr* als ihnen. Und manchmal zweifelte ich sogar daran, ob es überhaupt stattgefunden hatte, die Geschichte konnte sehr gut für sich existieren, sie schien so etwas wie eine ursprüngliche Quelle gar nicht zu brauchen.

Es fühlte sich an wie eine Enttäuschung, ja sogar wie eine Niederlage. Für einen kurzen Moment hatte ich eine

Rückseite gesehen, eine Vision, nicht die einer Zukunft, sondern von etwas anderem, das Negative einer Zukunft, womit ich nicht die Vergangenheit meine und auch nicht ausdrücklich eine Apokalypse, obwohl diese Dinge auch etwas damit zu tun haben. Ich hasste das Yoga-Retreat, das mich nicht ruhig machte, sondern in Rage brachte. Die Lehrer gaben quasitiefsinnige Sprüche von sich über Kontrolle und Hingabe und sagten geradezu beängstigende Dinge wie *Atme die Geschichte aus, die dich beisammenhält*. Die Sanskrit-Mantras bekam ich nicht über meine Lippen, es war alles Fake, nichts als Fake, die ganze Insel, alle diese suchenden westlichen Leute einschließlich meiner selbst. Zwei Wochen lang war ich so ungefähr in jeder Minute des Tages kurz davor abzuhauen. Meine Tasche ließ ich so gut wie unausgepackt. Ich vermisste das Meer, mein Meer, in dem ich so unendlich oft in hohen Gummistiefeln gestanden hatte, auf der Suche nach Antworten auf konkrete Fragen zur Evolution und zu den Überlebenschancen einer bestimmten zweiklappigen Molluskenart. Zum ersten Mal seit Jahren hatte ich keinerlei Zweifel an der Bedeutung dieser Fragen.

Dass ich blieb, Monate, sogar ein ganzes Jahr lang blieb, bis ich mir ein Zertifikat zusammengeübt hatte, war nicht die Folge eines Entschlusses. Ich tat lediglich etwas nicht, nämlich weggehen. Es war auf eine bestimmte Weise faszinierend zu sehen, wie mein Leben eine andere Richtung einschlug. Mit Erkenntnis hatte das alles wenig zu tun. Ich hasse die Arbeit nicht, und sie führt mich an die verschiedensten Orte, aber im Grunde ist es ein Versuch zurückzukehren, mich aus einer Katastrophe zu befreien, die sich so langsam vollzieht, dass es gar keine Katastrophe zu sein scheint, sondern ein Leben.

Oje, sagt Mia, als sie unsere Gesichter sieht, so hab ich es jetzt auch wieder nicht gemeint.

Carmen und Mia sind zu einer Geburtstagsparty gegangen. Lucy und Lies sitzen auf dem Sofa, mit Arie, der vorhin plötzlich mit der Mitteilung im Wohnzimmer stand, sein Pimmel sei weg. Ellis steht am Küchenfenster und raucht eine Zigarette, während ich die Spülmaschine einräume.

Die glücklichen Menschen geben anscheinend auch ein Essen, sagt sie. Da drinnen sieht es aus wie zu Weihnachten.

Seit ich hier letztes Jahr mit Arie eingezogen bin, bilden die Nachbarn im Hinterhaus die feste Kulisse unseres Alltags. Vom Küchenfenster aus schauen wir zu ihrem Wohnzimmer hinunter, geschmackvoll und warm, lebendig, immer Obst auf dem Tisch, Pfirsiche im Sommer, Mandarinen im Winter. Jeden Morgen winkt Arie der Nachbarin wie besessen, die ihren Haferbrei isst und dabei Zeitung liest. Sie hat noch nie zu uns hochgeschaut, aber das hält meinen Sohn nicht davon ab, ihr zuzuwinken.

Manchmal, sage ich zu Ellis, bleibe ich so lange am Fenster stehen und schaue hinüber, bis ich zu der Überzeugung gelange, dass ich sie mit Hilfe purer Geisteskraft in Bewegung versetzen kann. Ich erschrecke zu Tode, wenn dann tatsächlich einer aufsteht.

Tja, Menschen machen das halt.

Ellis fragt zum Glück nicht, wie es mir *wirklich* geht, jetzt, wo wir für kurze Zeit zu zweit sind, und das ist ein Merkmal guter, wahrer Freundschaft. Keine Geständnisse, keine Momente. Vor Jahren waren wir zusammen eine Woche in New York, lange vor Arie und sogar vor

Daniël, ich rauchte noch. Es war Juni und glühend heiß, wir trugen knapp abgeschnittene Jeans und tranken Cocktails, die wir nicht bezahlen konnten. Im West Village kamen wir eines Nachmittags an einem kleinen Schaufenster vorbei, das von einem großen, allsehenden Auge aus roten und blauen Neonröhren ausgefüllt wurde. In einer spontanen Anwandlung ließ ich mir für fünfundzwanzig Dollar aus der Hand lesen. Mittendrin war Ellis hinausgegangen. Statt der erwarteten Tirade über diesen Humbug schwieg sie während der letzten Blocks unseres Spaziergangs. Ich will das alles gar nicht wissen, sagte sie schließlich, und das war's.

Jetzt lehnt sie sich mit ihrer Zigarette aus dem Fenster, sie scheint in den letzten Jahren kleiner geworden zu sein, zerbrechlicher oder vielleicht einfach gebrochener.

Es kann gar nicht anders sein, sagt sie, die Leute da unten verbergen ein schreckliches Geheimnis.

Ich stelle mich neben sie, nehme einen Zug von ihrer Zigarette.

Diese Geschichte von Mia, sage ich.

Ja, sagt Ellis, ich verstehe, was du meinst. Fabriziertes Geständnis. Nicht bewusst, aber trotzdem. Scham, über die man sprechen kann, ist höchstens Scham *light*, verdünnt mit Eitelkeit oder einem Drang nach sogenannter Offenheit und Selbsterkenntnis, letztlich auch wieder Eitelkeit, nichts als Eitelkeit und Narzissmus.

Ellis ist angeheitert, ich selbst vielleicht auch, oder einfach betrunken. Der Rauch verfliegt in der kalten Nachtluft, irgendwo imitiert eine rollige Katze die Laute eines jammernden Babys, meine Fensterrahmen faulen vor sich hin.

Wir kennen uns selbst nicht, sagt Ellis schließlich, geschweige denn, dass wir wüssten, wofür wir uns schämen.

Wir schauen zu dem Wohnzimmer hinunter, überall Kerzen, die Leute am Tisch abgerutscht in den Dämmerbereich zwischen Zufriedenheit und Erschöpfung.

Sind wir das?, fragt Ellis. Wollen wir das sein?

Steh auf, denke ich, irgendeiner von euch, steh auf.

Manchmal fühlt es sich an, sage ich, als würde ich ein Buch über, was weiß ich, 1913 zu schreiben versuchen.

Warum 1913?

Das ist es ja gerade. Was ist 1913 denn für ein Jahr, hörst du jemals irgendwen davon sprechen?

Na ja, mir scheint, das ein oder andere war 1913 doch kurz davor, zu geschehen.

Genau. *Kurz davor, zu geschehen*. Aber ich spreche jetzt von 1913, unabhängig davon, was danach passierte, denn das wussten die Menschen 1913 auch nicht.

Ich hörte neulich jemand sagen, sagt Ellis, dass man nur dann über eine privilegierte westliche Mittelschicht schreiben darf, wenn den Figuren etwas Schlimmes widerfährt, nicht nur ihren Haustieren.

Der Kummer der Mittelschicht.

Guter Titel. Wann fing das an, dass wir alle ein bisschen Mitleid mit dem Leben der anderen zu haben begannen?

Hast du Mitleid mit meinem Leben?

Natürlich, ein bisschen. Du hast ein Kind mit Rotznase und fettigen Fingern. Eine *Küchentheke*.

Manchmal habe ich Angst, sage ich, dass ich mit dieser sturen, sanften Liebe zum Vater dieses Kindes alles verzerre. Weiter für alle koche. Weiter Blumen kaufe, weiter Betten frisch beziehe, Weichspüler benutze, der meine Handtücher viel zu weich macht.

Komfort ist vielleicht die dekadenteste Katastrophe, die es gibt, sagt Ellis, die dazu neigt, in Oneliners zu sprechen, wenn sie angeheitert ist, und nach einigen weiteren Gläsern völlig zu verstummen.

Könnte es nicht sein, sage ich, dass die Leute hier gegenüber ihr Leben einfach tatsächlich auf diese Weise führen? Ich meine, nicht in Abwesenheit von Leiden oder so, sondern dass sie ein gutes Leben gefunden haben oder sich zumindest jeden Tag von neuem bemühen, es zu finden.

Ellis sieht mich an und beginnt zu lachen.

Was bist du auf einmal mild, sagt sie, bist du verliebt oder was?

Ich meine, sage ich, wie im Kloster, sich jeden Tag wieder mehr oder weniger demselben hinzugeben und gerade darin das Neue zu entdecken. Alle diese festen Andachten am Tag, alle diese Rituale. Weißt du noch, wie ich eine Woche bei den Mönchen war? Auf dem kleinen Schreibtisch in meiner Zelle lag eine Broschüre. Darin stand, wie man Mönch werden kann, welche Schritte man absolvieren muss. Kandidatur, Postulat, Noviziat, zeitliche Profess, um dann schließlich nach Jahren und Jahren des Studiums und der Treue die feierliche Profess abzulegen. Vor allem der letzte Satz in dieser Broschüre ist mir in Erinnerung geblieben, da stand so was wie: Mönch werden ist ein lebenslanger Wachstumsprozess.

Verliebt, sagt Ellis, *obviously.*

Was wissen wir über die Frau, die das Tier zu sich nimmt? Vielleicht braucht sie etwas, das sie in ihre Obhut nehmen kann. Etwas Verletzliches, das ohne ihre Fürsorge nicht überleben würde; ein ewig schweigendes Kind.

Vielleicht will sie über den Hund zu jemandem werden, jemand anderem oder zumindest zu einer definierteren Version ihrer selbst. Sie begreift die Stille nicht, sie ängstigt sie. In ihr sind die Zahnräder stehengeblieben, wie bei einer altmodischen Uhr, die einst ingeniös zusammengebaut wurde, deren Mechanismus heute aber von niemandem mehr verstanden wird. Es ist viel verlangt von einer Uhr, sich selbst zu reparieren, genauso wie es von einem Menschen viel verlangt ist, die Dunkelheit zu ergründen, die sich im Inneren seines Körpers verbirgt.

Ein Hund ist etwas Starkes. Er wird eine aktive, gesunde Version von ihr ermöglichen, mit einem festen Tagesrhythmus und einer konstanten Zufuhr an frischer Luft. Die Frau sieht sich lange Dünenspaziergänge mit ihm machen, die an einem leeren Strand enden, wo er wie ein Reh ins Meer springt und nach den Schaumkronen schnappt, die von den Wellen wehen. Was die meisten Menschen nicht verstehen, ist, dass der Hund sie nicht binden, sondern frei machen wird. Gemeinsam mit ihm ist sie autonomer als allein. Er wird ihre Einsamkeit nicht aufheben, sie ist ihr Skelett, und ohne es kann sie nicht leben. Das Wunder des Hundes besteht ganz einfach darin, dass er kein

Mensch zu sein braucht. In ihm ist zwar eine Geschichte vorhanden, nie aber als begleitendes Rauschen zur Gegenwart: Wenn er das Meer sieht, erkennt er es, aber in der Zwischenzeit vermisst er es nicht.

Mit den Jahren lernt die Frau, was es bedeutet, den Hund zu lieben, wenngleich die Bedeutung der Liebe zwischen einem Menschen und einem Tier unendlich komplexer ist, als allgemein angenommen wird. Der Mensch gibt dem Tier etwas und umgekehrt, doch nie geben sie einander das Gleiche. Ihre Liebe ist eine Korrespondenz voll ungeöffneter, aber dennoch beantworteter Briefe.

Vielleicht, denkt die Frau, reicht sogar das Wort Liebe nicht aus. In einer Sphäre ähnlich der des Halbschlafs schaut sie auf den Hund mit den Augen des Hundes. An der Stelle ihrer Nase spürt sie seine Schnauze, auf ihrem Brustbein sein weiches Flauschhaar, an der Innenseite ihrer Hände seine rauen Ballen. Den Hund zu verstehen heißt: der Hund zu werden, und wer ein Hund ist, braucht nichts mehr zu verstehen.

I

Eine Schwester ertränkt beinahe ihren Bruder in der Brandung einer Bucht auf der Insel X. Aus späteren Beschreibungen wird sich mühelos schließen lassen, um welche Insel es sich handelt, doch sie wird sie hier weiterhin X nennen – die unabhängige Variable. Noch ist sie stärker als ihr Bruder, was aber nicht mehr lange so bleiben wird. Er hat sie in Rage gebracht. Warum bringt ein Bruder seine Schwester in Rage? Weil er existiert und weil er sie besser kennt als irgendwer sonst.

Sie drücken sich gegenseitig ständig unter Wasser, es geht um den Schreck des plötzlichen Untertauchens. Doch jetzt umklammert sie seinen Hals fest mit der Hand. Er strampelt, kann sich aber nicht befreien. Selbst als er mit den Füßen den Boden berührt, hat er nicht genug Kraft im Oberkörper, um seinen Kopf weit genug nach oben zu drücken. Ihr Arm ist stark vom Tennisspielen. Es ist sehr schön, dass er nichts zu ihr sagen kann, sie würde diesen Moment gern bis in alle Ewigkeit ausdehnen, und sofern sie sich bereits klarmacht, dass das nicht möglich ist, ist es nur ein vages Rauschen im Hintergrund, nichts, was sie selbst aktiv denkt. Es muss ihn erstaunen und erschrecken, dass sie einfach nicht loslässt. Sie selbst blickt jetzt ebenfalls erstaunt auf ihren Arm. Unzählige weißblonde Härchen schimmern nass im Sonnenlicht, darunter ihre gesunde braune Haut, auch wenn sie in diesem Alter nicht in solchen Begriffen über sich denkt – *gesund*. Es dauert lange, denkt sie, warum dauert es so lange?

Dann lässt sie los, natürlich lässt sie los, sie will ihren Bruder zwar umbringen, aber nicht unumkehrbar. Er schießt hoch und greift sich mit einer dramatischen Geste an die Kehle, als spiele er etwas nach, was er im Fernsehen gesehen hat. Sein Mund ist aufgerissen, aber da ist kein einziges Geräusch, kein Atmen. Dann fällt er im flachen Wasser auf Hände und Knie. Aus seinem Mund schießt ein Strom Meerwasser. Er atmet. Es gleicht der Geburt eines großen Wassertiers, denkt sie, nicht in dem Moment, sondern viel später, erst jetzt: Es gleicht der Geburt eines großen Wassertiers, aus dem Meer gefischt, angespült an der Küste dieser unmöglichen Insel.

2

Sie sitzt auf einem roten Plastikklappstuhl und trägt einen schwarzen Badeanzug mit kurzen Beinen und weißen Streifen an den Seiten. Später wird alle Elastizität daraus verschwinden, werden die weißen Streifen porös und durchscheinend werden, wird sie ihn nicht mehr tragen wollen, weil sie eine Grenze überschritten hat und nie wieder zurückwill. Ungefähr zu dieser Zeit hat sie einen sattgelben Bikini mit Bügeln im Oberteil von ihrer Mutter geschenkt bekommen. Die Bügel werden ständig über ihre kleinen, fast gewichtslosen Brüste rutschen, da gibt es nichts, was gestützt werden muss oder will, und sie wird sich fragen, weshalb diese Unbequemlichkeit als Zugabe gilt, dieser Harnisch, der rutscht und juckt und kneift und auf ihrer weißen Haut rote Striemen hinterlässt, aber sie wird ihn dennoch voller Stolz tragen, diesen Harnisch, der ihr Geheimnis verhüllt und zur Schau stellt und damit ihren widersprüchlichen, sich aber gegenseitig verstärkenden Wünschen entspricht, von allen bemerkt zu werden und vollkommen unsichtbar zu bleiben. Doch das ist später, jetzt sitzt sie noch auf dem niedrigen roten Klappstuhl, die Zehen im Sand einwärts gekrümmt, nasses Haar, das wie eine Salzkruste um ihren Kopf trocknet. Dieses ernste Gesicht. Es scheint, als würde sie – zusammengekniffene Augen, gerunzelte Brauen – mitten durch die Wirklichkeit hindurchzuschauen versuchen. Sie braucht auch eine Brille, doch das weiß sie noch nicht; sie ist an die Vagheit gewöhnt, mit der der Strand weiter hinten ins azurblaue Meer übergeht, an der Aussicht gibt es nichts, was danach verlangt, genauer betrachtet zu werden.

Es ist verlockend, das Bild einzufrieren, sie da in ihrer Unschuld sitzen zu lassen – hinterher zu denken, dass es so etwas wie Unschuld gibt oder gegeben hat, dass es ein Paradies gab, das verloren ging.

3

Ein halbes Leben später beugen sich ihre Mutter und ihre Liebste über ein Fotoalbum. Ihre Liebste sagt: Dieser Blick. Ihre Mutter sagt: Ich habe nie verstanden, was sich dahinter verbarg. Sie hat eigentlich nie froh ausgesehen, nicht einmal als sie noch ganz klein war. Bei ihrem Bruder war das völlig anders, der hat den ganzen Tag gelacht und hat schon als Baby alle um den Finger gewickelt.

Mama, sagt sie, ich bin hier. Ich sitze dir hier einfach gegenüber.

4

Sie beantragt ein Reisestipendium beim Literaturfonds. Sie hat beschlossen, auf die Insel X zurückzukehren und darüber zu schreiben. Der Beschluss entsteht in einer heißen Sommernacht, in der der Vollmond in ihr Fenster scheint wie eine Sonne. Nackt und mit weit offenen Augen liegt sie auf den Laken, todmüde und hellwach, eine dünne Wachsschicht aus Schweiß auf der gesamten Hautoberfläche. Hundsnächte.

Jahrelang hat sie sich geweigert, an die Insel zu denken. Es kommt ihr wie ein merkwürdiges, aber kaum bedeutsames Intermezzo vor, oder sogar noch weniger als das: ein kurzes Stück, das aus der Chronologie ihres Lebens herausgeschnitten wurde, lautlos, ohne wirkliche Folgen für das, was danach kam. Niemand fragt nach der Insel, warum auch, sie ist klein und weit weg, allenfalls ein Ferienort für Leute, die ohne allzu viel Brimborium das Gefühl haben wollen, in ein Reklameposter zu steigen, wedelnde Palmen, schneeweiße Strände, All inclusive. Tropeninsel *light*.

Sie sprechen unsere Sprache.

Sie verkaufen Kroketten am Strand.

Niederländer vermieten ihre Häuser an andere Niederländer, so dass sich jede Partei auf die Verlässlichkeit der anderen verlassen kann.

Es gibt authentische Strände, wo die lokale Bevölkerung grillt, man kann dorthin fahren, kann das Auto oben auf einer Klippe parken und auf den Rauch schauen, der sich von allen Grills unten am Strand emporkräuselt, und wenn man das gesehen hat, kann man weiterfahren an einen Privatstrand mit einem Eintrittspreis und richtiger Infrastruktur: Liegen, Sonnenschirme, eine Bar, eine Lounge, eine Dusche, ein Floß im Meer, von dem aus man tauchen kann, eine Happy Hour.

Man kann in renovierten Landhäusern ehemaliger Plantagen zu Mittag und zu Abend essen. Auf dem Poolrand laufen halbzahme Leguane. Es gibt Livemusik und manchmal einen Heiratsantrag.

In der Altstadt auf der anderen Seite der Bucht, die das Zentrum in zwei Teile teilt, findet man prächtige Beispiele von karibischer Kolonialarchitektur. Einst war das Viertel belebt und verlottert. Dank eines steinreichen niederländischen Philanthropen ist ein ganzes Stück davon restauriert und in ein großes Freilichtmuseum-mit-Hotel umgewandelt worden. Es ist ausgestorben wie ein Filmset, aber vollkommen sicher und fotogen. In einem Zeitungsinterview sagte der Philanthrop einmal, er habe die Kinder in die Badewanne gesteckt, und mit den Kindern hatte er die Leute aus dem ursprünglichen Viertel gemeint, die er ausgekauft hatte, und mit der Badewanne vielleicht sogar eine echte Wanne, wer weiß.

Zwischen Amsterdam und der Insel X gibt es viele direkte und bezahlbare Linienflüge, was sie zu einem beliebten Urlaubsziel und einem beliebten Drogenumschlagplatz macht. Dass die Insel X Teil des Königreichs der Niederlande ist, erleichtert die Sache zusätzlich. *Das wunderbare Klima, die herrlichen Strände und die freundlichen Menschen bewirken den Rest!*

Die Insel X ist Inland, verkleidet als Ausland.

Oder umgekehrt, so wie alles ist auch dies eine Sache der Perspektive.

Nackt und mit weit offenen Augen liegt sie also auf diesen Laken, als mit einem Mal ein ganz klares Bild auftaucht. Es gleicht einer Halluzination, so plötzlich ist es da, so detailliert, dass sie in ihm umhergehen könnte.

Ein kleines, niedriges rechteckiges Gebäude am Straßenrand, so ein Ding, das binnen einem Monat aus dem Boden gestampft, aber nie ganz fertig gebaut wird, Beton und darin geflochtene Stahldrähte. Staubiger Sand, das grelle Licht der Mittagssonne, scharfe Schatten, dunkel, aber nur vorläufig dunkel, flach. Die Fassade des kleinen Gebäudes ist komplett mit glänzend weißen Fliesen bedeckt. Es gibt drei vergitterte Aussparungen, kleine Schalter. Dahinter Kühlschränke voll übersüßer, künstlich gefärbter Erfrischungsgetränke, Tiefkühltruhen mit Tüten voll Eis, eine Vitrine mit schwitzenden kleinen Pasteten, gefüllt mit geschmolzenem Käse, Hackfleisch und Thunfisch.

Oberhalb der Fassade hat man einen breiten Rand aus weißem Wellblech angebracht, darauf in verblichenen roten Blockbuchstaben die Worte DANIEL SODA FOUNTAIN. Die Buchstaben sind nicht aufgemalt, es sind lose, dreidimensionale Buchstaben aus Blech. Wer den Hügel hinauffährt, sieht sie sofort, es hat etwas Spektakuläres, scheint eine Wahrheit zu sein, die Antwort auf eine wichtige Frage: DANIEL SODA FOUNTAIN.

Sehr lange betrachtet sie das Bild auf ihrer Netzhaut oder wo auch immer es sich befinden mag, Tränen strömen ihr über die Wangen, strömen immer weiter, ihr ganzer Körper verwandelt sich in ein Salzbad, löst sich auf in den Laken,

5

sie liegt auf dem Bett, ihre beste Freundin neben ihr auf der schmalen Matratze. Beim Bau des Hauses wurde der Wind berücksichtigt, wie bei allen Häusern in diesem Wohnviertel. Früher war das Viertel von einer Mauer umgeben, und es war bewohnt von leitenden Angestellten der Ölraffinerie. Das Viertel liegt günstig im Hinblick auf die Raffinerie, nördlich genug für saubere Luft – der giftige Gestank weht vom Nordosten in tiefer gelegene Teile der Insel.

Vor den Fenstern sind Gitter, aber sie haben grazile Schnörkel und wirken dadurch ornamental. Ihr Vater will, dass alle Fenster geöffnet sind, er erträgt keinen Stillstand im Allgemeinen und hat eine besondere Obsession für Luftzirkulation, manchmal denkt sie, dass sie einzig und allein des Windes wegen auf diese Insel gezogen sind.

Ihr Zimmer liegt in der Nordecke des Hauses, im Schatten eines Tamarindenbaums, der Fliesenboden ist kühl, sie liegen auf dem Rücken im Bett.

Der Ventilator über ihnen kreist träge, sie kann die Blätter noch voneinander unterscheiden und stellt sich vor, dass sie ihren Zeigefinger dazwischensteckt. Der Nachmittag geht dem Ende zu, bis zum Sonnenuntergang dauert es nicht mehr lang, und dann wird es binnen weniger Minuten stockfinster sein.

Meist sind sie bei ihrer Freundin, wegen des Pools in ihrem Garten. Ganze Nachmittage lang liegen sie im Wasser. Die ältere Schwester ihrer Freundin hat ihnen beigebracht, was Skinnydippen ist. Sie selbst macht das schon seit einer Weile, so dass sich ihre Brüste nicht hässlich weiß vom Rest ihres Körpers abheben. Der Nachbar, sagt sie, beglupscht sie heimlich durch die Stäbe des Zauns, der ihre Gärten voneinander trennt. Sie findet, das ist sein Problem, sie muss in ihrem eigenen Garten tun können, was sie will.

Doch an diesem Nachmittag sind sie bei ihr zu Hause, wo es keinen Pool gibt und allgemein wenig zu tun, außer unaufhörlich zu quatschen. Sie sind in der zweiten Klasse der höheren Schule, und obwohl es eine sehr kleine Schule ist, sind die Dynamiken unendlich komplex. Ihre beste Freundin hat vor kurzem den Steifen eines Jungen gespürt, mit dem sie auf einer Geburtstagsfeier Körper an Körper tanzte. Manchmal streichen die Jungs in der Pause mit der Hand über die Beine der Mädchen, um zu fühlen, ob sie die auch gründlich rasiert haben. Hinter dem Schulgebäude, wo die Rückseiten der Klimaanlagen brüllen und sabbern wie übermütige Kälber, wird geküsst und sogar gefingert. Letzteres ist ein Gerücht, das sie nicht verifizieren können, aber irgendetwas ist an dem betreffenden Mädchen, etwas Verletzliches und Verwegenes, als würde sie sagen: Bitte schlag mich nicht, aber es ist mir egal, wenn du es trotzdem tust.

Jetzt aber liegen sie still auf dem Bett, ihre Freundin schließt die Augen, und deshalb schließt auch sie ihre Augen. Sie haben oft genug beieinander übernachtet, aber dies hier ist anders, vielleicht weil es Tag ist und weil sie nicht genau weiß, warum sie sich ins Bett gelegt haben. An einigen Stellen berühren sich ihre Körper, linke Seite an rechter Seite, Schultern, Arme, Hüften, Waden. Als sie sich auf den Kontakt zwischen ihren Körpern konzentriert, beginnen die jeweiligen Stellen zu glühen. Sie weiß, wie die Brüste ihrer Freundin aussehen, natürlich, sie sind voll und fest, mit großen karamellfarbenen Warzenhöfen, so ganz anders als ihre eigenen, die kindlich sind, mit kleinen rosa Nippeln, die – grauenhaft – in verschiedene Richtungen zeigen. Schielende Augen in einem allenfalls mittelmäßigen Gesicht.

Ihr Körper fühlt sich leicht, durchsichtig an, als könnte er sich jeden Moment endlos aufspalten. Sie haben schon vor einer Weile aufgehört zu reden, vielleicht schläft ihre Freundin ein, sie traut sich nicht, ihr Gesicht zur Seite zu drehen. Das Glühen ist sehr eindringlich, wie eine Werbung für Muskelsalbe, rot aufleuchtende Kugeln, von denen eine Strahlung ausgeht. Sie kann es nicht aushalten und liegt doch still, und es ist faszinierend, wie das fast nicht auszuhaltende Verlangen, sich ihrer Freundin zuzuwenden, exakt das ist, was sie davon abhält, auch nur die kleinste Bewegung zu machen.

In der Stille beginnt sie immer mehr Geräusche wahrzunehmen. Das träge Kreisen des Ventilators, das Rauschen des Windes im Tamarindenbaum. In der Ferne bellt jetzt ein Hund, dann noch einer, bis es eine Kakophonie von Gebell wird, wie sonst immer, wenn jemand an den Gartenzäunen entlanggeht, obdachlose Junkies zumeist, mit um den Kopf gebundenen Plastiktüten und sehnigen, schwarz verbrannten nackten Brustkörben, die vom Schweiß glänzen, außer ihnen fällt es keinem ein, in der mörderischen Sonne die Straße entlangzugehen.

Die Mädchen liegen sicher und geborgen im relativ kühlen Schlafzimmer. Sie werden von Gittern, Toren und Privilegien geschützt, derer sie sich kaum bewusst sind. Die wahre Scham kommt erst hinterher, und Scham, wird ein Psychologe später zu ihr sagen, ist das Zukleben einer blinkenden Alarmleuchte am Armaturenbrett. Man klebt das eine Licht zu, bis das nächste zu blinken beginnt, bis man alles zugeklebt hat, bis das Auto stehen bleibt. Und dann? Ja, und dann. Dann tut man so, als wäre das Stehenbleiben beabsichtigt gewesen.

Doch vorerst liegen sie auf einer schmalen Einzelmatratze, während das Herz von mindestens einer von ihnen ohrenbetäubend in ihrem Körper schlägt, heißes Blut, das tost wie ein wilder Fluss, kurz davor, über die Ufer zu treten, das Zimmer zu überfluten. Wenn sie sich nur bewegen könnte. Wenn sie nur ewig so liegen bleiben könnte.

6

Dank des Reisestipendiums hat sie Geld für den Flug, die Unterkunft für drei Wochen und einen kleinen Leihwagen. Weil sie selbst keinen Führerschein hat, wird ihre Freundin M. mitreisen und sie über die Insel kutschieren. Das Autofahren überlässt sie gern anderen, *den Erwachsenen* – in dieser Hinsicht hat sie sich immer eine bestimmte Hilflosigkeit erlauben können und wollen.

Einen Monat vor der Abreise sagt M. ab. Der Gedanke an den Flug beschere ihr schlaflose Nächte, noch schlafloser als ohnehin schon, und auch das Zähneknirschen verschlimmere sich, der Hinflug sei noch nicht einmal so ein Problem, doch wenn sie erst mal auf der Insel sei, werde sie den Gedanken an den Rückflug nicht von sich schieben können, möglicherweise werde sie sich den Backenzahn durchs Knirschen demolieren, das sei schon einmal passiert, und dann müsse sie zu einem Zahnarzt auf der Insel, und bei Zahnärzten sei sie sehr monogam, niemand sonst dürfe in ihren Mund als der Zahnarzt aus ihrem Heimatdorf, der habe noch ihre Milchzähne miterlebt, ja, sie habe sogar ihre Eckzähne noch, kaum Wurzeln hätten die, wenn man darüber nachdenke, sei es ein Wunder, dass sie überhaupt noch in ihrem Mund steckten.

Und so fliegt sie allein auf die Insel X. Sie nimmt Kontakt zu der schönen rothaarigen Künstlerin auf, die ihr früher Zeichenunterricht gegeben hat. Die Künstlerin ist einer der wenigen weißen Menschen, die diese Insel durch und durch kennen, die Sprache fließend sprechen und sich zwischen den einzelnen Mikrogemeinschaften mühelos hin- und herbewegen. Binnen eines Tages beschafft sie ihr einen Fahrer, einen achtzehnjährigen Schüler, der ein paarmal sitzengeblieben ist und seine minderjährigen Mitschüler in einem zwanzig Jahre alten Volvo auf der Insel herumfährt.

Der Junge ist schrecklich lieb und höflich, er spricht sie trotz wiederholter Bitten, es nicht zu tun, hartnäckig mit *Sie* an, und sie erinnert sich, dass das zur Insel gehört, diese altmodischen Höflichkeitsformen, dieses formelle, versteinerte Niederländisch der fünfziger Jahre. Wenn sie ihm eine WhatsApp schickt, reagiert er innerhalb weniger Minuten, und meist steht er eine halbe Stunde später vor ihrer Tür. Das Auto hat keine Klimaanlage, mit weit geöffneten Fenstern fahren sie über die Insel, der warme, salzige Wind um ihren Kopf fühlt sich genau wie früher an, und als zum ersten Mal die Brücke über dem Binnengewässer auftaucht, so steil und hoch, dass man meinen könnte, die Straße würde plötzlich in den Himmel schießen und nicht mehr zurückkommen, verbreitet sich von ihrer Magengegend aus ein so präsentes Glücksgefühl, dass sie verwundert ihre ganze Aufmerksamkeit darauf richtet.

Ihr Fahrer möchte Medizin studieren, dieses Jahr muss er das Abitur machen, und wenn er einen Studienplatz zugelost bekommt, wird er in die Niederlande gehen müssen, ein Land, das er nur von jährlichen Verwandtenbesuchen her kennt und das ihm in erster Linie als sehr grau und voll von Menschen vorkommt, die immer irgendwo anders hinwollen, als sie im Moment sind.

Er fragt sie, ob sie eine bekannte Schriftstellerin sei und warum sie über die Insel schreiben wolle, er kann sich nicht vorstellen, dass hier etwas zu finden ist, was in Bücher gehört, ein Wort, das er voll Ehrfurcht ausspricht, vielleicht weil er, so erzählt er ihr, begleitet von umständlichen Entschuldigungen, nie Bücher liest, nicht aus Desinteresse, sondern wegen seiner Dyslexie.

Er fährt sie über die raue Nordseite der Insel, ihren Lieblingsteil, wo der Nordostpassat und die Wellen seit Menschengedenken auf das Land eindreschen. Es gibt kaum Straßen, und wenn, dann sind sie noch viel schlechter als im restlichen Teil der Insel, niemand repariert sie, weil kaum Gebrauch von ihnen gemacht wird und schon gar nicht von Touristen. Vorsichtig lavieren sie sich um die tiefsten Schlaglöcher herum, die eher den Folgen einer gewalttätigen Episode gleichen als einer Phase in einem langsamen Abnutzungsprozess. Aus dem Gebüsch taucht ein Mann auf, der mit einem Buschmesser herumfuchtelt, sie schaut ihm durch das Fenster hinterher, wird aber von der tiefstehenden Sonne geblendet, es ist später Nachmittag und heiß im Auto, weil sie langsam fahren – die vage Angst, dass das Auto zusammenbricht, der Mann mit dem Messer, doch da ist schon die Küste.

Ich bleibe im Auto, Mevrouw, sagt ihr Fahrer.

Sie spaziert entlang der ruhigen Binnenbucht, die von den Riffterrassen geschützt wird, dann geht sie aufs Riff hinaus. Sie spürt das scharfe Relief der Korallenfelsen unter den dünnen Sohlen ihrer Schlappen, und was sie tut, ist nicht ungefährlich, zwischen ihr und den Wogen, die sich mit großer Wucht an den Felsen brechen, ist nur wenig Abstand. Von Zeit zu Zeit verschwindet hier ein Fischer im Meer, weiß sie von früher, sie werfen ihre Angelleinen aus und werden von einem zuschnappenden Fisch mitgerissen.

Lange Zeit steht sie da und schaut den Wogen zu, der endlosen Wiederholung von Schmettern und Saugen, und es ist, als pfeife das Meer die Wellen zurück, immer wieder, was diese aber von nichts abhält, und es kommt ihr menschlich vor, allzu menschlich, und sie bekommt Lust zu schreien, etwas Unsinniges und Hochmütiges, einen unmöglichen Wunsch hinauszuschreien. *Männlein, Männlein, Timpe Te, Buttje, Buttje in der See.*

7

Elf: Sie ist in einem weißblau gestreiften Baumwollhemdchen in die Schule gegangen. Ein einfaches Ding in Kindergröße, es hängt ihr locker um den Leib. In der Klasse sitzt sie konzentriert über eine Rechenaufgabe gebeugt, als der Lehrer neben ihr in die Hocke geht.

Du musst dich gerade hinsetzen, sagt er leise, wenn du so sitzt, kann man in dein Hemdchen hineingucken, und ich sehe, dass du darunter nichts anhast.

Noch nie hat sie sich so geschämt, noch nie ist sie so wütend auf ihre Mutter gewesen, die sie hiervor nicht behütet hat, obwohl das, wenn man darüber nachdenkt, ihre Aufgabe ist, ihre einzige Aufgabe, den Körper ihres Kindes vor aller Scham zu bewahren, die er plötzlich weckt, doch ihre Mutter schämt sich ebenfalls, das spürt sie, über ihre Tochter schämt sie sich für sich selbst.

Zwölf: Eines Tages kommt sie auf den Schulhof, und niemand redet mehr mit ihr.

Zwölf: Ihr Vater hat sie in den Pick-up gesetzt, sie fahren ziellos im Viertel herum. Sie hatte so laut weinen müssen, dass sie zu hyperventilieren begann. Was machen wir hier, hatte sie zwischen dem Schnappen nach Sauerstoff gepiepst, warum muss ich hier sein, warum.

Zwölf: Der eine Hund ist klein und lebhaft, athletisch gebaut, mit braunschwarzem Fell und einem spitzen Kopf, der mühelos durch die Gitterstäbe des Zauns passt. Der andere ist groß, schwerfällig und pechschwarz. Wenn die Sonne untergegangen ist, liegt sie gern auf dem Asphalt vor dem Haus, den Rücken an seinem Bauch. Der Hund schmiegt sich um sie herum, der Himmel um sie beide, und so liegen sie eine Weile in Stille da. Die Wärme, die aus der Erde aufsteigt, die Kühle der Abendluft, die ihre Schulter berührt.

Dreizehn: Sie hat es vermasselt, sagt sie zu ihrer Mutter, die Klassenarbeit total vermasselt. Ihre Mutter sagt: Wird schon nicht so schlimm sein. Sie schreit ihre Mutter an: Es wird *wohl* schlimm sein. Zu ihrem Erstaunen ist es nicht nur nicht so schlimm, sondern sie bekommt sogar eine gute Note. Siehst du, sagt ihre Mutter, immer dieses Drama für nichts und wieder nichts, das machst du extra. Sie hatte Beruhigung erwartet und erschrickt über die Heftigkeit ihrer Mutter. Das Einzige, was sie dagegensetzen kann, ist ihre eigene Wut, und das tut sie, den Rucksack noch auf dem Rücken, läuft sie durchs Tor, die Straße hinunter, bis sie eine halbe Stunde später überhitzt vor dem Tor des Hauses ihrer besten Freundin steht. Sie bekommt Limonensaft mit Zucker und Cheetos, die ihre Mundwinkel orange färben. Beinahe fragt sie, ob sie bei ihnen wohnen darf, in dieser feinen, reizenden Familie, in der alles so mühelos läuft, die Eltern einander berühren, die Schwestern sich gegenseitig Klamotten und Wimperntusche leihen, in der laut und herzlich gelacht wird, bis allen Tränen über die Wangen kullern. Als sie einige Stunden später wieder zu Hause ist, fragt ihre Mutter nicht, wo sie war. Zwei Tage lang sprechen sie nicht miteinander. Sie verachtet ihre Mutter wegen deren kindischem Verhalten, sie verachtet ihre Mutter, weil sie so klein ist, so schnell schwitzt, eine Brille mit hochklappbaren Sonnengläsern hat, T-Shirts mit Aufdrucken trägt, kocht und abwäscht, im Badeanzug auf dem Bauch liegt und ein Buch liest, ein Buch liest und einschläft, laut atmet, weil sie große Brüste hat, weil sie fröhliche Farben mag, weil sie den ganzen lieben Tag lang mit den Sachen der anderen zugange ist, Brotdosen, Schulbüchern, Hundefutter, hör damit auf, will sie schreien, hör bitte damit auf.

Vierzehn: Endlos kann sie sich dünne Mädchen anschauen. Die Stellen, an denen ihr Skelett durch das Fleisch schimmert. Schlüsselbeine, Schulterblätter wie zarte Flügelchen, Hüftknochen, die über den Bund der tief geschnittenen Jeans lugen, die gerade in Mode sind. Sie selbst ist klein und kompakt. Ihre Schultern sind breit. An Hüften und Hintern sitzt Speck. Fußknöchel, Handgelenke, Nacken: Alles ist fest verankert. An ihr ist nichts, was man als rank bezeichnen könnte, selbst ihre Hände sind breit und stark, aber stark ist keine Eigenschaft, die sie begehrt. Sie möchte fragil sein, vogelartig und zart. Dann wird sie gefragt sein. Wenn sie etwas verstanden hat, dann das, dass man fast niemand sein darf, um jemand zu sein, die gefragt ist. Lieber Jesus, flüstert sie abends im Bett, auch wenn sie inzwischen wirklich zu alt für Jesus ist.

Vierzehn: die ewige Musik ihrer Eltern, der Soundtrack, der sich, Rille um Rille, wie eine Platte in ihrem Gedächtnis einnistet. Seine Wahrheit, seine Lüge.

Átame al pulgar derecho de tu corazón
Y dime como está mi amor en tu amor
Frío, frío como el agua del río
O caliente como agua de la fuente

Fünfzehn: Als sie aus der Schule kommt, zehn Minuten in der Nachmittagssonne den Hügel hinauf, den Rucksack voller Bücher, lange Hose und geschlossene Schuhe, so sind die Regeln, keine Schlappen in der Schule, keine nackten Arme und Beine, sitzt ihre Mutter drinnen am Tisch. Ihre Mutter sitzt nie drinnen am Tisch, niemand sitzt je drinnen am Tisch. Setz dich mal eben, sagt sie. Dann fängt ihre Mutter an zu weinen, herzzerreißend zu weinen, es scheint, als würde sie davon auseinanderbrechen. Schweigend schaut sie zu, sie lässt ihre Mutter schluchzen und zappeln, ohne etwas zu tun, um sie zu trösten. Als ihre Mutter ihr gesagt hat, was sie zu sagen hatte, steht sie auf. Sie geht zur Tür hinaus, zum Tor hinaus, weg von zu Hause und von ihrer Mutter dort am Tisch. Sie versteht ihren Vater. Es ist immer ihr Vater, den sie versteht. Erst viel später wird sie die völlige Ungerechtigkeit ihrer Haltung erkennen, das ewige, grausame Klischee von Töchtern, die ihre Mütter strafen, um die Mythen über ihre Väter aufrechtzuerhalten. Ihre Mütter, die immer da sind, ihre Väter gerade eben genug, um nicht abwesend zu erscheinen.

8

Ein Orkan rast durch das Gebiet und wird in Kürze die Inselgruppe nördlich der Insel X erreichen und verwüsten. Hilfstruppen werden von der Insel X entsandt werden, Militärflugzeuge mit Hilfsgütern werden über die Strände fliegen, Touristen werden ihre Handys gegen die Sonne halten, um Fotos davon zu machen.

Der Orkan hat allen Wind aus der Luft gesogen, wodurch es drückend warm ist und von Mücken nur so wimmelt. Die Insel X scheint sich in einem Vakuum zu befinden, alle natürlichen Geräusche sind verschwunden, und mehr noch als viel zu warm ist es grässlich still. Schulen ohne Klimaanlage schicken ihre Schülerinnen und Schüler um zwölf Uhr nach Hause. Alle bleiben soweit irgend möglich im Haus. Die Polizisten, Sekretärinnen, Verkäuferinnen, Rechtsanwälte und Parlamentarier, die während ihrer Mittagspause kurz hinausgehen, um sich bei dem beliebten Grill im Stadtzentrum etwas zu essen zu holen, bewegen sich träge, an die Schattenseite der Gebäude geklebt wie Eidechsen.

Jeden Morgen setzt der junge Fahrer sie in einem Café mit Klimaanlage ab, wo sie ein paar Stunden arbeiten kann, während er in der Schule ist. Es sind die einzigen Stunden des Tages, in denen sich ihr Gehirn genug abkühlt, um etwas mehr als rudimentäre Gedanken zu formulieren, wenngleich damit auch schon alles gesagt ist. Sie notiert Fetzen in ihrem Notizbuch, Sinneseindrücke, eine Handvoll Erinnerungen – Aufzeichnungen, mit denen sie nichts anfangen kann, sie ist nicht der Typ von Schriftstellerin, die es versteht, solche Dinge zu etwas Gutem zusammenzufügen. Außerdem ist sie nicht der Typ von Leserin, die sich gern in die quasitiefsinnigen, fragmentierten, fiktionalisierten Jugenderinnerungen anderer Schriftsteller vertieft. Die fundamentale Unzuverlässigkeit des Gedächtnisses als Entschuldigung dafür, die Geschichte nicht zu Ende zu erzählen. Zu ihren Studierenden sagt sie: Seid vorsichtig mit der Kindheit und Jugend. Es ist schwer, darüber zu schreiben, ohne kindisch zu klingen. Es ist schwer, sich die Klischees zu eigen zu machen, den richtigen Ton zu finden. Was weiß ein Kind, ein Teenager? Viel mehr und unendlich weniger, als wir uns im Rückblick zu erinnern glauben. Und, sagt sie zu ihren Studierenden, seid auch immer sparsam mit Selbstmord, schmelzenden Eistüten und Haustieren.

9

Der große schwarze Hund, sein Fell hubbelig von vollgesogenen Zecken. Ich hocke neben dem Tier mit einer Pinzette, dies ist meine Aufgabe, eine, die ich gern auf mich nehme, weil ich mich vor diesen Zecken ekele, allerdings auf eine Weise, die mich erregt. Zecke um Zecke drehe ich aus dem Fell, graue Säckchen voll Hundeblut, die ich in einer kleinen Schüssel ersäufe, wo sie mit ihren kurzen schwarzen Beinchen im kochend heißen Spülwasser strampelnd sinnlos gegen einen grässlichen, langsamen Tod kämpfen. Manchmal zerquetsche ich eine zwischen den messerscharfen Spitzen der Pinzette, dicke Tropfen dunklen Hundebluts auf meinen Fingern, und auch das erregt mich, das Aufplatzen der dünnen Haut, die Vergeltung für ihre blinde Fresswut – *these violent delights*, ja ja, *have violent ends.*

Die blutigen Ohren.

Die großen Mengen an grauem Schleim in seinen Augenwinkeln.

Das Knäuel abgestorbener Haare, das ich ihm aus dem Fell zupfe, ihre wachsartige Textur, eine Mischung aus Schmutz und Fett, die sich in den Rillen meiner Finger festsetzt, der Drang, mir dieses ganze eklige Haar in den Mund zu stopfen, allein schon von diesem Gedanken fast würgen zu müssen und doch weiterzumachen, nicht aufzuhören, daran zu denken.

Das Jucken, der Sand, unsere Putzfrau Mimi, die eine Todesangst vor dem großen Schwarzen hat.

Wie wir ihn an einer Metallkette festmachen, bevor sie das Grundstück betritt.

Wie der kleine mit dem spitzen Kopf laut bellend in alle Richtungen saust.

Wie das nicht den geringsten Eindruck auf Mimi macht, die wegen so viel vergeudeter Energie nur missbilligend mit der Zunge schnalzt.

Stimmt das, das mit der Metallkette?

Die Erinnerung kam blitzartig, doch als ich mir das

Bild vorzustellen versuche, kann ich mich unmöglich an eine Kette erinnern.

Das Einzige, was ich sehe, ist Mimi selbst, ihre schweren, schlaffen Brüste, die auf ihrem runden Bauch ruhen, und dies alles wundersamerweise getragen von langen, stockdünnen Beinen. Sie steht auf der Veranda, auf den Besen gestützt. Ihre Hand bewegt sich zum Hinterkopf, wo ein Gummi mit Müh und Not ein winzig kleines Schwänzchen zusammenhält.

10

Eines Nachmittags fahren sie zur Deponie in der Inselmitte. Ihr junger Fahrer hat ein paar Säcke Sperrmüll im Kofferraum des Volvo, altes Zeug von seinen Eltern. Eine gewundene Straße führt sie an Bergen von Autoreifen, Schutt, Bauabfällen und unendlichen Mengen an Plastik vorbei. Weiter hinten taucht eine riesige Müllhalde auf. Lastwagen und Bulldozer fahren hin und her, um Abfall abzukippen und auf die Seite zu schieben.

Von der gebrandmarkten Landschaft geht eine seltsame, fast unerträgliche Schönheit aus.

Nachdem sie dem Berg ihre Säcke hinzugefügt haben – wie Opfergaben, denkt sie, für ein paar zornige Götter –, fahren sie auf ihren Wunsch hin zu einem ruhigen Teil der Straße. Sie zieht den Reißverschluss an seiner Hose auf. Er sieht sie erstaunt an, ist aber sofort hart. Unmöglich, denkt sie. Das kann ich wirklich nicht schreiben.

11

Liebe M.,

hier wachsen Dornensträucher, Riesenkakteen und monströse Agaven, die innen mit einer leimartigen, bitteren Flüssigkeit gefüllt sind. Die Sonne ist ein Raubtier, das die Insel in Fetzen scheint. Nichts ist haltbar, alles zersetzt sich und verdirbt. Bücher vergilben, Kleidungsstücke bleichen aus, Plastik schmilzt, Käse schwitzt und Butter wird außerhalb des Kühlschranks sofort ranzig. Wer isst auch schon Butter auf einer Insel wie dieser?

Früher hatten wir zwei Hunde. Sie sind längst tot, natürlich. Wir ließen sie auf der Insel bei einer neuen Familie, zusammen mit einem beträchtlichen Teil unseres Hausrats. Ich weiß nicht, wann sie gestorben sind oder wo, aber ich erkenne sie jetzt, da ich wieder hier bin, in jedem Hund, den ich vom Auto aus den Straßenrand entlanglaufen sehe. Abgemagerte, schmutzige Viecher sind es, mit kahlen Stellen auf der Nase und Löchern in den Ohren. Ihre Kadaver riechen wir, bevor wir sie sehen, angefressen von Warawaras, in der Sonne verwesend.

Ich bin jetzt seit zehn Tagen hier, was Halbzeit bedeutet, aber ich denke nicht, dass ich es noch so lange aushalte. Ist das nicht typisch für mich, M., mich an einem windstillen Ort zu befinden, während ganz in der Nähe ein Orkan tobt?

Auf den Straßen hier fährt eine bunte Prozession von Kia Picantos, der Standardleihwagen. Sie scheinen Teil einer Jahrmarktsattraktion zu sein, als wären sie auf unsichtbaren Schienen festgeklickt, um auf immer denselben Runden von Strand zu Strand zu fahren. Die Touristen kommen meist in Zweierpacks, Mann und Frau, alles zwischen frisch verheiratet und so lange verheiratet, dass auch der Tod sie anscheinend nicht mehr scheiden kann, nicht zuletzt weil sie längst gestorben sind. Ihre Handtücher sind identisch, genau wie ihre Taucherbrillen und die speziellen Reisekissen. Vom Schatten einer Mangrove aus schaue ich voller Verwunderung auf die Leute in der Sonne. Die extreme Hitze scheint eine besondere Art von Durchhaltevermögen in ihnen zu wecken; ein eiserner Rhythmus von Eincremen, Umdrehen, Untertauchen, Handtuchzurechtzupfen, Trocknen, Eincremen. Stundenlang geht das so. Du würdest stellvertretend Hautkrebs davon bekommen, liebe M.

Man könnte meinen, Urlaub ist hier eine Übung im Sterben. Beim absoluten Nichts denkt man vielleicht an schwarze Löcher, du bestimmt, aber hier präsentiert es sich in Perlweiß und Azurblau. Ich hatte vergessen, wie verzweifelt man von diesen Farben und Texturen werden kann, diesen endlosen Flächen von Sand und Meer. Manchmal stelle ich mir vor, dass hier Aliens landen, genau auf diesem Stückchen Erde, und das Erste, was sie sehen, sind die in der sengend heißen Sonne liegenden Menschen. Würden sie Reptilien sehen? Fische auf dem Trockenen? Futter für die Geier?

Ich denke, du hättest es hier schrecklich gefunden. Ich halte es noch gerade so eben aus, weil diese Insel auf seltsame Weise in mir verankert ist, womit ich meine, dass ich sie an einer Stelle, so tief in meinem Körper, dass ich sie nirgends lokalisieren kann, hege und pflege und verfluche.

Man begegnet hier ständig denselben Leuten, die soziale Kontrolle ist zum Verrücktwerden. Das Café, in dem ich dir diesen Brief schreibe, wird von einem Paar betrieben, das mit der rothaarigen Künstlerin befreundet ist. Den ganzen Tag über kreuzen hier Bekannte auf, die, sobald sie sich umgedreht haben, von den Inhabern und der übrig gebliebenen Kundschaft ausführlich durchgehechelt werden. Alle langweilen sich so, auch ich, ich langweile mich zu Tode, und nachts liege ich vor Langeweile wach.

Das Problem ist, dass ich nicht nachdenken kann, es ist nicht nur die Hitze, sondern eine totale Mattigkeit der Seele. Jedes Mal wenn es mir gelingt, etwas zu erkennen und dingfest zu machen, zeigt sich, dass, was fest schien, so weich ist, dass es in meinen Händen sofort wieder zu Brei wird. Wer meine Schädeldecke öffnet, wird kein Gehirn finden, sondern einen Topf zerkochter Möhren …

Was mich an meinen Vater erinnert, der mir und meinem Bruder über seine Jugend fast nichts anderes erzählte, als dass seine Mutter alles zerkochte. Davon ist ihm eine lebenslange Angst vor zerkochtem Gemüse geblieben. Neulich servierte er mir stolz einen Teller nahezu roher Spargel, man bekam sie fast nicht hinunter.

Mein Vater ist beinahe bis zu ihrem Tod auf seine Mutter böse geblieben, doch in ihren letzten Wochen hat er sie intensiv und mit nie gekannter Liebe und Geduld versorgt. Sie hatte ein Kriegstrauma, welcher Art genau, weiß ich nicht, jedenfalls starb ihr Bruder als Soldat, und die Familie stürzte ziemlich abrupt in die Armut. Sie war ein Teenager in jenen Kriegsjahren, danach heiratete sie meinen Opa, einen stillen Mann aus einer Erfinderfamilie. Letzteres schrieb mir mein Onkel in einer Mail, als mein Buch erschien. Ich kenne ihn im Grunde kaum, aber er schrieb mir, dass er stolz sei, dass ich die Familientradition fortsetze.

Offenbar hat mein Urgroßvater sieben dicke Bücher über die Funktionsweise des Radios vollgeschrieben. Er arbeitete im physikalischen Labor von Philips und stand an der Wiege von etwas, was beim Röhrenradio das magische Auge genannt wird, eine Art Vakuumröhre aus grünlichem Licht, die dabei hilft, die Sender sauber einzustellen. Dafür erhielt er eine Auszeichnung im Silvesterorden.

Wie dem auch sei, meine Oma war eine dominante Frau, mein Opa war fast niemand und immer außer Haus, die bekannte Geschichte. Mein Vater, ein Nachkömmling, löste sich im Alter von siebzehn Jahren für immer von seiner Familie. Obwohl seine Eltern genug Geld hatten, bezahlte er von da an alles selbst: sein Zimmer bei einer Vermieterin im dritten Stock eines Hinterhauses in Amsterdam, sein Politologiestudium. Die Wände seines kleinen Zimmers strich er himmelblau (ein rührendes Detail, finde ich). Er konnte gar nicht schnell genug von allem wegrennen, was ihn geformt hatte, und er hat, glaube ich, nie aufgehört zu rennen.

Dies alles, um klarzumachen – dir? Vielleicht ist dieser Brief doch eher an mich selbst gerichtet –, dass es so vieles gibt, was ich weiß, aber nicht wissen will und daher auch nicht wirklich weiß. Wenn ich wieder zu Hause bin, werde ich etwas über die Insel schreiben, weil es sein muss, weil ich sonst das Reisestipendium wieder zurückzahlen muss, obwohl ich das Geld bereits ausgegeben habe. Was ich schreibe, wird zu poliert sein, zu schön formuliert, zu privat und gleichzeitig zu forciert politisch korrekt. Über den wirklichen Konflikt, die wirkliche Scham kann ich nicht schreiben. Gerade weil ich es versuche. Weil ich weiß und nicht weiß, während das Schreiben wie Schwimmen unter Wasser sein sollte, wer hat das gesagt, Fitzgerald? Unter Wasser schwimmen und den Atem anhalten. Wohingegen ich mit dem Kopf über Wasser über die See unter mir schreibe. Ich bin drin, bleibe aber ein Landtier.

Inzwischen ist es Abend, ich fuhr ein bisschen herum mit meinem Chauffeur. Wir kamen am McDonald's vorbei, ich sagte, komm, ich spendiere dir einen Sundae mit Karamell oder was immer du willst. Da saßen wir dann, auf gelben Stühlen, und leckten an unserem Softeis. Es war rührend, dieser Junge mit seinem sanften, hübschen Jungsgesicht und ich, im Grunde eine erwachsene Frau, eine erwachsene Frau, die sich ein halbes Leben später noch immer nicht eigenständig auf einem einundsechzig Kilometer langen und vier bis vierzehn Kilometer breiten Inselchen bewegen kann.

Das größte Bordell der Karibik steht auf dieser Insel. Man kommt daran vorbei, wenn man vom Osten zum Flughafen fährt, ein riesiges Schild in Form eines Feigenblatts. VROLIJK VELD. Es wurde einst, ich glaube in den vierziger Jahren, mit der impliziten Unterstützung der niederländischen Regierung, der Firma Shell und der römisch-katholischen Kirche errichtet. Alle Nutten auf einem Haufen, Kondome, um die Epidemie von Geschlechtskrankheiten einzudämmen – diese vielen kranken Männer wurden zu einem großen Problem für die Wirtschaft.

Es gibt eine Bar und darum herum eine Art Kreis von rosa und gelben Häuschen, in denen die Frauen wohnen und arbeiten. Hierhergebrachte Frauen aus Nachbarländern. Sie kommen schon immer nur für einige Monate auf die Insel, um Geld zu verdienen. Der Besuch bei den Nutten ist für Männer hier so normal wie Atmen. Untreu zu sein ist keine Sünde, ab und an irgendwo ein Kind zu zeugen auch nicht. Nur wer erwischt wird, begeht eine Sünde. Lügen gehört dazu, um eine Illusion aufrechtzuerhalten, an die niemand ehrlicherweise glauben kann. Alles nicht gerade überraschend, vielleicht.

Ich muss an das Bordell denken, weil ich A. begegnet bin, einem alten Freund meiner Eltern. Als wir noch auf der Insel wohnten, haben wir A. und seine Frau E. oft besucht. Wie meine Eltern waren sie damals in den Vierzigern, allerdings kinderlos, und das fand ich nicht nur faszinierend, sondern auch begehrenswert: zwei Menschen im Alter von Eltern, die es nicht waren. Ganz anders als meine Eltern lebten sie mit großen Gesten. Bei Streitereien brüllten sie und knallten mit Türen, auch wenn wir dabei waren. Manchmal setzte sie sich sogar noch während des Essens bei ihm auf den Schoß, und dann küssten sie sich leidenschaftlich. Sie waren schon ungefähr zwanzig Jahre zusammen.

Ihre Schlafzimmertür stand immer offen, und das Bett war nie gemacht. Mein Bruder und ich schlichen uns gern hinein: Eine Wand war von unten bis oben mit Spiegeln verkleidet. Wenn ich aufs Klo im Bad nebenan ging, öffnete ich manchmal heimlich die unzähligen Döschen mit Salbe, Creme und Pillen für Gott weiß was. Einmal stibitzte ich einen Tampon aus einer Schachtel, einen großen mit einer Einführhilfe, so etwas hatte ich noch nie gesehen, und ich dachte, das ganze Ding müsse rein, wodurch meine Vorstellungen von E.s Sexualität noch exotischer wurden als ohnehin schon.

Wie dem auch sei, nicht lange nachdem wir wieder in

die Niederlande zurückgekehrt waren und mein Bruder und ich zwischen dem Souterrain, das mein Vater gemietet hatte, und der dunklen Obergeschosswohnung meiner Mutter hin- und herpendelten, hörten wir, dass sich A. und E. ebenfalls getrennt hatten. A. war ein paar Nächte nicht nach Hause gekommen, danach hatte er seine Sachen gepackt. Wie sich herausstellte, hatte er sich in eine Dominikanerin verliebt, die in dem Bordell arbeitete. Ein paar Wochen später war er mit ihr verheiratet. Sie ließ ihre beiden kleinen Kinder nachkommen, und gemeinsam zogen sie in ein bescheidenes Haus, nicht weit von der Ölraffinerie entfernt. Nach nicht einmal einem Jahr bekamen sie zusammen noch ein Kind. E. zog in die Niederlande zurück und heiratete. Meine Mutter trifft sie sporadisch, sie scheint glücklich zu sein, obwohl ich nicht weiß, was es bedeutet, wenn Menschen das über andere Menschen sagen.

Heute Nachmittag begegnete ich also A., am Strand, mit seinem inzwischen fünfzehnjährigen Sohn. Wir tranken ein Bier an der Strandbar, es war merkwürdig, ihm gegenüberzusitzen, als wäre ich von einem Tag auf den anderen erwachsen geworden, ohne dass in der Zwischenzeit irgendetwas stattgefunden hätte. A. sah nicht so sehr alt aus als vielmehr todmüde. Seine Frau, erzählte er, ruiniere die Familie mit ihrer Spielsucht, doch wenn er sie verließe, würde sie die Kinder in die Dominikanische Republik mitnehmen, und er würde sie nie wiedersehen.

Nicht zu den Nutten gehen, darauf läuft es hinaus.

Ich dachte, liebe M., dass ich Dinge wissen wollte, aber es gibt viel mehr, was ich überhaupt nicht wissen will. Was übrig bleibt, ist ein schwacher Aufguss von Gut und Böse und ein kolossales Schuldgefühl, das aber gleichzeitig fast nichts wiegt.

Was taten meine Eltern hier, was tue *ich* hier?

Gestern fuhr mein junger Chauffeur mich zu der Bucht, in der ich einmal meinen Bruder beinahe ertränkte. Ich habe dir das nie erzählt; ich habe es mir selbst nie erzählt. Die eiskalte Wut, mit der ich ihn unter Wasser drückte, die Distanz, die ich zwischen mir und der Welt spürte, zwischen mir und mir.

Dem steht ein Morgen gegenüber, einer der letzten, die wir als Bewohner dieser Insel verbrachten. Meine Mutter und ich standen in aller Frühe auf, um ein letztes Mal auf den höchsten Berg der Insel zu steigen. Der ist nicht sehr hoch; in einer Stunde ist man oben. Wir blieben eine Weile auf dem Gipfel sitzen – einem echten, spitzen Gipfel, nicht so einem schlappen Plateau. Schweigend schauten wir auf alles unter uns, die geschwungenen Hügel, die Kakteen, das Meer, das im frühen Morgenlicht bleich funkelte. Meiner Mutter klebte das T-Shirt schweißnass am Rücken. Beim Trocknen würden Salzringe zurückbleiben, harte Placken, die Ähnlichkeit mit der Landkarte einer Bergregion hatten.

Und da sahen wir sie, Dutzende von Vögeln, die in einem Wahnsinnstempo auf die steile Südseite des Bergs zuflogen. In letzter Sekunde drehten sie ab, schossen in einem Winkel von beinahe neunzig Grad in die Höhe. Warum machten die Vögel das? Manchmal wenn ich an die Insel denke – merkwürdigerweise *denke* ich sehr oft an die Insel, auch jetzt, wo ich hier bin, erweist sie sich in erster Linie als Abwesenheit, die mit Denken gefüllt werden muss –, sehe ich nur diese Vögel, die in völliger Todesverachtung um ein Haar gegen die Bergwand knallen.

Vielleicht, sagte M., stehe ich auf frisch keimenden Schmerz.

Ich lag in der Badewanne, einer Wanne auf Füßen, sie saß auf einem Hocker daneben. Diese Szene wiederholte sich in jener Woche in abgewandelter Form an jedem Nachmittag: ich durchgefroren in der Wanne, der Himmel grau, eine Flasche Cidre in Reichweite. Juli in der Normandie.

Manchmal, sagte M., denke ich, dass der Schmerz anderer Leute auf mich wirkt wie eine spezielle Glut oder wie eine Duftspur, die mich anlockt.

In der Küche begann der Kessel zu pfeifen. M. ging hin, goss das kochende Wasser in die lau gewordene Wanne und öffnete eine neue Flasche Cidre.

Als Kind, sagte ich, habe ich nie davon geträumt, die Prinzessin zu sein, sondern immer die Verstoßene. Es gab ein Märchen, das mich besonders beeindruckt hat. In meiner Erinnerung ging es darin um einen Vater, der seine drei Töchter losschickt, um Geschenke zu suchen, die zum Ausdruck bringen sollen, wie wichtig er ihnen ist. Eine ziemlich kranke Idee, wenn man darüber nachdenkt, aber wie dem auch sei, die Töchter bemühen sich nach Kräften, und zwei von ihnen kehren mit den denkbar größten Schätzen zurück. Die dritte bringt nur Salz mit, worauf ihr Vater sie wutentbrannt aus dem Haus, oder vermutlich Schloss, jagt. Letzten Endes passiert etwas, wodurch er einsieht, dass ein salzloses Leben nach nichts schmeckt, und alle versöhnen sich wieder miteinander, aber mir geht es hier um diese Zwischenzeit, in der die Tochter zusehen muss, wie sie, ganz allein, in den Wäldern überlebt. Das fand ich unwiderstehlich, so eine Märtyrerin, die Kraft dieses Leidens.

Ein bisschen leiden im Wald, sagte M. Das war dein Kindheitstraum?

Als ich im Krippenspiel in der Schule eine in Geschirrtücher gehüllte Bettlerin spielen durfte, war ich entzückt. Ich wurde auch mal von zwei Brüdern in einem Keller an einen Pfahl gebunden.

Ähm, sagte M.

Eine Art Spielkeller hatten die. Wir waren zu sechst oder zu siebt. Sie waren Ritter und ich das Freifräulein. In meiner Erinnerung stand ich stundenlang an diesem Pfahl. Völlig ausgeliefert, und doch nicht ganz. Ich fühlte mich allmächtig. Es war, als könnte ich die Jungs von meiner Position an dem Pfahl aus steuern wie Marionetten, einzig und allein durch meine Anwesenheit. Im Nachhinein betrachtet war das natürlich etwas sehr Erotisches, ohne dass auch nur einer von uns die leiseste Ahnung hatte, was das bedeutete.

Männer, sagte M.

Jungs. Kleine Jungs.

Sie schenkte unsere Gläser bis zum Rand voll mit Cidre. In jener Woche begannen wir schon früh am Tag zu trinken, wodurch wir nie wirklich und zugleich ständig betrunken waren. Wir waren verliebt, M. und ich, und die Objekte unseres Verlangens waren beide auf ähnliche Weise nicht ganz abwesend, aber doch, in diesem Moment, mit ihren jeweiligen Familien in Urlaub. Eines Nachmittags, als wir es einfach nicht mehr in der Stadt aushielten, waren wir in M.s Auto gestiegen und hierhergefahren, in ein so kleines Dörfchen, dass es diesen Namen kaum verdiente, ein Schuppen im Garten eines Landhauses. Wir hatten einen Stapel Bücher mitgebracht, wenngleich wir durch die ganze Rederei und Trinkerei nicht besonders viel zum Lesen kamen. Eines war ein Buch mit Liebesbriefen zwischen Ingrid Jonker und André Brink, aus dem M. mir jeden Tag vorlas, morgens beim Wachwerden in unserem schmalen Bett, nachmittags am Badewannenrand, abends, wenn wir in dicken Pullovern draußen saßen und zu den Sternen hochschauten, Käse aßen und noch mehr tranken. Das Buch lag auch jetzt aufgeschlagen in ihrem Schoß.

Was sagen Männer eigentlich so, im Bett?

Tja, sagte ich. Manche sind ganz still, die kommen sogar in völliger Stille. Manche reden in einer Tour. Ich war mal mit einem zusammen, der hörte nicht auf zu reden. Außerhalb des Bettes niveauvoll, aber im Bett nur: Miese Schlampe, jetzt bist du dran, du hast eine Bestrafung verdient, sag sorry, sag bitte, ich spritz dich jetzt voll, fuck fuck fuck ich komme – solche Sprüche.

Ich finde miese Schlampe sehr unpersönlich.

Darum geht es ja gerade, dass es jede sein könnte.

Auch phantasielos. Sex mit Männern kommt mir sehr unpersönlich und phantasielos vor.

Das finden manche Menschen gerade reizvoll, dieses Ausblenden ihrer Persönlichkeit.

Du findest das bestimmt wieder reizvoll. Manchmal mache ich mir Sorgen darüber, was du reizvoll findest. Sagen Männer so was zu allen Frauen oder nur zu dir?

Ich griff nach meinem Glas Cidre auf dem Wannenrand, lag aber zu tief im Wasser, um richtig dranzukommen, und die Hälfte des Inhalts schwappte ins Badewasser.

Hängt ein bisschen von der Generation ab. Ältere Männer sagen mühelos schmutzige Sachen. Die lecken zwar, aber vor allem um danach selbst reinzukönnen, die muss man erst dazu erziehen. Bei Männern in unserem Alter ist es anders. Ich erinnere mich an einen Typ, der sagte: Ich schätze dich wirklich sehr als Mensch. Und danach sagte er: Du hast eine wirklich geile Möse. Und dann entschuldigte er sich für die Aufeinanderfolge dieser Bemerkungen, während ich darin überhaupt keinen Konflikt sah, und er leckte und fingerte mich sehr ausführlich und genoss es sichtlich, als ich dreimal kam.

Aber dagegen André Brink, sagte M., hör mal, was er hier wieder an Ingrid schreibt: *Die Liebe, alles, bekommt jetzt ein Zuviel an Abstufungen von Zärtlichkeit und Leidenschaft, als dass sie noch zu Papier gebracht werden könnte. Wenn ich sage, ich liebe dich, dann klingt das wie eine These. Wenn ich sage, ich habe Lust auf dich, unerträglich viel Lust auf dich, dann klingt es schamlos …* Was ist daran denn bloß schamlos? Aber gut … *Was sagt es außerdem über alles: bei dir zu sein und nebeneinander liegend zu reden, mit deinem Haar und mit deinen Wangen zu spielen, deine geschlossenen Augen zu küssen und dein Ohrläppchen zwischen meine Lippen zu nehmen, alles zu begrüßen: den sanftes Entzücken schenkenden Mund, die glatten gesprenkelten Schultern, den schmalen braunen gestreckten Rücken, die Arme, die so sanft und so fest umklammern können, und die Hände mit den lieben, schlampigen Nägeln, die runden zarten Brüste mit den Tipptoppnippelchen, die so keck hervorstehen …*

Diese Tipptoppnippelchen sind wirklich der Hammer, sagte ich.

Meine eigenen Tipptoppnippelchen ragten knapp über das Badewasser, und ich betrachtete sie mit einiger Zufriedenheit. Klein und rosa und ein bisschen jungenhaft.

Die Witwe des Kunstmalers, sagte ich, mein eigenes

Hausgespenst, schickte ihm, als sie noch anderweitig verheiratet war und er auch, Ansichtskarten ohne Text. So viel zu Liebesbriefen.

These old love letters from the other world, sagte M.

Ich sog Luft ein, schloss die Augen und ging mit dem Kopf unter Wasser. Für kurze Zeit schien die Welt weit entfernt, mein ganzes Leben nur ein Intermezzo in diesem Zustand ewiger Schwerelosigkeit.

Als ich mich aus der Wanne aufrichtete, spürte ich, wie der Cidre durch meinen Körper rauschte. Wie viel Gläser hatte ich eigentlich getrunken, abgesehen von dem, was ich ins Badewasser gekippt hatte? M. warf mir ein Handtuch zu.

Glaubst du, fragte ich, an so etwas wie einen Wendepunkt? Den Moment, in dem eine Figur über das Sosein der Situation zur Erkenntnis gelangt – das, was Aristoteles die Anagnorisis nannte?

Meinst du, fragte M., im Leben oder in der Literatur?

Im Leben, sagte ich. Oder in der Literatur. Ich weiß nicht.

Jedenfalls sagt dieses ganze Brimborium von wegen Einheit der Zeit und der Handlung mir nichts, sagte M., auch wenn das vermutlich wieder nichts damit zu tun hat.

Ich trocknete mich ab, zog Leggings an, ein T-Shirt, zwei Wollpullover und dicke Skisocken. M. hielt sich ihr steinaltes Nokia dicht vors Gesicht und las, das wusste ich, alle Nachrichten noch einmal, die ihr Liebesobjekt ihr in den letzten Tagen geschickt hatte. Ich selbst legte plötzlich größten Wert auf Einheit von Zeit und Handlung, ich wollte nicht weg, nicht aus diesem Badezimmer, nicht aus dem Schuppen, nicht aus diesem komischen kalten Sommer.

Glaubst du, fragte ich, dass wir in *blissful ignorance* leben?

M. starrte noch immer eindringlich auf ihren Handybildschirm.

Jetzt, meinst du, hier?

Jetzt, hier. Überall. Glaubst du, dass dies, sagen wir, das Vorwort ist?

M. sah endlich von ihrem Bildschirm auf.

Schätzchen, sagte sie. Es hat längst alles angefangen.

Die beiden Frauen verliebten sich, verließen ihre Liebsten, um beieinander zu sein, machten viel kaputt, darunter einander, bis es genug war. Dann schnitten sie sich selbst auf, nahmen eines nach dem anderen die Organe aus dem Dunkel ihrer Körper und legten sie auf einem sauberen weißen Tisch aus, wo sie glänzten wie Gegenstände aus glasiertem Ton. Jetzt waren sie leer, aber wenigstens lag etwas auf dem Tisch, und was da lag, waren die Teile unabhängig von der Summe, und eines Tages würden sie die Teile in ihre Körper zurücklegen, in der Hoffnung, dass alles wieder funktionieren würde, dass die Narben zu feinen Linien würden, geheimen weißen Tätowierungen an der Innenseite der Handgelenke.

SONNE IM KREBS

Sie begegneten einander in einem warmen Juni in einem wasserreichen Gebiet, wo sie eine gewisse Zeit verbrachten, um in Stille und Abgeschiedenheit zu arbeiten. Dort arbeiteten noch ungefähr zehn andere, jeder in seinem eigenen kleinen Zimmer am monumentalen Gang eines Gebäudes; ein altes Kloster in Frankreich, ein Schloss in Deutschland, eine Villa in Italien – das spielt keine große Rolle.

Nein, sie begegneten einander schon vorher, hatten

schon mal bei einer Party eines gemeinsamen Bekannten miteinander geredet. Später versuchen sie, sich diese allererste Begegnung, die Begegnung vor der Begegnung, in Erinnerung zu rufen. Ich wollte schon damals in deiner Nähe sein, sagt die eine. Ja, sagt die andere, ich wollte auch schon damals in deiner Nähe sein, du warst so klein, so erstaunlich klein, und du hast die ganze Zeit so gierig gelacht.

Die eine (die Kleine) kam mit dem Zug und traf eine Stunde früher als die andere ein, die im Stau gestanden, ihr Flugzeug verpasst und Stunden auf den nächsten Flug hatte warten müssen. Mit eiligen Schritten stapfte sie in das Gebäude, die Räder ihres Rollkoffers ratterten über den Steinfußboden, Sonnenbrille im Haar, kleine Kondenströpfchen auf dem Nasenrücken; sie ging, als hätte sie das Flugzeug noch immer nicht erreicht, und dies sollte sich als ihre Art, sich zu bewegen, erweisen, ungeduldig, gehetzt, und nicht gerade in einer Weise, die ihr zum Vorteil gereichte. Die Kleine wurde in dem Augenblick von der Hausleiterin herumgeführt, einer strengen Frau mit einem klirrenden Schlüsselbund, mit dem sie in Windeseile alle möglichen Türen öffnete und wieder schloss, ein Labyrinth von Türen, das nur zu existieren schien, um Verwirrung zu säen, das Gebäude für seine zeitweiligen Bewohner unkenntlich zu machen.

Mitsamt ihrem Rollkoffer schloss sich die zweite Frau der Führung an, die von der Hausleiterin unbeirrt fortgesetzt wurde. Jetzt eilten sie zu dritt durch die Gänge, als legten sie einen Parcours zurück, müssten gegen einen unsichtbaren Gegner gewinnen. Die beiden Frauen sahen einander an, und von diesem Moment an sollten sie in einen Spaß taumeln, der wochenlang anhalten sollte, einen fiebrigen, fröhlichen Spaß, der auch ein Wettstreit blieb, sie mussten einander zeigen, wer die Schnellere war, wer die Geschmeidigere im Geist, die Frechere, die Lautere.

Es entwickelte sich eine Routine, nach der die beiden Frauen am späten Nachmittag abwechselnd an die Zimmertür der anderen klopften. Dann spazierten sie zum nächstgelegenen See, zogen sich aus und sprangen hinein. Die Kleine war ein Wassertier, die andere wie ein kleines Kind, das den Kopf kaum über Wasser halten konnte. Sie rührten sich gegenseitig, wie Verliebte einander in jeder Hinsicht rühren, wenngleich sie zu diesem Zeitpunkt noch nicht merkten, was geschah, dass, was da geschah, nicht ohne Folgen bleiben konnte und dass diese Folgen bereits unumkehrbar eingesetzt hatten, sich mit jeder Bewegung, jedem Wort (sie hörten nicht auf zu reden) tiefer in die Zukunft gruben.

Eines Nachmittags demonstrierte das Wassertier, wie Rettungsschwimmen funktionierte. Man packte denjenigen, der gerettet werden sollte, von hinten am Kopf, Hände an den Ohren, und so zog man diesen durchs Wasser, wobei man mehr oder weniger unter dem anderen schwamm.

An jenem Abend konnte sie in ihrem schmalen Einzelbett nicht aufhören daran zu denken, wie die andere sich angefühlt hatte, ihr kleiner Kopf, die glatten gesprenkelten Schultern, der schmale gestreckte Rücken, der sich im Wasser steif gehalten hatte, alle Muskeln angespannt, bis einschließlich der Ohren, die wachsam an den Schläfen lagen, die gespitzten Ohren einer Katze. Sie hatte die Kraft dieses Körpers gespürt, den Widerstand, aber auch etwas anderes, und es war diese Kombination, dieses Amalgam von Gegensätzen, auf das sie den Finger legen wollte, wonach sie das Ganze langsam, aber sicher mit ebendiesem Finger aufknibbeln wollte, bis sie ganz drankam, irgendwo drankam, wo niemand sonst drankam.

Sie war noch nie mit einer Frau zusammen gewesen. Ja, sie hatte wie alle mehr oder weniger heterosexuellen Frauen, die sie kannte, sich zwar mit Frauen geküsst, aber weiter war es nicht gegangen. Bei Männern wusste sie, wie sie verführerisch sein musste, doch bei Frauen hatte sie keine Ahnung. Wenn die mal mit ihr flirteten oder tanzten, wurde sie so verlegen, dass sie wegschaute oder abrupt zur Bar ging, um etwas zu trinken zu holen. Sie kannte Frauen, die irgendwann ihren Freund verließen, weil sie herausfinden wollten, wie es um ihr Verlangen nach Frauen bestellt war, oder die sich mit Erlaubnis ihres Liebsten eine Frau dazunehmen durften, um das herauszufinden – ein Phänomen, das ihre lesbischen Freundinnen die Augen verdrehen ließ, denn an solchen Frauen hatte man nichts, die probierten etwas aus, brachen einem das Herz und konnten danach gar nicht schnell genug schwanger werden.

Dass sie sich innerhalb einer Woche in diese Frau verliebt hatte, rettungslos verliebt, wenngleich sie sich einredete, es sei nur eine leichte Verliebtheit, erstaunte sie trotz allem nicht. Ach, dachte sie an jenem Abend in ihrem Bett, das ist es also. Ach: als betrachte sie das Foto eines alten Freundes und erinnere sich auf einmal an den Klang seiner Stimme, an seine Motorik, seine Angewohnheiten.

In ihrem Bett am anderen Ende des Gangs lag die andere und telefonierte mit ihrer Frau. Als sie das Gespräch beendet hatte, dachte sie, dass sie fast ausschließlich von der Frau gesprochen hatte, die sie am Nachmittag sanft am Kopf durchs Wasser gezogen hatte. Du würdest sie auch nett finden, hatte sie zu ihrer Frau gesagt, sie ist sehr lustig und gescheit und klein. Sie dachte: Beim nächsten Mal darf ich nicht so viel von ihr erzählen. Sie redete sich selbst ein, dass sie ihrer Frau auf diese Weise kein falsches Bild vermitteln wollte. Dass keine Gefahr bestand. Die Frau auf der anderen Seite des Gangs war hetero und hatte ihr vor ein paar Tagen erzählt, dass sie demnächst mit ihrem Freund zusammenziehen werde, dass sie ein Kind wolle, nicht gleich, aber in der Zukunft, dass sie sich trotz allem und neben allem doch immer als Mutter gesehen habe.

VENUS IM KREBS

Im Nachhinein betrachtet erscheint der Sex zwischen den Frauen als regelrechte Offenbarung, doch das Gedächtnis lässt sich nicht völlig täuschen. Der erste Kuss war zu hart und zu gierig, um sinnlich zu sein. Keine von beiden war imstande abzubremsen, zu erleichtert vielleicht, zu viel Angst, loszulassen, wo sie sich endlich festhielten. Sie rollten wie Tiere übereinander und brachen immer wieder in Lachen aus, um sich gegenseitig klarzumachen, dass sie es nicht ernst nahmen, dass sich auch dies immer noch unter Spaß verbuchen ließ. Sie zogen einander das T-Shirt aus, und als sie im BH voreinander auf Knien hockten, sagte die eine Frau, die liebe Ertrinkende mit dem schmalen, starken Körper: Stopp.

Die Kleine, das Wassertier, war erleichtert, dass das Stopp kam, es war zu viel auf einmal, sie sehnte sich danach, allein im Bett zu liegen beim sanften Licht ihrer Nachttischlampe, ein wenig zu lesen, einzuschlafen.

Um sechs Uhr morgens war sie hellwach. Sie ging in die Küche, um Kaffee aufzusetzen, dann klopfte sie mit der Kaffeekanne in der Hand an die Tür der anderen, als wäre es die normalste Sache der Welt um halb sieben morgens, und das war es auch. Ruhig zogen sie sich gegenseitig ganz aus. Um der Kleinen zuvorzukommen, deutete die andere auf alle ihre Narben. Sie sagte: Ich glaube, das ist kein Spaß mehr. Sie liebten sich liebevoll, langsam, noch ein bisschen fremdelnd, aber immer weniger vorsichtig. Obwohl die eine noch nie mit einer Frau geschlafen hatte, fand sie ihn keinen Moment lang merkwürdig, diesen Frauenkörper, und es war ihr auch vollkommen klar, wie er berührt werden wollte. Verlegen, aber ohne wirkliche Angst, es falsch zu machen, leckte sie sie, sie sog ihren Geruch ein (salzig und ein wenig muffig), und dieser Geruch erregte sie so sehr, dass sie sich selbst vergaß, bis die andere sie wieder an sich zog, sie mit ihren Gesichtern ganz nahe beieinander waren und die Finger ineinander hatten, ohne dass es eine Rolle spielte, wo die eine begann und die andere aufhörte, welche Empfindungen zu wem gehörten, und hinterher musste die eine weinen, salzige Tränen, die sich mit salzigem Schweiß mischten, während die andere ihr den Rücken streichelte. Was war das, Herrgott noch mal, sagte sie, schon wieder lachend, was machst du mit mir.

Nach jenem ersten Mal liebten sie sich jeden Nachmittag in einem der beiden Zimmer, in einem der schmalen Betten und manchmal auf dem Fußboden oder in der Dusche. Das Schloss (die Villa, das alte Kloster) war kein Hotel; die Zimmer wurden nicht saubergemacht und die Bettwäsche nicht gewechselt. Die Frauen waren von der Hausleiterin mit dem klirrenden Schlüsselbund so eingeschüchtert, dass sie sich all die Wochen nicht trauten, um neue Wäsche zu bitten. Manchmal hängten sie die Laken zum Trocknen in die Sonne. Nicht, dass es viel geholfen hätte: Ihr frischer Schweiß zog in die dünne Baumwolle, trocknete, wurde säuerlich, und immer wieder kam eine neue säuerliche Schicht auf die alte, bis die Schichten nicht mehr voneinander zu unterscheiden waren, die Geschichte sich selbst geschrieben hatte, überschrieben, gelöscht.

Noch nie hatte jemand auf so präzise Weise ihren Körper geliebt. Dein Rücken, sagte die andere, die kleine Rinne unten an deinem Rücken, deine linke Schamlippe etwas größer als die rechte, deine geile Möse, deine Hüften, deine Taille, diese niedlichen kurzen Beine, deine Schultern.

Ihre breite Hand um ihre schmale Hand. Die kleine Frau küsste ihre zerbissene Nagelhaut, ihren Hals, ihr kleines, fest angeheftetes Ohr, die Sommersprossen in ihrem blassen Gesicht, ihre Wimpern und Augenlider, den ganzen schmalen Körper fest in ihren Armen. Man müsste ein Buch schreiben, sagte sie, über den weiblichen Orgasmus, ein hochmodernes Hohelied, das alle seine Tiefen und Breiten besingt, und, mehr noch, ich werde es schreiben, ich werde alle wissen lassen, wie es ist, und alle Frauen und Männer von ihrer Unwissenheit befreien, eine neue Zeit wird anbrechen, endlich.

Ihre Phantasien waren die üblichen Klischees von Unschuld und Unterwerfung, Vergehen und Strafe, doch die volle Überzeugung, mit der sie sie aneinander auslebten, und die jedes Mal wechselnde Rollenverteilung von Hure und Heiliger, Macho und Mädchen, Schülerin und Lehrerin machten sie in ihrem eigenen Erleben absolut originell. Und um wessen Erleben ging es denn, wenn nicht um ihr eigenes?

In allen Nächten schliefen sie zusammen, ineinander verschlungen, und es war ein Wunder, wie glatt und kühl sich der Körper der anderen unter dem dünnen Laken anfühlte, so ganz anders als die klebrigen, überhitzten Männerkörper, an die sie so lange gewöhnt gewesen war.

Eines Nachmittags besuchte sie ein Museum für zeitgenössische Kunst in der nahe gelegenen Stadt. Es gab eine große Retrospektive eines Künstlers, der seine Werke, so las sie in dem Faltblatt, als konstruierte Situationen beschrieb. In jedem Saal gingen, sprachen und tanzten Performerinnen und Performer unterschiedlichen Alters. Manchmal antworteten die Besucher etwas, und das schien auch beabsichtigt zu sein. Die Frau stand weiter hinten in einem Saal, in dem ein merkwürdiges ätherisches Lied gesungen wurde, als sie plötzlich eine kleine Kinderhand in ihrer spürte. Das Kind, ein ungefähr siebenjähriges Mädchen mit ernstem Gesicht und blonden Locken, zog sie sanft, aber doch bestimmt aus dem Saal. Was ist Fortschritt?, fragte das Mädchen. Was ist Liebe? Was ist Hoffnung?

Nachdem das Mädchen ihre Hand losgelassen hatte, rannte die Frau zu den Toiletten, die sie gerade noch rechtzeitig erreichte. Sie kotzte und kotzte, ein heißer Brei aus Brokkolisuppe und Thunfisch aus der Dose, bis nur noch Galle aus ihrem Inneren kam. Als es vorbei war, ließ sie den Kopf erschöpft auf der WC-Brille ruhen.

An dem Abend rief sie ihren Freund an. Ich kann nicht bei dir bleiben, hörte sie sich zu dem liebsten, gesündesten und sanftmütigsten Mann sagen, den sie kannte. Er war still, und um die Stille zu durchbrechen, begann sie zu sprechen, sehr lange hörte sie nicht auf zu sprechen, und mit jedem Wort, das sie sprach, fühlte sie sich leerer, und als sie jeden Satz in mindestens fünf Varianten wiederholt hatte, jedes Wort mit demselben Wort bestätigt hatte, und noch einmal und noch einmal, da war sie fix und fertig.

So etwas sagt man doch nicht am Telefon, sagte er schließlich, so leise, dass sie ihn fast nicht verstand.

MOND IM SCHÜTZEN

Die andere fuhr in Urlaub mit ihrer Frau, die Kleine blieb zu Hause und zählte die Tage bis zu ihrer Rückkehr. Es blieb einfach Sommer; die Tage zum Verrücktwerden lang, die Nächte kurz und kaum dunkel. Sie trank viel, rauchte viel, kokste eine Nacht lang nicht zu knapp auf einer Party und fühlte sich an den Tagen danach wie ein wandelndes schwarzes Loch.

Sie dachte: Ich gebe ihr Zeit bis Oktober. Dann hört es auf, oder es beginnt. Selbst nichts schien ihr besser als halb, wenngleich sie hochmütig genug war, auf alles zu setzen, zu meinen, sie habe Recht auf alles, zu vergessen, dass die Frau ein Leben hatte, ein Leben, das aus ganz anderen Bausteinen zusammengesetzt war als ihr eigenes.

Fast jeden Tag telefonierte sie mit ihrem Freund M., einem Psychiater, den sie einige Jahre zuvor auf der Vernissage eines Künstlers kennengelernt hatte, ein gemeinsamer Freund, wie sich herausstellte. Mittlerweile waren sie beide mit diesem Künstler zerstritten – früher oder später bekam jeder Streit mit ihm –, doch zwischen ihnen war eine selbstverständliche und treue Freundschaft entstanden, geprägt von langen Telefongesprächen und monatlichen Treffen in einer für beide zu Fuß erreichbaren Kneipe, wo sie Bier tranken, Krokettenklößchen aßen und mit der Gier von Geliebten redeten und redeten, ohne dass von Erotik die Rede gewesen wäre. Auf rührende Weise war er manchmal väterlicher, als ihr eigener Vater es je gewesen war; immer wollte er wissen, ob sie nach ihren Verabredungen gut nach Hause gekommen war, und immer fürchtete er, ihr könnte unterwegs etwas zustoßen, obwohl sie eine erwachsene Frau war und es von einer anstößigen Naivität zeugen würde, vom Leben etwas anderes zu erwarten, als dass es einem Schmerzen zufügte und das auch künftig tun würde. In jenem Sommer war M. mit seiner Frau, seinem Sohn, der Schwiegertochter und den Enkeln auf eine griechische Insel gereist, wo sie drei Wochen in einem Ferienhaus an der Ägäis verbrachten.

Hier ist es wahnsinnig heiß, sagte er, und fürchterlich voll. Überall Russen. Wer fährt auch mitten im Sommer auf eine griechische Insel?

Du offenbar.

Ein Vorteil, sagte er, ist, dass das Rauschen des Meeres in Kombination mit dem Gekreische der Enkel offenbar genau das richtige Antigeräusch für meinen Tinnitus ist.

Noise cancelling-Kinder, sagte sie, und sie hörte exakt lange genug seinen Seufzern zu, um unter Wahrung eines Scheins von Anstand von sich selbst anzufangen. Er war einer der wenigen, denen sie sofort von der Frau erzählt hatte, und als er sich das bei jenem ersten Mal angehört hatte – sogar noch bevor etwas zwischen ihr und der Frau vorgefallen war –, hatte er ihr unumwunden gesagt, sie sei verliebt und dass wahrscheinlich nichts dagegen zu machen sei. So etwas müsse bis zur äußersten Konsequenz ausgelebt werden, alles andere sei eine Leugnung des Lebens (er war Krebs, wie sie).

Sie fragte, was sie ihn jeden Nachmittag fragte, und wie immer antwortete er, sie müsse ruhig abwarten. Diesmal hörte sie nach seiner Antwort ein Zögern an seinem Ende der Leitung.

Was ist?, sagte sie. Sag nur.

Na ja, sagte M. Erwarte nicht, dass es danach einfach wird. Hinterher denkst du an diese Zeit zurück als *blissful ignorance*.

Ich bin nicht ignorant, sagte sie. Und diese Warterei fühlt sich alles andere als blissful an.

Denk später noch mal an die Worte deines alten Freundes zurück, sagte M. Aber das musst du selbst wissen. Und ich muss jetzt mal schnell nachschauen, ob die Kinder nicht im Pool ertrunken sind.

Die andere kam aus dem Urlaub zurück und dachte sich eine Konstruktion aus, nach der sie heimlich ein Wochenende zusammen verbringen konnten. Ein Badeort zwischen ihren beiden Wohnorten, eine Strandpromenade voller Urlauber, ein anonymes, anthrazitgraues Hotel an einer Umgehungsstraße. Sie konnten in der Menge aufgehen, niemand achtete auf sie, und das Meer der Gleichgültigkeit war sowohl befreiend als auch leicht beleidigend, denn wie konnten die Menschen so blind sein gegenüber der Schönheit ihrer Liebe, ihrem strahlenden Glück, das so viel glücklicher war als alle abgenutzten Varianten ringsum, die schon mal so viel stumpfer gewesen sein mussten, so viel banaler und alltäglicher.

Im Hotelbett, nach dem Vögeln – Mädchen, ich bin

dein Arzt, bist du schon mal inwendig untersucht worden? –, sagte die andere: Wenn ich meine Frau verlasse, kann ich dann auf dich zählen?

Du sollst deine Frau nicht meinetwegen verlassen, sagte die Kleine. Du sollst deine Frau nur verlassen, wenn du sie unabhängig von mir verlassen willst.

Nichts ist unabhängig von dir, sagte die andere. Aber wenn ich meine Frau verlasse und mein Haus und mein ganzes Leben, wie es jetzt ist, dann brauche ich eine Garantie.

Sie streichelte der anderen über den kühlen Bauch, nahm ihre schmale Hand, besah und küsste ihre übel zugerichteten Finger, ihre lieben, schlampigen Nägel.

Ewige Treue also?, sagte sie. Der eigene Name mit einem stumpfen Messer in den Körper der anderen geritzt, unser Blut vermischt in einem Ritual bei Vollmond, einander spiegelnde Tätowierungen, Ringe und Kleider und dieser ganze monströse Unsinn?

Du darfst mich nicht fallenlassen, sagte die andere.

Warum sollte ich dich fallenlassen?

Du musst dir sicher sein, dass du nicht mehr zu deinem Ex zurückwillst, dass du nicht eigentlich einfach einen Mann willst.

Die andere nahm ihre Hand zurück und begann, an ihren Nagelhäuten herumzubeißen.

Wenn du mich fallenlässt, habe ich nichts mehr.

Ich lasse dich nicht fallen, sagte die Kleine, niemals, obwohl sie wusste, dass man so etwas wirklich nicht versprechen kann. Aber war es damit auch gleich eine Lüge? Manchmal muss eine Wahrheit einer anderen weichen, weil sie in dem Moment schlichtweg Priorität hat.

Am Ende des Sommers buchte sie für ein paar Tage ein Zimmer in der Stadt, in der die andere mit ihrer Frau wohnte. In diesem Zimmer arbeitete sie und wartete auf sie.

Eines Nachmittags verlor sie nach dem Vögeln die Schnur eines Tampons. Sie hockte sich auf den Boden, die andere fuhr mit dem Finger bei ihr hinein und sagte: pressen, fest pressen, was sie tat. Das Ding flutschte heraus, eine Mutterkuh, die ein blutiges Kälbchen zur Welt gebracht hat. Sie bekamen Schluckauf vor Lachen, und danach hielten sie einander fest, bis sie, nackt auf dem Boden, zwischen ihnen der blutige Tampon, vor Kälte zitterten.

Nicht viel später musste die andere zurück zu dem Haus, in dem sie mit ihrer Frau wohnte, es kamen Gäste zum Essen, sie musste noch einkaufen und kochen. Die kleine Frau spazierte lange Zeit durch die Stadt, die nicht die ihre war. Sie fühlte sich wie ein Raubtier, das eine Beute umkreist, geduldig, unbesiegbar. Das Universum war ihr günstig gesinnt, schon immer, die Dinge bewegten sich in ihre Richtung, und es kam meist nur darauf an, im richtigen Moment das Richtige herauszugreifen. Und jetzt hatte sie sich das in den Kopf gesetzt, diese Frau, die sie einer anderen Frau wegnehmen würde, und der Schild der Verliebtheit und Begierde schützte sie vor allzu vielen Gefühlen von Empathie, was sie das ganze Unterfangen mit anderen Augen betrachten ließ, da sie sich immer als überdurchschnittlich empathischen Menschen gesehen hatte. Aber auch, und hier hörte sie M.s Stimme in ihrem Kopf, überdurchschnittlich ehrgeizig. Und überdurchschnittlich beeinflussbar. Aber gut, vielleicht galten die Regeln irgendwie nicht, wenn man verliebt war, vielleicht war es deshalb eine so gefährliche und, warum auch nicht, potenziell revolutionäre Kraft.

Sie aß mit Appetit eine Portion Spaghetti Vongole bei einem Italiener im Zentrum, trank zwei Gläser Garganega dazu und ging einem Impuls folgend in das kleine Kino, an dem sie auf dem Rückweg zu ihrem Zimmer vorbeikam. Sie kaufte ein Ticket für den Film, der gleich beginnen würde und, wie sich zeigte, von Aliens handelte, die in fremdartigen, feuersteinartigen Raumschiffen auf der Erde landeten. Wobei es weniger um die Aliens selbst ging als um ihre Sprache, sie wollten etwas kommunizieren, aber niemand wusste, was. Die Frau konnte nach dem langen Spaziergang und dem Wein ihre Augen kaum offen halten, wodurch der Film, der einen beeindruckenden Soundtrack hatte, als Serie halluzinatorischer, aus jeglicher Chronologie gerissener Fragmente an ihr vorüberzog. In ihrem Dämmerschlaf tauchte ein Dozent aus längst vergangenen Zeiten auf, jung und inspiriert, rotblond und sommersprossig, der ihnen, einer Gruppe Studienanfänger, das Konzept linguistischer Relativität zu erklären versuchte. Mit wilden Schwüngen hatte er die Worte Sprache und Wirklichkeit auf ein Whiteboard geschrieben und um sie herum einen Kreis gezogen und noch einen und noch einen, und der Stift entpuppte sich als Permanentmarker, so dass die Sprache und die Wirklichkeit das ganze Jahr über als konstante Erinnerung durch alles hindurchschimmerten. Vielleicht lag es an der Linguistin im Film, die auch rotblond und sommersprossig war. Etwas über Hopi-Indianer, im Film oder in ihrem Halbschlaf, die kein Wort für Zeit kannten, bei denen die Tage keine Einheiten waren, die man voneinander unterscheiden konnte, sondern ein Kontinuum wie die Gezeiten, die Wellen, die unsichtbare Strömung unter einem ruhigen Meeresspiegel. Sie wachte ruckartig auf und sah den Nachspann über die Leinwand laufen. Es waren wenig Leute im Saal gewesen, aber jetzt war sie die einzig Übriggebliebene, und sie konnte sich des Gefühls nicht erwehren, dass sich eine Katastrophe ereignet hatte, während sie da im Dunkeln saß, dass die Welt draußen aufgehört hatte zu existieren oder sich zumindest unerkennbar verändert hatte.

Verstört griff sie nach ihrem Handy und sah eine kurze Nachricht der anderen, die Nachricht, die früher oder später kommen würde und die sie die ganze Zeit über so gelassen wie möglich abgewartet hatte, doch anstatt Erleichterung spürte sie eine Schwere in ihrer Brust. O nein, dachte sie, jetzt ist es wirklich kein Spaß mehr. Von jetzt an muss ich zeigen, dass alles, was ich habe, genug ist.

MERKUR IM KREBS

Die andere wohnte ein paar Wochen bei Freunden und fand danach ein kleines Apartment, das sie für mindestens ein halbes Jahr mieten konnte. Sie hatte fast keine Sachen aus dem Haus mitgenommen, in dem sie ihre Frau zurückließ, so wenig, dass es schon skurril war – im Wohnzimmer standen ein kleiner Schreibtisch und ein Stuhl, sie hatte zwei Gabeln und ein Messer, zwei Teller, ein paar Gläser und *einen* Kaffeebecher. Online hatte sie ein Luftbett für zwei Personen bestellt, das sie jeden zweiten Tag neu aufpumpen musste, weil sie sonst auf dem kalten Fliesenboden lag. Sie wollte sich quälen und prüfen, sie wollte die Verwüstung, die sie angerichtet hatte, maximal spüren, so maximal, wie es in diesem Zustand der Verliebtheit möglich war, der viel Ähnlichkeit mit Glück hatte, das viel Ähnlichkeit mit einem unermesslichen Abgrund hatte, und auf ein Blatt Papier schrieb sie zwei Sätze von Clarice Lispector (*Und mit diesem Sturz beginne ich mein Leben zu formen. Mit schlechten Steinen lüfte ich das Entsetzen und mit Entsetzen liebe ich*), und mit einer Heftzwecke drückte sie das Blatt in die Wand über dem Schreibtisch.

Nach ein paar Wochen sagte die Kleine: So, jetzt reicht's. Spätabends war sie noch in ihrer eigenen Stadt in den Zug gestiegen. Auf dem Fußboden des Apartments hatten sie ein paar Flaschen Bier getrunken und ein ziemlich mühsames Gespräch geführt. Jetzt war es fast Morgen. Sie war von der Kälte aufgewacht, die vom Boden aufstieg, das Luftbett schlaff, der Matratzenüberzug an ihren Füßen zusammengeknäult. Durch das vorhanglose Fenster schien das schwache, schmutzige Licht einer Straßenlaterne herein. Das Toilettenpapier war alle, und die paar Brotscheiben in der Tüte auf der Anrichte waren versteinert.

Bei IKEA kauften sie ein Bett, einen Schrank, einen Esstisch, Gardinen, ein kleines Sofa, Geschirr und ein paar billige Küchenmesser. Als sie die Lattenroste zusammengebaut hatten, entpuppten sie sich als zu groß für den Rahmen, was die andere rasend machte und die Kleine angestrengt optimistisch sagen ließ, ach Liebling, was macht das schon, wir legen sie jetzt erst mal auf den Boden, und dann tauschen wir sie einfach um. Sie dachte: Ich muss ein neues Haus um sie herum bauen, um uns herum, eine Konstruktion mit festen Wänden und Möbeln, damit wir irgendwo wohnen und zur Ruhe kommen können. Sie dachte: Ich kann das, ich kann alles, so bin ich erzogen, ich weiß, wie ich durch die Welt navigieren muss mit einem Schraubenzieher, einem Laptop, einer Regenjacke, ich habe ein Talent fürs Leben, große Mengen Liebe, eine Hülle um mich herum, die mich schützt und die ich vielleicht dehnen kann, so dass sie auch um sie herumpasst.

JUPITER IM STEINBOCK

Eines Abends verabredete sich die andere mit ihrer Ex-Frau. Sie verabredeten sich öfter, das war unvermeidlich, allein schon weil nach der Trennung dieses und jenes an Geld und Besitztümern aufgeteilt werden musste. Diese Verabredungen waren kurz und mehr oder weniger sachlich. Die Ex-Frau hatte in den ersten Monaten nach der Trennung über nichts anderes sprechen wollen, aber jetzt wollte sie Dinge wissen, und deshalb hatte sie ein gemeinsames Essen vorgeschlagen.

Die Kleine war für ein paar Tage in ihre Stadt gekommen und sagte, natürlich, verabrede dich, solange du willst, ich muss sowieso noch arbeiten.

In den ersten Stunden war es angenehm, allein zu sein. Sie bestellte sich Sushi, arbeitete konzentriert an einem Artikel und las ein bisschen in einem Roman über Menschen, die sich nach ihrem Tod einfrieren ließen, um in ferner Zukunft in einem Zustand puren und unbegrenzten Bewusstseins zu erwachen.

Es war Winter, der Fliesenboden des kleinen Apartments war kühl, und trotz ihrer dicken Socken hatte sie eisige Füße. Es half nicht sehr, von eingefrorenen Leichen und körperlosen Bewusstseinszuständen zu lesen.

Sie klappte das Buch zu und sah sich eine Netflix-Serie an, aber als innerhalb von fünf Minuten eine Frau vergewaltigt, ermordet und an einem Flussbett entsorgt worden war, hatte sie auch davon genug. Der rohe Fisch lag ihr kalt im Magen, sie hätte etwas Warmes bestellen sollen, wenigstens Miso-Suppe. Sie duschte, soweit das unter dem schwachen Strahl möglich war, der an der Wand herunterrann und woran der Vermieter schon seit Wochen dringend etwas hätte tun sollen.

Sie kochte Tee. Klickte ein paar Newssites an – alles drehte sich um den amerikanischen Präsidenten, der seit einer Woche das Land regierte. Sie hatten sich die Amtseinführung im Livestream angesehen. Es war auf eine seltsame Art romantisch, wie sie gemeinsam mit einer Bierdose in der Hand vor ihrem kleinen Laptop gesessen hatten. Der neue Präsident mit der Hand auf der Bibel, die von seiner Frau gehalten wurde. Die kurze, ominöse Rede, seine Demagogenstimme, die immer auf einer anderen Ebene zu operieren schien als sein Geist, als wäre ein Band eingeschaltet worden, damit er währenddessen an ganz andere Dinge denken konnte. Prost, hatten sie zueinander gesagt, *this is the way the world ends.*

Es war halb elf, nicht besonders spät, sagte sich die Frau. Sie versuchte, nicht an die andere und deren Ex-Frau zu denken, das ging sie nichts an, darin wollte sie prinzipiell sein.

Sie versuchte noch ein bisschen zu arbeiten. Die andere konnte jeden Moment nach Hause kommen, und es wäre gut, ihr zu zeigen, dass sie beschäftigt war, ein eigenes Leben hatte, das weiterging, auch wenn sie nicht in ihrem eigenen Haus und ihrer eigenen Stadt war. Es wurde elf, und sie schaute bei WhatsApp nach, ob die andere online war, schaute dann minutenlang, ob sie online kam, in der vagen Annahme, dass das helfen würde, dass sie die andere herbeischauen konnte, dass jeden Moment die magischen Buchstaben *schreibt* ... auf ihrem Display erscheinen würden. Sie legte das Handy weg.

Sie durfte erst um halb zwölf wieder nachsehen, obwohl sie sich nicht vorstellen konnte, dass die andere nicht in der nächsten halben Stunde zu Hause sein würde. Sie war jetzt fünf Stunden fort. Es war ein Fehler gewesen, hier zu bleiben. Sie hätte die Kontrolle wieder übernehmen müssen, in den letzten Zug nach Hause steigen, aber dafür war es jetzt zu spät.

Sie schaute wieder um Viertel nach elf, dann um siebzehn nach elf. Was machte sie hier? Warum war sie so naiv gewesen zu denken, dass dies hier, dieses gemeinsame Sich-Verstecken in einem kleinen Apartment mit kalten Bodenfliesen und einer kaputten Dusche, auch nur den geringsten Schein von einem wirklichen Leben wecken konnte? Die Angst zog plötzlich und heftig herauf, wie ein Gewitter; eisige Regengüsse und starke Böen, gefolgt von einer Windstille, die sie nicht beruhigte, sondern nur noch weiter aufwühlte. Vielleicht musste sie raus, einen Spaziergang durch die kalte Nacht machen, aber es gelang ihr nicht aufzustehen, das Einzige, was sie tun konnte, war, sitzen zu bleiben und zu hoffen, dass es vorbeiging, dass sie den Schlüssel im Schloss hörte und die Wirklichkeit wieder auftauen würde. Um zehn nach halb zwölf kam eine Nachricht: *Gleich zurück. Wir rauchen noch eine letzte Zigarette*.

Kein X dahinter, nichts.

Plötzlich war sie wütend, nicht sosehr auf die andere als vielmehr auf sich selbst. Sie hatte nicht gedacht, dass sie sich noch jemals so fühlen würde, so ihrem Schicksal ausgeliefert, so völlig bewegungslos und verzweifelt. Sie dachte, darüber hinausgewachsen zu sein, schon vor Jahren, sie dachte, ihre Lektion gelernt und etwas erreicht zu haben, was einer vollkommenen Autonomie nahe kam. Was für ein hoffnungsloser Irrtum, so zu denken, sich gegen diese Art von Elend gefeit zu fühlen, einzig und allein weil zufällig ein paar Jahre lang nichts geschehen war, was dieses Elend hätte entfachen können. Vielmehr vermisste sie ihren Ex, der sie nie durcheinandergebracht hatte, in dessen Abwesenheit sie sich kein einziges Mal Gedanken über seine Bewegungen, seine Rückkehr zu ihr hatte machen müssen.

Es wurde zwölf, und die andere war noch immer nicht zurück, Viertel nach zwölf, halb eins, Viertel vor eins. Wer in Gottes Namen brauchte eine Stunde für eine letzte Zigarette? Hatten sie Krach oder Sex oder beides, lachten sie gemeinsam über einen dummen Irrtum, der ein paar Monate angedauert hatte, sich aber glücklicherweise noch ohne allzu viel Mühe rückgängig machen ließ?

Um halb zwei hörte sie endlich den Schlüssel im Schloss. Sie stritten sich bis drei Uhr morgens, woraufhin die andere wie ein Klotz einschlief und sie selbst, die Augen weit aufgerissen, auf dem Rücken im Bett liegen blieb, sich vorstellend, dass die schlafende Frau neben ihr an diesem Abend gestorben war, von einem Auto erfasst, während sie mit ihrer Ex auf der Straße eine Zigarette rauchte.

Die mühsamen Gespräche gehörten vielleicht zu der Zermürbungsschlacht, die es war, wenn man das eigene Leben und das einer anderen über den Haufen warf und versuchte, aus den Trümmern einen ganz neuen, nie zuvor gebauten goldstrahlenden Turm zu errichten.

Dennoch verstand sie die Gespräche manchmal nicht, die einen unvermeidlichen Verlauf zu nehmen schienen, ohne dass sie die Route vor sich sah, geschweige denn sie hinterher in umgekehrter Richtung abschreiten konnte, bis sie wieder am Ausgangspunkt war.

Zu Anfang dachte sie, dass die andere alles von ihr wissen wollte, weil sie nach allem fragte, so lief das, wenn man sich gegenseitig nicht essen konnte, wenn man nicht aus der eigenen Haut schlüpfen konnte, um ganz in die andere einzudringen, die andere zu werden, dann musste man sich mit möglichst vielen Fragen und Antworten begnügen.

Wie waren deine Mutter und dein Vater, warst du immer schon so ernst, so witzig, warst du zu Hause in der Welt, warst du schüchtern, frech, wann warst du das erste Mal verliebt und in wen, passtest du in die Gruppe oder hat man dich fertiggemacht, wann hast du Brüste bekommen, wann Lust verspürt, hast du dich schon als Kind selbst befriedigt, wie war das erste Mal und das zweite und das dritte, wer hat dir das Herz gebrochen und warum und wann, wie lange hat es gedauert, darüber hinwegzukommen, hast du dich selbst erniedrigt, hergeschenkt, hast du Dinge getan, die du bereust, hast du über dich bestimmen lassen, wann hast du *Das andere Geschlecht*, *Orlando*, *Orangen sind nicht die einzige Frucht* gelesen, warum hattest du so einen Liebeskummer wegen dieses einen Typen, warum dauerte das so lang, warum liefst du ihm ewig hinterher, hattest du keine Selbstachtung, war er es, mit dem du Analsex hattest, einen Dreier, wann, wie oft, warum redest du so nett von all deinen Exen, warum siehst du das nicht, bist du nicht böse, worüber hast du gelogen, denkst du etwa, dass er dir treu war, bist du wirklich mit dem ins Bett gegangen und mit dem, hattest du manchmal Lust auf schmutzige Männer, konnten die besonders gut ficken, lecken, kamst du genauso gut und genauso oft, und wenn du das alles gemacht hast, dann kann man dir doch nicht trauen, dann kann ich mich doch nicht auf dich verlassen, dann willst du doch zu diesem einen Ex zurück, der dich sitzengelassen hat, dann bist du süchtig nach Schmerz, nach Männern, die dich erniedrigen, dann bist du noch naiver, als ich dachte, und warum kannst du nicht *ein* Mal zugeben, dass, es würde mir helfen, wenn du *ein* Mal verzichtest auf, sei doch nicht die ganze Zeit so verdammt stolz, ich gebe doch auch nach, und warum kannst du nicht einfach mal über diesen Ex lachen, anstatt ihn zu verteidigen, einfach nur lachen würde schon so viel ausmachen, aber du weigerst dich, du weigerst dich und windest dich, und das macht mich, verdammt noch mal, wahnsinnig.

Antworten, die sie mal in aller Unschuld gegeben hatte, kehrten sich später gegen sie, bis ihre gesamte Geschichte zu einem Stapel Beweislast geworden war, ohne dass sie genau begriffen hätte, wofür. Mal endete sie als Opfer, mal als Nutte, aber das war kein Spiel mehr, die Rollen waren Zwangsjacken, in denen sie mit Armen und Beinen fuchtelte, sie wollte raus, aber wusste nicht, wie.

Manchmal verteidigte sie sich, manchmal spielte sie früher erzählte Geschichten herunter, manchmal war sie so ehrlich wie möglich, manchmal log sie, manchmal schrie und weinte sie, und zum Schluss hörte sie auf zu reden, ließ ihren Körper in der verdrehten Form ruhen, in die er gepresst worden war, so dass er sich an diese Form gewöhnte und mit der Zeit zu vergessen begann, dass er früher eine andere Form gehabt hatte.

Sie brachte sich bei, wie ein Schachspieler zu denken oder wie ein Machiavellist: immer ein paar Schritte voraus. Mit der Zeit begann sie, die Muster zu erkennen, die Indikatoren einer möglichen Eskalation. Sie wusste, welche Themen harmlos erschienen, sich aber in Windeseile zu Quälgeistern wandelten. Mit der Zeit kannte sie die geringsten Änderungen in Intonation, Körperhaltung, Gesichtsausdruck. Manchmal gelang es ihr, ein Gespräch im richtigen Moment abzubiegen oder zu stoppen, aber sie wusste, dass sie die Gefahr immer nur vorläufig abwendete; schlug man dem Monster *einen* Kopf ab, so wuchs ihm an einer anderen Stelle einfach ein neuer.

Sie wusste, dass das Monster ein Geschöpf war, das sie gemeinsam erschaffen hatten und dem sie immer wieder von neuem Leben einhauchten. Das Monster öffnete die Augen und das Maul, es hatte Hunger, und sie fütterten es, ja, sie verfügten, wie sich zeigte, über unendliche Nahrungsvorräte. Sofern tatsächlich mal die Rede von Unschuld gewesen war, konnte nun keine von beiden das Wort mehr mit Anstand in den Mund nehmen. In dieser Version ist es die eine (die Kleine, das Wassertier), die Regie über das Erzählte führt. Ist so etwas unschuldig? Ist es unschuldig, eine andere stets als *die andere* zu bezeichnen? Sich selbst trotz der eigenen hehren Ideale im Hinblick auf Nuancen als diejenige darzustellen, die doch ein kleines bisschen mehr recht hat, die doch auf ein kleines bisschen mehr Sympathie hofft, ein kleines bisschen mehr Trost und Vergebung?

Leider war sie, die Kleine, längst nicht immer die Einzige, die Regie über das führte, was gesagt oder nicht gesagt wurde und wann. Bei gemeinsamen Essen oder in der Kneipe konnten ihre Freunde arglos auf ihre Vergangenheit Bezug nehmen, ihr Leben vor dem Leben mit der anderen, ihr Leben mit anderen. Weißt du noch, der und der, wie ihr zusammen nach der Sperrstunde getanzt habt, diese Hochzeit, als wir alle betrunken auf ein paar Heuballen eingeschlafen sind, dieser Urlaub, als du diesen Typ kennengelernt hast, der … Dann spürte sie, wie alles Blut aus ihrem Gesicht wich, ein eiskaltes Weichen, wie ihre Hand reflexartig die Hand der anderen umfasste, genau der falsche Reflex, doch das Übel war bereits geschehen, ihr Körper hatte sie bereits verraten, hatte Schuld bekannt und sich bereit gezeigt, zu büßen. Sie schaffte es kaum, sich nach solchen Intermezzi wieder einzuklinken, auch wenn sie so tat, als ob, indem sie im richtigen Moment nickte oder lachte, auch wenn ihr Lachen schrill klang, ein Lachen, um andere Geräusche zu dämpfen, den Sturm zu dämpfen, der in ihr tobte, manchmal so heftig, dass sich ihre Därme zusammenzogen und sie blitzartig auf die Toilette musste.

Wenn ihre Freunde fort waren, würde es losgehen, eine abfällige Bemerkung, die in ein Verhör mündete, das in eine Serie von Vorwürfen und Verwünschungen mündete, manchmal so bizarr und überzogen, dass sie lachen musste, um danach wütend eine Tür zuzuknallen oder gegen eine Wand zu treten. Eines Abends fand sie zu ihrer eigenen Überraschung die Inspiration, einen Teller mit Spargel und Schinken und Ei durchs Zimmer zu schmeißen. Sie kam sich wie eine Schauspielerin aus einer Soap vor und überlegte sich, während sie auf Knien das Eigelb und die Petersilie vom Boden schrubbte, dass dies vielleicht die Definition von Ohnmacht war: sich wie eine Schauspielerin in einer Soap zu fühlen, gefangen in den Worten und Regieanweisungen eines schlechten Drehbuchs.

All diese gebrochenen Nächte, die in gebrochene Morgen mündeten. Wie die eine Frau aus dem Bett schlüpfte, die Augen so dick vom Heulen und dem wenigen Schlaf, dass sie aussah wie allergisch, krank, verprügelt. Wie sie auf Socken in die Küche ging, um Kaffeebohnen zu mahlen, aus dem Küchenfenster zu ihren Nachbarn im Hinterhaus schaute, die am großen Eichentisch in vollkommener Harmonie jeder einen Teil der Zeitung lasen. Der heiße Kaffee, der als Friedensopfer dienen sollte, die Stille, in der der Kaffee getrunken wurde. Wie die andere sagte: Ich mache mich an die Arbeit, und sich mit kerzengeradem Rücken an den Küchentisch setzte, die Finger auf die Tastatur legte und mit einer rasend machenden Unerschütterlichkeit zu tippen begann. Wie die Kleine sich nicht lumpen lassen wollte, an ihrem Schreibtisch im Wohnzimmer Platz nahm, aber nur mit blinden Augen auf den Bildschirm starren konnte, eine Animationsfigur in einem primitiven Computerspiel, die sich wie ein Zombie durch die Welt bewegte, nicht weit genug entwickelt für auch nur den geringsten Anschein glaubhafter Menschlichkeit. Wie sie dann eben wieder aufstand, um neuen Kaffee zu kochen, wie die andere von ihrem Getippe aufsah, wenn sie wieder in die Küche kam, dieser Was-willst-du-jetzt-Blick in ihren Augen, ihr härtester, unantastbarster Blick, Augen wie dunkle Edelsteine. Noch nie hatte jemand sie so angesehen, wenngleich das auch für jenen anderen Blick galt, das Gegengift zu diesem, die sanften Augen, die ihr alles gaben, was sie für immer haben wollte.

Wie sie es nicht mehr aushielt und sagte, das geht doch nicht, wir können doch nicht so. Das müde, mühsame Gespräch, das im fahlen Tageslicht folgte, die versteiften Körper, die nicht mehr wussten, wie sie weich werden sollten, es schien unmöglich, sich wieder zueinander zu beugen, ihre Worte wie trockener Husten aus Kehlen, die sie nicht einmal als ihre eigenen wiedererkannten – wer waren sie, was in Gottes Namen war der Grund, der Nutzen, die Lehre?

Und dann, wenn sie es schon nicht mehr erwartete, machte die andere einen Schritt durch all dies hindurch, wurden ihre klaren, harten Augen plötzlich flüssig und trüb, und das war es dann, das war endlich die Ankündigung vom Anfang des Endes des Streits. Komm her, sagte die Kleine, komm mal her, Liebling. Sie war eine gute Trösterin, eine Expertin auf dem Gebiet von Wärme und Beruhigung. Sie wusste genau, was sie der anderen sagen musste, wie sie sie halten und streicheln musste, sie allein konnte das, nur bei ihr konnte die andere brechen und wieder zusammengeleimt werden. Manchmal erlaubte sie sich kleine und weniger kleine Unwahrheiten, damit sie die andere noch enger an sich drücken konnte, noch abhängiger von ihren Zauberformeln machen konnte. Ja, natürlich bleibe ich für immer, es macht nichts, was du gestern zu mir gesagt hast, ich halte das schon aus, lass es uns vergessen und weitermachen.

Dass man süchtig nach Trost und der Vorstellung werden kann, jemanden zu retten oder gerettet zu werden, scheint mir allgemein bekannt, sagte sie eines Abends in der Kneipe zu M., der, so wusste sie, in dieser Hinsicht ebenfalls seinen Teil erlebt hatte.

Aber, fuhr sie fort, ist es nicht ein bisschen krank, süchtig nach so etwas Albernem wie einem Gefühl der *Erleichterung* zu werden?

M. sah sie weniger amüsiert an, als sie gehofft hatte, und sagte, die Erleichterung sei nur dessentwegen da, was ihr vorausging.

Was geht ihr denn deiner Meinung nach voraus?

Ganz einfach, sagte M.: Strafe.

Er nahm einen zu großen Bissen von seinem Krokettenklößchen, wodurch die restliche Füllung in seine Hand fiel und dann auf seiner Hose landete. Er stümperte mit einer Serviette herum, und auf einmal schimmerte jemand anderer durch. Sie nahm einen Schluck von ihrem Bier und blickte zu Boden, bis er fertig war und wieder er selbst wurde; ein Mann, der sein Alter trug wie einen sorgfältig ausgesuchten Anzug.

Manchmal, sagte sie, komme ich mir wie ein Hündchen vor, das sich im Dunkeln auf einmal vor der Mülltonne fürchtet, an der es tagsüber schnurstracks vorbeiläuft.

Man kann auch nach etwas süchtig sein, vor dem man Angst hat, sagte M., vielleicht ist die Angst sogar ein inhärenter Bestandteil der Sucht. Wer raucht, säuft, schluckt, spielt, kauft, frisst, stalkt und was weiß ich noch alles, weiß nicht nur, dass diese Dinge ein Risiko beinhalten, sondern auch, dass die Verheißung des Risikos eigentlich bereits in jedem Moment dabei ist, sich in eine Katastrophe zu verwandeln.

Okay, sagte sie, und weiter.

Ich meine, sagte M., dass wir geneigt sind zu denken, dass die Folgen unseres Handelns mit zeitlicher Verzögerung eintreten. Wir tun etwas, und die Konsequenzen treten erst später oder viel später ein. Wer ein paar Zigaretten raucht, hat noch lange keinen Lungenkrebs. Aber eigentlich doch, verstehst du? Jede Zigarette zählt, eine Sucht besteht aus einzelnen Zigaretten, nicht aus einer abstrakten Vorstellung vom Rauchen.

M. trank den letzten Schluck seines Biers und versuchte, die Aufmerksamkeit der Kellnerin auf sich zu lenken für zwei weitere, was erst gelang, als er ostentativ zu winken begann.

Ich bin unsichtbar geworden, sagte er trocken. Früher brauchte ich für ein bisschen Aufmerksamkeit nur aufzuschauen, ich weiß, wie das klingt, aber ich meine es trotzdem.

Du bist ein fieser alter Mann.

Und du, sagte er, bist jung und hübsch, und jung bleibt niemand, aber du kannst bis zu einem gewissen Grad wählen, was dich dumpf und erschöpft macht. Der Vorteil von selbst gewähltem Schmerz ist, dass es dir irgendwann auch wieder gelingt, etwas anderes zu wählen.

Die Kellnerin stellte zwei neue Gläser auf den Tisch, die Frau nahm einen großen Schluck, als müsse sie etwas hinunterspülen, und vielleicht war das auch so. Normalerweise sprach M. mit größtmöglicher Umsicht, und selbst dann bekam sie häufig genug nach ihren Gesprächen ausführliche SMS, in denen er seine zuvor gesagten Worte abmilderte oder sich vergewisserte, dass sie ihn richtig verstanden hatte und nicht irgendwie anders, falsch. (Vielleicht, dachte sie manchmal, wenn sie sich durch seine

Nachrichten arbeitete, existiert alle Sprache dazu, früher Gesprochenes zu berichtigen – eine so rührende wie aufreibende Tatsache.)

Jeder, sagte M., ist manchmal dieser Krebs in dem Topf mit kaltem Wasser auf dem Feuer. Was sich für den Krebs als allmählicher und überwindbarer Prozess anfühlt, ist für den, der seinen Finger in das mittlerweile kochend heiße Wasser steckt, ein Schock. Ich sage nicht, dass die Perspektive des Krebses weniger wahr ist als die des Außenstehenden, aber die Wahrheit des Krebses ist schon eine gefährliche.

Frosch, sagte die Frau. Krebse werden direkt in kochendes Wasser geworfen. Aber ich kapiere deine Metapher. Ich werde also, wenn ich dich richtig verstehe, lebend gekocht in einem Topf aus Angst, Strafe, Trost und Erleichterung.

Vergiss die Lust nicht, sagte M.

Was denkst du, wie wird das enden?

Möchtest du die ehrliche Antwort, fragte M., oder die sozial verträgliche?

Lieber die Letztere, sagte sie. Im Moment.

OPPOSITION MOND–VENUS

Sie kaufte neue Handtücher, weil die andere sich nicht mit den alten abtrocknen wollte, mit denen sich ihr Ex auch schon abgetrocknet hatte.

Sie kaufte neue Bettwäsche aus demselben Grund.

Sie begann, obsessiv Horoskope zu lesen. Tageshoroskope, Wochenhoroskope, Jahreshoroskope, Beziehungshoroskope.

Sie schickte ihr täglich eine Nachricht beim Aufwachen und beim Schlafengehen. Sie wusste nicht, warum sie das tat, außer um der anderen zu zeigen, dass sie die Erste und die Letzte war, dass sie nichts Abwegiges machte, rechtzeitig aufstand, nichts zu verbergen hatte. Damit aufzuhören war keine Option, dann wäre die andere beunruhigt, würde sich in einem Gedankenstrom verfangen, der keinen anderen Schluss zuließ, als dass sie mit jemand anderem im Bett lag, einem Mann, einem Ex, der sie anal vögelte.

Sie gab einen ihrer beiden Bademäntel weg, weil die andere dachte, er habe ihrem Ex gehört, was nicht so war.

Die Sternzeichen werden durch unsichtbare Kräfte zueinander angezogen. Wenn sie gemeinsam ihren Weg finden, kann es eine feste Verbindung sein. Als würden sie sich bewusst werden, dass das Leben ohne einander keinen Sinn hat.

Sie hörte auf, die Musik zu spielen, die sie durch ihren Ex kennengelernt hatte.

Sie begann, wegen kleiner, unsinniger Dinge zu lügen. Was sie gegessen hatte, woran sie gearbeitet hatte, wen sie gesehen hatte und wen nicht. Sie verschwieg manchmal ihre Verabredungen mit M., verschwieg, dass sie einen Ex auf der Fähre getroffen hatte, mit einer Freundin auf einer Wiese am Wasser gekifft hatte und einen derartigen Lachkrampf bekommen hatte, dass sie dachte, sie würde sterben.

Sie sagte so oft *Ich vermisse dich*, dass sie vergaß, was die Worte bedeutet hatten, in jenen ersten Monaten, als das Vermissen wie ein Lebensauftrag erschienen war, ein heiliges Leiden, das einem höheren Ziel diente: sie nie mehr vermissen zu müssen.

Sie nahm das Buch eines Mannes, mit dem sie mal im Bett gewesen war, aus dem Schrank und versteckte es in einer Schublade.

Obwohl ein fantastischer sexueller Kontakt zwischen diesen Sternzeichen wahrscheinlich ist, kann das schwerlich ausreichen, die übrigen Unterschiede zu überbrücken.

Sie fragte, wie ihr Tag gewesen sei, obwohl sie manchmal gar nicht wissen wollte, wie ihr Tag gewesen war, weil es immer etwas gab, was sie wütend gemacht hatte. Irgendeine Instanz, ihr Buchhalter, ein abstürzender Computer, eine eingegangene Pflanze, ein geplatzter Staubsaugerbeutel, der Verlust eines Notizbuchs mit wichtigen Aufzeichnungen.

Sie dachte manchmal an sie als ein wildes, gefangenes Tier, eisenstark, aber nicht so stark wie der Käfig.

Sie schickte ihr Fotos von sich, wenn sie auf Partys war, übers Wochenende weg mit Freundinnen oder Verwandten oder verreist aus beruflichen Gründen. Die andere interessierte sich für sie mit einer Gier, die sie von den Männern nicht kannte, mit denen sie zusammen gewesen war. Sie wollte alles sehen. Alle ihre Jugendfotos, Teenagerfotos, Studentinnenfotos. Sie fand sie auf allen hübsch, rührend, dieser Blick, sagte sie, dieser intensive Blick an dir. Sie suhlte sich in ihrer Aufmerksamkeit, dieser hinreißenden, einzigartigen, obsessiven Aufmerksamkeit, die sie sich selbst so sehen ließ, als sei sie diese Aufmerksamkeit tatsächlich wert, als sei sie mehr, als sie je hätte ahnen können. (Es ist schwer zu sagen, wann Aufmerksamkeit zu Kontrolle wird, Fragen wie Forderungen zu klingen beginnen, Interesse sich wie Beklemmung anzufühlen beginnt. Es ist schwierig, weil die Temperatur so allmählich steigt, dass sie einen in den Schlaf lullt.)

Eines Nachts wurde sie von der anderen vom Fahrrad gestoßen, als sie von einer Veranstaltung in einem Kulturzentrum zurückfuhren. Dort war jemand aus ihrer Vergangenheit aufgetaucht (sie hat, wie sie merkt, im Moment nicht die Energie, hier die ganze Geschichte auszubreiten).

Die Inkompatibilität der beiden Sternzeichen zeigt sich an zahlreichen Beispielen. Eine Beziehung hat wenig Aussichten zu glücken. Beide Personen haben wenig deutliche Übereinstimmungen in Persönlichkeit und Charakter, was nur zu Streit und Disharmonie führt.

Der schreckliche Silvesterabend, das schreckliche Weihnachten, der schreckliche Geburtstag, das schreckliche Abendessen, der schreckliche Abend in der Kneipe, der mit einem schrecklichen Krach endete, bei dem die andere sie schlug und sie sofort zurückschlug. Vielleicht konnten sie sich gegenseitig leichter schlagen, weil sie beide Frauen waren. Ein Mann, der eine Frau schlägt, ist ein Rohling, aber eine Frau, die eine Frau schlägt, die genauso hart zurückschlägt? Die beim nächsten Mal die Erste ist, die ausholt?

Sie sehnte sich danach, in einem kleinen Holzhaus an einer rauen Küste zu wohnen, Irland vielleicht. Sie würde das Meer studieren wie eine Meeresbiologin, ganz präzise. Stunden würde sie mit hohen Stiefeln in einem Gezeitentümpel stehen und auf das Leben starren, das sich darin tummelte. Sie würde nach den kleinsten Wahrheiten suchen und bei den größten landen. Mit einem Südwester würde sie entlang windumtosten Klippen laufen, einen Hund an ihrer Seite, sie würden zu dem kalten, leeren Strand hinuntersteigen, und närrisch vor Glück würde der Hund endlos den Schaumköpfen der Wellen nachjagen.

Sie erstarrte, als ein Mann sie auf der Straße beschimpfte, weil sie sich küssten. Die andere ging auf den Mann zu und fragte ihn, was sein Problem sei. Der Mann schlich davon. Sie war stolz auf sie, so stolz, und schämte sich tief für ihre eigene angeborene oder erworbene Feigheit. (Du bist nicht nuanciert, hatte die andere ihr mal zugezischt, du bist ein fucking Nazi.)

Sie sagte, dass sie keine Kinder mehr wolle, vielleicht sei das mal anders gewesen, aber jetzt wolle sie das nicht mehr, nein, ganz bestimmt nicht.

Sie ließ ihre beste Freundin nicht herein, als die mal unerwartet vor der Tür stand, weil die andere da war und schlechte Laune hatte.

Sie nahm ein Poster ab, auf dem stand I AM TOO SAD TO TELL YOU, weil es die andere an einen Ex erinnerte, obwohl das Poster mit diesem Ex nichts zu tun hatte.

Was sie nicht abnahm, war ein Bild; das kitschige Porträt eines jungen Mannes, das sie mal zusammen mit einem Ex aus einer Kneipe gestohlen hatte. Sie liebte dieses Bild, so hässlich es auch war, und sie liebte diesen Ex, der nicht hässlich war, was immer die andere von ihm behaupten mochte. Sie war zu einem Tauschhandel bereit, bei dem sie den einen Ex schlechtmachte, um den anderen behalten zu dürfen.

Sie stieß die andere einmal beinahe aus dem Schlafzimmerfenster eines Apartments im zweiundzwanzigsten Stock eines Wolkenkratzers. Das Fenster war zu und ließ sich nicht öffnen, das Glas war dick und bombenfest, aber trotzdem war noch nie so wenig zwischen ihnen und dem schwindelnden Abgrund gewesen.

Weil Wasser und Luft nun einmal nicht gut zusammenpassen, ist es interessant herauszufinden, welche an-

deren planetaren Gleichungen über den Schlüssel verfügen, der diese Beziehung reibungsloser verlaufen lassen könnte.

Sie nahm sich mit der Zeit vor, nur noch Dinge zu sagen, die sie wirklich meinte, die sie *in diesem Moment* wirklich meinte. Ich vermisse dich, ich liebe dich, mach dir keine Sorgen, alles wird gut. Doch die Worte wollten offenbar hartnäckig als Füllsel bestehen, sie schlüpften heraus, stets von Neuem, und mit der Zeit vergaß sie ihren Vorsatz, indem sie so tat, als sei es nicht so wichtig.

Manchmal konnte sie nur noch sagen: Halt den Mund. Wie ein Kind. Wie eine Schwester zu einem Bruder sagt, der sie bis aufs Blut reizt, kurz bevor sie ihn im Wasser untertaucht: Halt den Mund.

Sie weinte viel und in unmöglichen Momenten. Das Salz zog in die ohnehin schon trockene Haut ihrer Wangen, ihre Nasenflügel wurden rau, das Weiß in ihren Augen färbte sich rot. Sie weinte im Park und im Zug. Auf einer Party von jemandem, den sie kaum kannte. Vor und nach dem Duschen. Weil sie aufwachte. Weinen war auf dem besten Wege, zu dem zu werden, was sie im Kern definierte.

Sie machte nach Fernkrächen Fotos von ihrem verweinten Gesicht, schickte sie ihr und fragte: Wolltest du das?

Sie sagten zueinander, lass uns aufhören mit, lass uns bitte nicht wieder, nicht mehr so, und mit manchen Dingen hörten sie tatsächlich auf – sie lernten wenig, aber nicht nichts.

Sie fragte sich, wann ihre eigene Befreiung (von der Heterosexualität, dem Patriarchat an sich, diesem ganzen vorhersehbaren Elend von Mutterschaft und Familienleben, das sie ihre eigene Mutter hatte durchmachen sehen) aufhören würde, eine Befreiung zu sein. Was sich Menschen fragen, sind im Allgemeinen die Dinge, auf die sie die Antwort bereits kennen.

Sie fragte sich, ob sie alles dachte, was sie denken wollte, ganz abgesehen von der Frage, ob sie alles aussprach – was sie schon lange nicht mehr tat und vielleicht nie getan hatte.

Sie dachte manchmal über die andere als beschädigten Hund aus dem Asyl. Sie wollte das Tier im Haus behalten, für es sorgen, jetzt und auch in Zukunft. Sie sah, dass es ein liebes Tier war, eigentlich, ein liebes Tier, dem man die falschen Dinge beigebracht hatte. Beiß mich nur, dachte sie, und ich werde dir zeigen, dass es mir nichts ausmacht. Werd ruhig tollwütig, dann lasse ich dich töten, und mit trauriger Miene werde ich zu allen sagen, dass es wehgetan hat, aber unumgänglich war, dass es leider unumgänglich war.

Das eine Sternzeichen liebt es, zu Hause zu sein, und zieht sich daher regelmäßig zurück, um den Grausamkeiten der Gesellschaft zu entkommen. Das andere liebt es dagegen, unter Leuten zu sein. Versuche daher, eine Einigung zu erzielen, und gib von Zeit zu Zeit Grillfeste im Garten. Auf diese Weise bleibt der eine gemütlich zu Hause und kann den Grill bedienen, während der andere seine Freunde um sich hat.

SATURN IM SCHÜTZEN

Ich glaube, sagte sie zu M., dass sich jetzt wirklich etwas verändert hat.

Das ist sehr gut für euch, sagte M.

Sie hat mich ganz ruhig ausreden lassen, und ich konnte alles sagen.

Sehr gut, sagte M.

Sie hat diesmal wirklich alles verstanden.

Ja, ja, sagte M. Ihr habt bestimmt zu Hause mit einem gerupften Hühnchen auf dem Sofa gesessen.

Es war wirklich anders, ich kann es nicht richtig erklären, aber ich habe gesehen, dass es bei ihr ankam, verstehst du, und ich will mich nicht selbst zum Narren halten, aber ich schwöre, ich schwöre dir, dass es diesmal anders war.

Du willst dich nicht selbst zum Narren halten, sagte M., und trotzdem tust du es. So ist das nun mal.

Sie sah ihn erstaunt an, und auch er selbst schien erschrocken über seine eigene Direktheit, die nicht zu ihm passte, die zu einer ganz anderen Persönlichkeit zu gehören schien.

KONJUNKTION SONNE–MERKUR

Sie reisten zusammen zu der Insel, auf der die eine Frau einen Teil ihrer Kindheit und Jugend verbracht hatte. Sie hatte die andere gewarnt: Es sei eine seltsame Insel, sie würde sie nicht unbedingt besuchen, wenn sie dort nicht gelebt hätte. Die andere sagte: Unsinn, ich will sie sehen, ich will doch alles wissen, ich bin doch mit dir zusammen.

Das Häuschen, das sie gemietet hatten, entpuppte sich als Doppelhaushälfte. Durch die dünne Zwischenwand hörten sie jede Bewegung ihrer Nachbarn, eines jungen Paars, das dort semipermanent wohnte und einen riesigen Fernseher im kleinen Wohnzimmer installiert hatte, der von frühmorgens bis spätabends lief. Der Eigentümer war ein unangenehmer Franzose, der sofort von den hohen Energiekosten anfing, die das Vermieten des Häuschens mit sich bringe, vor allem jetzt, in der warmen, windstillen Orkansaison. Wenn sie die Klimaanlage viel benutzten, müssten sie eine Nachzahlung leisten. Ihren Leihwagen dürften sie nicht in den eingezäunten Teil des Gartens stellen, da stehe schon sein eigenes Auto, und wenn die Toilette verstopft sei, müssten sie das selbst lösen, in den Hausregeln stehe ausdrücklich, dass die Gäste kein Toilettenpapier in die Toilette werfen dürften, aber aus irgendeinem Grund täten Niederländer das trotzdem immer.

Der Urlaub, zum Teil Arbeitsreise, gestaltete sich als langgezogener Fluchtversuch aus dem Häuschen. In aller Frühe ging es los, meist in ein Café, um eine Weile in der Kühle einer Klimaanlage zu arbeiten, danach auf Expedition, sofern man das auf einer Insel dieser Größe und Beschaffenheit so nennen konnte – zur rauen Nordseite, dem westlichsten Punkt, den Stränden im Süden, dem zentralen Stadtherzen mit seinen pastellfarbenen Kolonialgebäuden.

Sie besuchten die rothaarige Künstlerin, die die eine Frau noch aus ihrer Jugend kannte. Mit ihrem Mann, auch er Künstler, wohnte sie in einem bunten Haus in einem alten, zum Teil verlotterten, aber belebten kolonialen Stadtviertel. Sie saßen in ihrem Garten und aßen und tranken und unterhielten sich. Das Künstlerehepaar fragte die beiden Frauen alles, und die Frauen, angeheitert von Sonne und Alkohol, erzählten alles.

Dort, auf der eigenartigen, wie vakuumierten Insel, waren sie so verliebt, so verrückt nacheinander wie zu Beginn, nun aber multipliziert mit der Zeit, die auf einmal unschuldig schien, verheißungsvoll. Sie fanden sich gegenseitig so hübsch, so lieb und erregend. Ihre Gespräche arteten nicht in Streitereien aus, alles war durchzogen von einer Sanftheit, einem gegenseitigen Verständnis, wie aus der Vogelperspektive. Sie saßen der Künstlerin drei Vormittage lang Modell, die sie als zwei Heilige mit riesigen Aureolen um die Köpfe porträtierte, die Augen fromm aufeinander gerichtet anstatt gen Himmel.

Für die letzten drei Nächte mieteten sie sich in einem teuren Hotel ein. Sie liebten sich mittags in der Kühle der Klimaanlage, unter einem ornamental kreisenden altertümlichen Ventilator, und gaben sich politisch inkorrekten Phantasien über eine Plantagenbesitzersfrau und ihre Lieblingssklavin hin. Danach aalten sie sich im Pool, wo sie sich, warum auch nicht, Cocktails bestellten und die Sonne feuerrot im Meer verschwinden sahen.

Was, wenn wir zusammen ein Kind machen könnten, sagte die eine Frau – ein altes Ritual mit kleinen Variationen.

Ja, sagte die andere, das wär was.

Ein süßes Mädchen mit Schielaugen.

Und einem schiefen Eckzahn.

Und kurzen, kräftigen Beinen.

Und Augen, mit denen sie alle durchbohrt.

Die ganze Welt durchbohrt.

Und einem total verdorbenen Geist.

MARS IM LÖWEN

Viele Geschichten beginnen mit *eines Tages* und enden auch so.

Eines Tages stand die andere weinend vor der Tür.

Eines Tages sagte sie, du musst jetzt gehen, es ist vorbei.

Eines Tages fühlte sie sich so erleichtert, dass sie sich einen ansoff und von einem Mann nach Hause gebracht wurde, der sie geduldig ins Bett steckte und dann ging.

Eines Tages sahen sie sich wieder nach zwei Monaten. Sie vögelten, und keine von beiden weinte.

Eines Tages sagte sie, du musst mir nicht mehr so viele Nachrichten schicken.

Eines Tages vögelten sie zum allerletzten Mal. Die eine Frau wusste, dass es das letzte Mal war, und die andere vielleicht auch. Es war sublimer Sex.

Eines Tages sagte sie, wir sind schon ein halbes Jahr nicht mehr zusammen, du kannst nicht …

Eines Tages sagte die andere, wenn du schon mit jedem vögeln willst, kannst du genauso gut mit mir vögeln.

Eines Tages ging ein Giftstrom von Nachrichten ein.

Sie sah sie an, wie man sich einen Krieg im Fernsehen ansieht.

Eines Tages starrte sie sehr lange auf ihr Handydisplay, bevor sie auf die blauen Buchstaben *Diesen Anrufer blockieren* drückte.

Eines Tages konnte sie nichts mehr in sich lokalisieren, was die andere vermisste. Es war unerwartet traurig, als ob das Haus, in dem sie früher gewohnt hatte, plötzlich von der Karte gefegt worden wäre.

Eines Tages sah sie die andere zum ersten Mal seit langer Zeit wieder scharf vor sich. Ihren geraden Rücken, ihr eines Auge, das nach außen hin wegdrehte, wenn sie müde war, all das Unverwüstliche und Zarte, das sie durchströmte wie ein schlammiger, wilder Fluss, eine Lawine ohne Schnee.

Eines Tages hob sie die Blockierung wieder auf.

Eines Tages verabredeten sie sich in einem nüchternen Café, in dem alles viereckig war, sogar die Geräusche. Sie sprachen höflich miteinander und tranken Cappuccino.

Von der Insel flog ich nach Miami, wo ich nach New York, LaGuardia umsteigen musste. Eine Woche zuvor war ein großer Orkan über die Karibik gerast, zunächst über einige Inseln über dem Winde und Puerto Rico, bevor er die Keys und danach das Festland von Florida erreichte, um nach seinem zehntägigen Raubzug irgendwo in Georgia zu verebben. Dass eine Woche später erneut ein Orkan über das Gebiet fegen würde, noch wilder und tödlicher als der vorige, konnte da noch niemand wissen, aber so ist es mir in Erinnerung geblieben: In der Windstille zwischen zwei Orkanen saß ich auf dem Flughafen in Miami, der tagelang geschlossen gewesen, jetzt aber zum ersten Mal wieder geöffnet war.

Der Flughafen war von Reisenden überflutet, die wegzukommen oder zurückzukehren hofften oder, wie ich, keine Ahnung hatten, in welche Richtung sie sich genau bewegten. Trotz des Trubels herrschte eine Atmosphäre gelassener Zusammengehörigkeit. Menschen saßen oder lagen so gut oder so schlecht es ging auf den Kunststoffsitzen vor den Gates, tauschten Geschichten aus, aßen Sandwiches, die von Delta Airlines gratis verteilt wurden. Man fügte sich in die Situation, der Sturm war zu groß für kleine Frustrationen, jeder war jemand oder kannte jemanden, dessen Dach oder Haus weggeweht worden war, dessen Angehörige weder Trinkwasser noch Strom hatten, wenngleich, wie gesagt, der zweite Sturm und in seiner Folge das Schlimmste erst noch kommen sollte – die Beutezüge und Plünderungen auf den Inseln, das Ausbleiben von Hilfe, der amerikanische Präsident, der zur Bestürzung aller Küchenpapierrollen in ein Publikum betroffener Inselbewohner zu werfen begann.

Die windstille Insel, auf der ich drei Wochen verbracht hatte, schien eine Luftspiegelung, jetzt, da ich einige Stunden und zweitausend Kilometer von ihr entfernt war, obwohl sie das möglicherweise schon vorher gewesen war, nie etwas anderes gewesen war. Meine Mutter war in der letzten Woche zu mir gestoßen. Sie hatte uns in einem kleinen tomatenroten Leihwagen herumkutschiert, der aussah wie eine Kinderzeichnung und einem die Vorstellung gab, das Leben brauche vielleicht tatsächlich nicht komplizierter zu sein als das. Gespräche, von denen ich gedacht hatte, sie wären unvermeidlich, blieben aus. Es war zu warm, es gab zu viel Nähe. Vielleicht wäre es auch zu dick aufgetragen gewesen. *Mutter und Tochter machen eine Reise an einen Ort aus ihrer Vergangenheit, wie sehen sie ihn zwanzig Jahre später?* Und warum sollte es nicht auch genug sein, nebeneinander in diesem Auto zu sitzen, bei weit geöffneten Fenstern wie früher, das Radio auf einen lokalen Sender mit vielen Werbeblocks über reduzierte Möbel, Damenbekleidung und Weihnachtsschmuck eingestellt, ab und an auf etwas zu zeigen und zu sagen: Ach ja, so war es, so ist es hier (die unansehnlichen Imbissbuden und Wettbüros am Straßenrand, die Männer mit den langen Nägeln an den kleinen Fingern, die Frauen in so strammen Leggings, dass der Stoff davon glänzend und fast durchscheinend wurde).

Meine Mutter verließ die Insel einen Tag vor mir. Als wir uns verabschiedeten, hatte sie plötzlich weinen müssen. Es war meine Mutter, begriff ich besser denn je (obwohl ich es immer begriffen hatte), der die Insel wirklich am Herzen lag. Sie war dort glücklich gewesen, vielleicht nicht eindeutig, aber wer ist das schon je? Im Gegensatz zu uns Übrigen hatte sie sich das Glück nicht von all dem überschatten lassen, was danach kam. Die Insel war in ihr konserviert, unberührt von der Zeit, wie die Mädchenmumie Juanita im Museo Santuarios Andinos in Arequipa, Peru. Zu viert hatten wir vor dem Glaskasten gestanden, während unserer, wie sich herausstellen sollte, letzten Reise als Familie. Mehr als fünfhundert Jahre war die Mumie unter einer dicken Schnee- und Eisschicht erhalten geblieben, ein Opferkind für die Götter, winzig klein, aber völlig unversehrt. Wie lange, hatte ich gedacht, als ich auf dieses Mädchen starrte, das so alt war wie ich, hatte es gedauert, bis sie gestorben war? Und wie lange würde es dauern, bis sie zerfiel, wenn sie aus dem gläsernen Gefrierschrank genommen und den Elementen ausgesetzt würde, wie lange, bis ihre straff gespannte, zarte Haut sich auflöste?

Ich blieb zehn Tage in New York, wo ich beim Freund eines Freundes wohnte; einem Anwalt, der mit seiner Frau, einer Softwareentwicklerin bei Google, und ihrem Kleinkind ein Brownstone-Haus in Park Slope bewohnte. Sie hatten ein großes Gästezimmer im obersten Stockwerk mit eigenem Bad, sie gaben mir einen Schlüssel und sagten: Nimm dir, was du brauchst. Den Anwalt hatte ich Jahre zuvor kennengelernt, doch wenn ich ihm auf der Straße begegnet wäre, hätte ich ihn nicht wiedererkannt. Ich meinte mich an einen etwas schwerfälligen jungen Mann mit sanftem, weichem Gesicht zu erinnern, doch falls er das mal gewesen war, hatte er sich ins Gegenteil verändert: drahtig, kantig, flink, jemand, der alles Mögliche überlebt und sich alles Überflüssigen entledigt hatte; ein Päckchen gefriergetrocknete Nahrung in einem Raumschiff. Das galt auch für seine Frau, die Einrichtung ihres Hauses und ihren Kühlschrank, der gefüllt war mit Produkten in hermetisch verschlossenen Plastikbehältern. Nur das Kleinkind, ein molliger Junge, der mit zwei Jahren noch immer fast kahl war, entrann einstweilen der rigiden Regie, der das Leben der beiden unterworfen zu sein schien. Morgens hörte ich ihn drei Stockwerke tiefer abwechselnd brabbeln, schreien, lachen und herzzerreißend heulen. Der Wirbelwind dauerte von halb sieben bis halb acht (davor, um halb sechs, ging die Mutter aus der Tür für ihre tägliche Laufrunde durch den Prospect Park), danach herrschte die abrupte Stille eines gerade erst verlassenen Hauses. Auf dem Rücken liegend lauschte ich noch eine Weile den Botschaften, die das von seinen Bewohnern erlöste Haus an mich funkte. Danach duschte ich ausgiebig und cremte mich mit einer sicherlich teuren Bodylotion mit Seealgen und Mikroalgenkomplex ein, die ich in dem Schränkchen über dem Waschbecken fand. Nackt lief ich in meinem Stockwerk herum, bis die Creme in die Haut eingezogen war. Die Morgensonne schien in Sprenkeln durch die Blätter der Platanen herein, und ich stellte mir vor, dass die Hausgeister der angrenzenden Häuser, die Putzfrauen, Gärtner, Köche, Au-pair-Mädchen und anderen Gäste, dieses Schauspiel genauso zu schätzen wussten wie ich; dieses Wunder von Licht und Schatten, das für uns bestimmt war, die Unsichtbaren, diejenigen, die zurückblieben, während die Reichen ihr Geld anderswo verdienten, so dass sie auch weiterhin die Häuser bezahlen konnten, in denen sie nie waren, Leben, das sie in jedem Moment des Tages eiligst verließen.

In dieser ersten Woche in New York überbrückte ich Zeit, darauf lief es hinaus. Erst für die letzten drei Tage waren Veranstaltungen geplant, in der niederländischen Botschaft, auf einem kleinen Festival für *Weltliteratur* und in einigen Buchhandlungen. Danach sollte ich nach Chicago, Minneapolis, San Francisco und Los Angeles für die bescheidene *book tour* fliegen, die meine amerikanische Verlegerin organisiert hatte.

Die Verlegerin arbeitete von ihrem Haus in Echo Park, Los Angeles, aus und hatte noch nie einen Roman publiziert, ganz zu schweigen von einer niederländischen Schriftstellerin. Bis zu meinem Buch hatte ihr Programm ausschließlich Sachbücher über Architektur und die jüdische Diaspora umfasst. Als sie mich am Burbank Airport abholte, in einem rostigen Dodge Aries aus den achtziger Jahren, fragte ich sie, wie sie dazu gekommen sei, mein Buch übersetzen zu lassen und zu verlegen. Sie habe, sagte sie, auf Facebook das Foto eines niederländischen Schriftstellers im dreiteiligen Anzug bei der *pool party* eines Bekannten gesehen. Der Bekannte hatte unter das Foto geschrieben: Niederländischer Autor sucht amerikanischen Verlag.

Etwas an ihm hatte sie fasziniert, dieser dreiteilige Anzug am Rand des Pools, sein beeindruckender kahler Schädel, der im kalifornischen, hockneyschen Licht glänzte. Es war, als müsse er ganz allein versuchen, den gesamten alten Kontinent am Leben zu erhalten, allerdings in einer Version, die schon lange nirgends mehr zu finden war, auch nicht auf dem alten Kontinent selbst.

Sie setzte sich mit dem Bekannten in Verbindung, kam über ihn in Kontakt mit den richtigen Leuten, nur um zu erfahren, dass die Rechte an seinem Roman gerade an einen New Yorker Verlag verkauft worden waren. Doch jetzt hatte sie sich etwas Niederländisches in den Kopf gesetzt. Obwohl sie noch nie dort gewesen war, sprach die ganze Idee Niederlande sie an, das Unamerikanische eines solch kleinen Landes, eines Sprachgebiets mit eigener literarischer Tradition, von der sie, wie im Grunde jeder andere Amerikaner, nichts wusste. Über eine englischsprachige Broschüre war sie schließlich bei meinem Roman gelandet. Und so war es gekommen. Eine junge Frau anstatt eines kahlen Mannes in dreiteiligem Anzug schien ihr auch nett, sie liebte Kunst, und davon schien mein Roman ja zu handeln.

Aber ich greife vor. Vielleicht sehne ich mich nach einem Ende, und sei es nur das Ende dieser Reise. Zugleich (hör auf mit diesem Wort, *hässlich und faul!*) zögere ich es hinaus, das Ende, die Auflösung oder was dafür herhalten muss. Die Zukunft aufhalten mit der Zukunft, seitwärts wie eine Krabbe durch Zeit und Raum – die Krabbe ist der Krebs, das schwächste Sternbild am Firmament –, man könnte es als literarische Technik bezeichnen oder als realistische Art zu leben. (Das geht nicht, sagt meine Lektorin, du kannst die Geschichte nicht auf einmal so spezifisch situieren, du bist jetzt offenbar im Herbst 2017, das stimmt hinten und vorn nicht, was ist dann mit der Insel und allem davor oder danach, ich versteh schon, dass du dir bestimmte Freiheiten erlauben willst, aber was du über diese Orkane schreibst, stimmt einfach nicht, es muss nach dem zweiten gewesen sein, als du da in Miami auf dem Flughafen saßest, du schreibst was von Harvey Weinstein, und das war Anfang Oktober, du hast dir bestimmt was dabei gedacht, aber, ehrlich gesagt, es wirkt nur zusammengeschustert.)

Also noch mal kurz zurück, nach New York, zur Überbrückungszeit, den Tagen, die ich größtenteils mit Spazierengehen verbrachte. Es war Anfang Oktober, aber warm genug, im T-Shirt draußen herumzulaufen und eiskalte, sündhaft teure *cold brews* aus Plastiktassen zu trinken. Ein Schütze erschoss in Las Vegas achtundfünfzig Menschen von seinem Zimmer im Mandalay Bay Hotel aus. *The New York Times* kam mit dem ersten Artikel über Harvey Weinstein. Nordkalifornien stand in Flammen durch wild um sich greifende Waldbrände. Ich holte Sushi vom Whole Foods oder vietnamesische *summer rolls* in Chinatown, die ich auf Parkbänken in der Sonne aß. Ich schrieb ein Notizbuch voll, lose Eindrücke, wenngleich es nach dieser Reise spurlos verschwunden ist und ich mich unmöglich daran erinnern kann, woraus diese Eindrücke denn genau bestanden.

Eines Nachmittags kam ich nach einem Treffen mit einer Niederländisch-Dozentin und ein paar Studierenden an der Columbia University nicht weit vom Campus an einer Buchhandlung vorbei. Auf einem kleinen, an die Schaufensterscheibe geklebten Plakat sah ich ihren Namen. Sie würde an diesem Abend kommen und über ihr neu erschienenes Buch sprechen, eine Stunde lang, danach würde sie signieren.

In den dazwischenliegenden Stunden blieb ich in Manhattan, schlenderte im Metropolitan Museum durch den Flügel mit griechischer und römischer Kunst, wo ich, in einem gewölbten Saal voller Skulpturen, lange Zeit vor einer kopf- und armlosen Venus Genetrix von Kallimachos stehen blieb. Sie trug ein Gewand, das mehr enthüllte, als wenn sie völlig nackt gewesen wäre, und hatte, so las ich, einen Apfel in der Hand gehalten, bevor ihr Arm das Zeitliche gesegnet hatte. Das traf mich, dieser Apfel, nicht wegen irgendwelcher Symbolik, sondern gerade wegen seines Realitätsgehaltes.

Den ganzen Nachmittag über hatte ich die Zeit sorgfältig im Auge behalten, aber trotzdem kam ich eine Viertelstunde zu spät zur Lesung. Die Buchhandlung, nicht sehr groß und nicht gerade praktisch eingerichtet, war voll von Leuten. Ich setzte mich im Hintergrund neben einen Tisch mit Kochbüchern, von wo aus ich in erster Linie einen Pfeiler sah und dachte, genauso wird es in Filmen immer dargestellt: die Schriftstellerikone in einer überfüllten Buchhandlung, der treue Leser (potenzielle Stalker/Mörder) unsichtbar in der Menge.

Sie sprach ziemlich leise und unverstärkt, ich musste mich anstrengen, sie zu verstehen, was mir immer ein paar Sätze lang gelang, bevor meine Gedanken abschweiften. M. hatte mir an diesem Nachmittag fünfzehn Fotos von Theo geschickt, die meisten unscharf, weil er gerade wegschaute, aufsprang oder hinter einem Ball herrannte. Darüber hinaus erfuhr ich, sie habe ein halbes Manuskript in den Papierkorb geschmissen, weil ich nach allem, was passiert war, oder besser gesagt: nicht passiert war, doch besser gleich zu Beginn starb. Sie habe es mit mir versucht, wirklich versucht, aber damit hätte sie aufs falsche Pferd gesetzt – nicht Carlo, der eine wundersame Wiederauferstehung erlebt habe und plötzlich wieder auf dem Feld des Bauern aufgetaucht sei.

Nach der Lesung kaufte ich ihr Buch, obwohl ich es bereits besaß und auch schon gelesen hatte. Ich hielt die Chance für gering, dass sie mich nach der ganzen Zeit erkennen würde, wollte sie aber trotzdem begrüßen. Also reihte ich mich in die lange Schlange ein, und als ich nach einer halben Stunde endlich dran war, sagte sie, ohne einen Moment zu zögern: Ah, die Chronistin des ruhigen Glücks. Schön, dich wiederzusehen.

Sie fragte, ob ich kurz warten wolle, bis sie fertig sei, und ob ich Lust hätte, mit ihr einen Abendspaziergang zu machen.

Wir gingen quer durch den Central Park, von West nach Ost. Abends spürte man endlich die Kühle des Herbstes, und ich konnte den hoffnungsvollen Gedanken zulassen, die Jahreszeiten existierten trotz allem doch noch.

Wir gingen nebeneinander einen gut beleuchteten, breiten Weg entlang. Ich sprach laut und langsam, das Gesicht beim Sprechen ihr so weit wie möglich zugewandt, damit sie meine Lippenbewegungen sah, aber zu meiner Überraschung blickte sie kaum hin.

Hast du *The End of the Affair* mal gelesen, fragte sie, von Graham Greene?

Ich nickte, obwohl ich es erst später, nach meiner Reise, las, sogar erst lange nach meiner Reise.

Weißt du noch, wie zum Schluss, als sie tot ist, und er, ihr Ex-Geliebter, nicht aufhören kann, sie zu lieben und zu hassen, plötzlich alle möglichen Wunder geschehen? Sie hat am Ende ihres Lebens natürlich die Liebe zu Gott gefunden, aber er kann das nicht akzeptieren. Dann begegnet er wieder diesem Mann, diesem Prediger des Atheismus mit seinem zur Hälfte verunstalteten Gesicht. Und plötzlich ist sein ganzes Gesicht unversehrt, nicht mehr diese beiden einander entfremdeten Hälften, sondern *ein* Gesicht.

Ja ja, sagte ich, genau, ja.

Und er *hasst* Gott, hasst ihre Liebe zu Gott, kann nicht an ihn glauben, aber zum Schluss, nachdem er das Gesicht dieses Mannes gesehen hat, wendet er sich doch an ihn. Ich hasse dich, Gott, sagt er, ich hasse dich, als würde es dich geben. Aber gut, warum ich das erwähne, mir ist ein ähnliches Wunder widerfahren, vor ein paar Monaten. Und zwar wachte ich eines Morgens auf und wusste, dass sich etwas radikal verändert hatte. Ich lag ganz still auf dem Rücken, mit geschlossenen Augen, und weißt du, was ich hörte? Vögel. Verkehrsgeräusche. Musik aus einem Autoradio. Das Mädchen von nebenan, das ihre Katze rief, wieder und wieder, ihre Mutter, die sich einmischte, und jedes Wort, das sie sagten, konnte ich verstehen, klar und deutlich, als wäre es nie anders gewesen. Jahrelang bin ich immer schwerhöriger geworden, bis fast nichts mehr übrig war als ein Rauschen und dazwischen hin und wieder ein schmerzhaft scharfes Geräusch. Aber als ich an jenem Morgen erwachte, schien es, als hätte mir jemand in der Nacht neue Ohren an den Kopf montiert. Seitdem habe ich weniger als dreißig Dezibel Gehörverlust, kaum der Rede wert. Niemand begreift, wie so etwas möglich ist, aber so ist es.

Wow, sagte ich. Und jetzt hast du eine religiöse Krise?

Dieses tiefe, freimütige Lachen.

Nein, sagte sie. Aber es hat auch keinen Todesfall gegeben. Im Übrigen auch keinen Krieg. Oder noch nicht. Oder noch nicht hier.

Wir hatten den Park auf Höhe der East 96th Street verlassen und bogen nach links in die Madison Avenue. Nachdem ich sie das erste Mal getroffen hatte, in dieser sonnigen Airbnb-Wohnung, in der wir geredet und die Zeit vergessen hatten, hatte ich gedacht, die Intimität, die ich verspürt hatte, sei zum großen Teil ihrer Taubheit zu verdanken gewesen. Aber das stimmte offenbar nicht. Obwohl sie mich nicht mehr so intensiv ansah wie damals, umgab sie noch immer eine Nähe, die mich überwältigte. Sie war so klein und zerbrechlich, man konnte mit ihr tun, was man wollte, doch sie lieferte sich dem mit einem leichtfertigen Vertrauen aus, das sie erstaunlicherweise überhaupt nicht schwach machte, im Gegenteil.

Nach ein paar Blocks Richtung Norden fragte sie, ob ich das Buch geschrieben hätte, von dem ich erzählt hatte, dieses Buch über die beiden Menschen, die miteinander weiterlebten, ohne sich gegenseitig Schaden zuzufügen.

Ich spürte, wie mir das Blut ins Gesicht stieg. Zum Glück war es dunkel und wir sahen einander nicht an. Wollte ich das schreiben, damals? Hatte ich das wirklich zu ihr gesagt? Ich konnte mich kaum daran erinnern.

Ich glaube, sagte ich, dass ich naiver war, als ich selbst ahnte.

Ach, sagte sie. Naivität in der Kunst ist wie die Null in der Mathematik; der Wert hängt von dem ab, mit dem die Null verbunden wird. Ich habe noch regelmäßig an dein Buch über ruhiges Glück gedacht. Ich hätte es gern gelesen.

Wir gingen noch immer in nördlicher Richtung und waren inzwischen oberhalb des Central Park in Harlem gelandet. Wir bogen nach links auf die West 115th Street, dann nach rechts auf den Malcolm X Boulevard. Es war voll, wie es immer voll war in dieser Stadt, aber wie bei jenem ersten Mal schienen die Schriftstellerin und ich uns unter einer Glasglocke zu befinden, einer eigenen Wirklichkeit, die die Wirklichkeit da draußen zwar durchließ, aber auch radikal von ihr abgeschnitten war.

Trotz des Gehens war mir kalt geworden. Ich zog einen Schal aus meiner Tasche und eine dünne, sehr leichte Jacke, die ich speziell für diese Reise gekauft hatte.

Manchmal denke ich, sagte ich, dass das Einzige, was ich im Laufe der Jahre gelernt habe, darin besteht, in der jeweiligen Wettersituation die richtigen Sachen anzuziehen.

Sie blickte auf mein Gewurstel mit der Jacke, von der sich ein Stück im Reißverschluss der Tasche verklemmt hatte.

Sag nicht, dass das nichts ist, meinte sie schließlich. Das ist potenziell sogar viel.

Zehn Blocks weiter, auf Höhe der West 125th Street, nachdem wir eine Weile über die politische Situation in diesem Land und damit der Welt geredet hatten, erzählte ich ihr, dass ich eigentlich vorgehabt hätte, diese Szene in Los Angeles stattfinden zu lassen, Runyon Canyon Park um genau zu sein; im Osten der Santa Monica Mountains, eingeklemmt zwischen Hollywood und Mulholland Drive. Dort würden wir, sie und ich, auf dem Weg gehen, der am Canyon entlang zum Indian Rock hochführe, dem höchsten Punkt, von dem aus man ganz Hollywood sehen könne.

Ich weiß, wo Runyon Canyon ist, sagte sie, ich habe jahrelang in Los Angeles gewohnt. Sogar in dieser Gegend.

Das weiß ich, sagte ich. Darum. Und weil meine Reise in Los Angeles endet. Dieses hartnäckige Bedürfnis, es doch wieder rund zu machen.

Ich erzählte ihr, wie ich sie vorher dargestellt hatte, ganz zu Beginn. Dass ich sie mit einem Päckchen zarter, handgerollter Kreteks verglichen hatte. Dass ich ihr ein farbenfrohes Blumenkleid angezogen hatte. Dass ich ihr erst einen langen grauen Zopf verpasst hatte, den aber doch wieder strich, weil es wirklich nicht stimmte.

Darüber musste sie wieder lachen.

Nein, sagte sie, das wäre völlig falsch gewesen.

Dann blieb sie stehen, vor einer modern wirkenden Kirche mit violetten Spotlights und einem Schild an der Fassade mit den Worten TO BE ALMOST SAVED IS TO BE TOTALLY LOST. Sie legte ihre Hand auf meinen Oberarm.

Dass ich erst jetzt daran denke! Ich habe dir dein Buch nie zurückgegeben. Als ich da auf dem Podium saß und die richtige Passage suchte, fiel ein Zettel heraus. Ich steckte ihn in meine Tasche und später in mein Portemonnaie. Aus irgendeinem Grund habe ich ihn da nie rausgenommen. Obwohl ich kein Wort davon lesen konnte, hatte die Schrift etwas Dringliches an sich.

Sie kramte in ihrer Tasche, derselben Tasche, die ich noch von damals in Erinnerung hatte, als sie fieberhaft nach ihrem Buch gesucht hatte. Aus einem großen Portemonnaie brachte sie ein kleines, brüchiges Stück Papier zum Vorschein, das fast zerfiel, als ich es auseinanderfaltete.

Einen Moment lang hatte ich keine Ahnung, was ich las, obwohl es meine eigene Schrift war. Dann erinnerte ich mich, natürlich erinnerte ich mich. Das Poster in dem Schaufenster mit dem Bild eines magischen Auges, an der Stelle der Pupille ein funkelndes Stück Plastik, das den Schein erwecken sollte, es sei ein Diamant. Wie wir halb zum Spaß hineingegangen waren und ich für das billigste, rudimentärste Handlesen gezahlt hatte. Nach der Sitzung, die insgesamt nicht mehr als zehn Minuten gedauert haben kann, hatte ich so schnell wie möglich alles aufgeschrieben, was ich davon behalten hatte.

Da standen wir, die Schriftstellerin und ich, vor dieser Kirche mit der üppigen violetten Beleuchtung, sie nach wie vor mit der Hand auf meinem Oberarm. Eine nach der anderen übersetzte ich die Vorhersagen, die auf dem Zettel standen. Vage Andeutungen über Menschen, denen ich begegnen würde. Die günstigsten Jahre für die Liebe. Mit nur einem Buchstaben abgekürzte Vornamen. Warnungen bezüglich bestimmter planetarischer Kräfte.

Konzentriert lauschte sie allem, was ich vorlas. Sie schien es vollkommen ernst zu nehmen, und ihr Ernst übertrug sich auf die Worte, die nun, mit ihr als Zeugin, tatsächlich etwas bedeuteten. Den letzten Satz hatte ich so hastig hingeschrieben, dass es einen Moment dauerte, bis ich ihn entziffern konnte.

Ich blickte von dem Zettel auf. Sie sah mich so eindringlich an, dass ich fürchtete, sie habe ihr Hörvermögen zum zweiten Mal verloren. Da standen wir, sie und ich, Steine in einem Fluss, und ich wollte ihr noch so vieles sagen, aber erst musste ich diesen letzten Satz übersetzen.

Bald, sagte ich. Bald kommen die Kamele.

NACHBEMERKUNG

Het Witsenhuis von Jessica Voeten war mir eine große Hilfe, auch wenn jeder, der das von mir beschriebene Haus am Stadtpark auf das Witsenhuis und seine berühmten ehemaligen Bewohnerinnen und Bewohner zu übertragen versucht, sich enttäuscht sehen wird.

Überall im Buch klingen Echos anderer Autorinnen und Autoren an. Bei einigen von ihnen fühle ich mich genötigt, an dieser Stelle Rechenschaft abzulegen:

Die fast taube Schriftstellerin zitiert einen Satz aus *I love Dick*, als sie über das Erleben von Intensität spricht. In ihrer Erklärung zu Parataxen paraphrasiert sie eine Passage aus *Torpor* – beide Romane sind von Chris Kraus. Ihre Äußerung zu Naivität in der Kunst und die Null in der Mathematik stammt von Sally Mann.

Den Rat von M., gegen Albträume schwarze Blütenfäden von männlichen Pfingstrosen zu kauen, habe ich bei Annie Dillard gefunden. M.s Worte anlässlich der Beerdigung des Kätzchens Carlo wurden ihr von Clarice Lispector in den Mund gelegt. Am Badewannenrand, als sie etwas über *these old love letters* sagt, zitiert sie James Merrill.

Von den Vögeln, die freiwillig um ein Haar gegen die Bergwand knallten, las ich in *De morgen loeit weer aan* (dt. *Auch Vögel sterben im Morgenblau*) von Tip Marugg.

Grundlage für diesen Roman bildeten mein Essay »Nutteloos eiland« (»Nutzlose Insel«; *De Gids*, 2017) sowie eine Erzählung, »Uniform« (*Das Magazin*, 2018). Ebenso haben sich eine Reihe von Kolumnen, die ich in den letzten Jahren für *De Groene Amsterdammer* schrieb, als Quellen erwiesen.